名作童話 ◉ 宮沢賢治20選

目次

装画　川上和生
写真　坂口綱男
装幀　後藤　勉

凡例

・本文は『新校本 宮澤賢治全集』（一九九五－ 筑摩書房）を底本とした。
・本文の漢字は原則として新字体とし、かなは現代かなづかいとした。
・ふりがなは、読みにくい漢字、誤読のおそれのあるものについては、編集時に適宜増減してつけた。
・送りがなは、底本のままとしたが、誤読のおそれのあるものについては、ふりがなでおぎなった。
・当時の慣用や著者特有の漢字表記は原則として底本のままとしたが、通常と著しく異なる場合は、原文をそこなわない範囲でかなに変えた。
・句読点、字下げ、改行、追い込みなどは原則として底本にしたがったが、著しく不自然、もしくは統一性を欠く場合は変更した。
・明らかな誤記、誤植は適宜改めた。
・語注の執筆にあたっては、原子朗著『新宮澤賢治語彙辞典』（一九九九 東京書籍）のほか、角川文庫版の宮沢賢治童話集各巻の注釈（大塚常樹）や、松村明編『大辞林』第三版（二〇〇六 三省堂）などの辞典類を参考にした。
・作品中には今日では穏当でない表現が含まれているが、発表当時の時代背景、著者が故人であるという点を考慮し、底本のままとした。

名作童話　宮沢賢治20選

毒もみのすきな署長さん

　四つのつめたい谷川が、カラコン山の氷河から出て、ごうごう白い泡をはいて、プハラの国にはいるのでした。四つの川はプハラの町で集って一つの大きなしずかな川になりました。その川はふだんは水もすきとおり、淵《ふち》には雲や樹《き》の影もうつるのでしたが、一ぺん洪水になると、幅十町もある楊《やなぎ》の生えた広い河原《かわら》が、恐ろしく咆《ほ》える水で、いっぱいになってしまったのです。けれども水が退《ひ》きますと、もとのきれいな、白い河原があらわれました。その河原のところどころには、蘆《あし》やがまなどの岸に生えた、ほそ長い沼のようなものがありました。

　それは昔の川の流れたあとで、洪水のたびにいくらか形も変るのでしたが、すっかり無くなるということもありませんでした。その中には魚がたくさん居りました。殊《こと》にどじょうとなまずがたくさん居りました。けれどもプハラのひとたちは、どじょうやなまずは、みんなばかにして食べませんでしたから、それはいよいよ増えました。

　なまずのつぎに多いのはやっぱり鯉《こい》と鮒《ふな》でした。それからはやも居りました。ある年などは、そこに恐ろしい大きなちょうざめが、海から遁《に》げて入って来たという、評判などもありました。けれども大人や賢い子供らは、みんな本当にしないで、笑っていました。第一それを云《い》いだしたのは、削刀《かみそり》を二梃《ちょう》しかもっていない、下手な床屋のリチキで、すこしもあてにならないのでした。けれどもあんまり小さい子供らは、毎日ちょうざめを見ようとして、そこへ出かけて行きました。いくらまじめに眺めていても、そんな巨《おお》きなちょうざめは、泳ぎも浮びもしませんでしたから、しまいには、リチキは大へん軽べつされました。

さてこの国の第一条の

「火薬を使って鳥をとってはなりません、
毒もみをして魚をとってはなりません。」

というその毒もみというのは、何かと云いますと床屋のリチキはこう云う風に教えます。山椒《さんしょう》の皮を春の午《うま》の日の暗夜《やみよ》に剝《む》いて土用を二回かけて乾《かわ》かしうすでよくつく、その目方一貫匁《かんめ》を天気のいい日にもみじの木を焼いてこしらえた木灰七百匁《もんめ》とまぜる、それを袋に入れて水の中へ手でもみ出すことです。

そうすると、魚はみんな毒をのんで、口をあぶあぶやりながら、白い腹を上にして浮びあがるのです。そんなふうにして、水の中で死ぬことは、この国の語《ことば》ではエップカップと云いました。これはずいぶんいい語です。

とにかくこの毒もみをするものを押えるということは警察のいちばん大事な仕事でした。

ある夏、この町の警察へ、新らしい署長さんが来ました。

この人は、どこか河獺《かわうそ》に似ていました。赤ひげがぴんとはねて、歯はみんな銀の入歯でした。署長さんは立派な金モールのついた、長い赤いマントを着て、毎日ていねいに町をみまわりました。

驢馬《ろば》が頭を下げてると荷物があんまり重過ぎないかと驢馬追いにたずねましたし家の中で赤ん坊があんまり泣いていると疱瘡《ほうそう》の呪《まじな》いを早くしないといけないとお母さんに教えました。

ところがそのころどうも規則の第一条を用いないものができてきました。あの河原のあちこちの大きな水たまりからいっこう魚が釣れなくなって時々は死んで腐ったものも浮いていました。また春の午の日の夜の間に町の中にたくさんある山椒の木がたびたびつるりと皮を剝かれて居りました。けれども署長さんも巡査もそんなことがあるかなあというふうでした。

ところがある朝手習の先生のうちの前の草原で二人の子供がみんなに囲まれて交《かわ》る交る話していました。

「署長さんにうんと叱られたぞ」

「署長さんに叱られたかい。」少し大きなこどもがききました。

「叱られたよ。署長さんの居るのを知らないで石をなげたんだよ。するとあの沼の岸に署長さんが誰か三四人とかくれて毒もみをするものを押えようとしていたんだ。」

「何と云って叱られた。」

「誰だ。石を投げるものは。おれたちは第一条の犯人を押えようと思って一日ここに居るん

＊疱瘡の呪い——高熱を出し、熱が下がったあとに発疹し、そのあとが残るので恐れられた天然痘を避けるためのまじない。

だぞ。早く黙って帰れ。って云《い》った。」

「じゃきっと間もなくつかまるねえ。」

ところがそれから半年ばかりたちますとまたこどもらが大さわぎです。

「そいつはもうたしかなんだよ。僕の証拠というのはね、ゆうべお月さまの出るころ、署長さんが黒い衣だけ着て、頭巾《ずきん》をかぶってね、変な人と話してたんだよ。ね、そら、あの鉄砲打ちの小さな変な人ね、そしてね、『おい、こんどはも少しよく、粉にして来なくちゃいかんぞ。』なんて云ってるだろう。それから鉄砲打ちが何か云ったら、『なんだ、柏《かしわ》の木の皮もまぜておいた癖に、一俵二両《*テール》だなんて、あんまり無法なことを云うな。』なんて云ってるだろう。きっと山椒《さんしょう》の皮の粉のことだよ。」

するとも一人が叫びました。

「あっ、そうだ。あのね、署長さんがね、僕のうちから、灰を二俵買ったよ。僕、持って行ったんだ。ね、そら、山椒の粉へまぜるのだろう。」

「そうだ。そうだ。きっとそうだ。」みんなは手を叩《たた》いたり、こぶしを握ったりしました。

床屋のリチキは、商売がはやらないで、ひまなもんですから、あとでこの話をきいて、すぐ勘定《かんじょう》しました。

毒もみ収支計算

費用の部

一、金　二両　山椒皮　一俵
一、金　三十銭《*メース》　灰　一俵
　　計　二両三十銭也《なり》
収入の部
一、金　十三両　鰻《うなぎ》　十三斤《*きん》
一、金　十両　その他見積り
　　計　二十三両也
差引勘定
　二十両七十銭　署長利益

あんまりこんな話がさかんになって、とうとう小さな子供らまでが、巡査を見ると、わざと遠くへ遁《に》げて行って、

「毒もみ巡査、
　なまずはよこせ。」

なんて、力いっぱいからだまで曲げて叫んだりするもんですから、これではとてもいかんというので、プハラの町長さんも仕方なく、家来を六人連れて警察に行って、署長さんに会い

*両（テール）―中国で重量や銀貨をいう単位「両」の英語名。　*銭（メース）―十分の一テール。　*斤―重さの単位。一斤は六〇〇グラム。

ました。

二人が一緒に応接室の椅子にこしかけたとき、署長さんの黄金《きん》いろの眼《め》は、どこかずうっと遠くの方を見ていました。

「署長さん、ご存じでしょうか、近頃、林野《りんや》取締法の第一条をやぶるものが大変あるそうですが、どうしたのでしょう。」

「はあ、そんなことがありますかな。」

「どうもあるそうですよ。わたしの家の山椒《さんしょう》の皮もはがれましたし、それに魚が、たびたび死んでうかびあがるというではありませんか。」

するとき署長さんが何だか変にわらいました。けれどもそれも気のせいかしらと、町長さんは思いました。

「はあ、そんな評判がありますかな。」

「ありますとも。どうもそしてその、子供らが、あなたのしわざだと云《い》いますが、困ったもんですな。」

署長さんは椅子から飛びあがりました。

「そいつは大へんだ。僕の名誉にも関係します。早速《さっそく》犯人をつかまえます。」

「何かおてがかりがありますか。」

「さあ、そうそう、ありますとも。ちゃんと証拠があがっています。」

「もうおわかりですか。」

「よくわかってます。実は毒もみは私ですがね。」

署長さんは町長さんの前へ顔をつき出してこの顔を見ろというようにしました。

町長さんも愕《おどろ》きました。

「あなた？　やっぱりそうでしたか。」

「そうです。」

「そんならもうたしかですね。」

「たしかですとも。」

署長さんは落ち着いて、卓子《テーブル》の上の鐘を一つカーンと叩いて、赤ひげのもじゃもじゃ生えた、第一等の探偵を呼びました。

さて署長さんは縄《しば》られて、裁判にかかり死刑ということにきまりました。

いよいよ巨《おお》きな曲った刀で、首を落されるとき、署長さんは笑って云いました。

「ああ、面白かった。おれはもう、毒もみのことときたら、全く夢中なんだ。いよいよこんどは、地獄で毒もみをやるかな。」

みんなはすっかり感服しました。

雪渡り

雪渡り　（小狐の紺三郎《こんざぶろう》）

雪がすっかり凍って大理石よりも堅くなり、空も冷たい滑らかな青い石の板で出来ているらしいのです。

「*堅雪《かたゆき》かんこ、しみ雪しんこ。」

お日様がまっ白に燃えて百合《ゆり》の匂《におい》を撒《ま》きちらし又雪をぎらぎら照らしました。

木なんかみんなザラメを掛けたように霜でぴかぴかしています。

「堅雪かんこ、凍《し》み雪しんこ。」四郎とかん子とは小さな雪沓《ゆきぐつ》をはいてキックキックキック、野原に出ました。

こんな面白い日が、またとあるでしょうか。いつもは歩けない黍《きび》の畑の中でも、すすきで一杯だった野原の上でも、すきな方へどこ迄でも行《ゆ》けるのです。平らなことはまるで一枚の板です。そしてそれが沢山の小さな小さな鏡のようにキラキラキラキラ光るのです。

「堅雪かんこ、凍み雪しんこ。」

二人は森の近くまで来ました。大きな柏《かしわ》の木は枝も埋まるくらい立派な透《す》きとおった氷柱《つらら》を下げて重そうに身体《からだ》を曲げて居りました。

「堅雪かんこ、凍み雪しんこ。狐の子ぁ、嫁《よめ》ぃほしい、ほしい。」と二人は森へ向いて高く叫びました。

しばらくしぃんとしましたので二人はも一度叫ぼうとして息をのみこんだとき森の中から「凍み雪しんしん、堅雪かんかん。」と云《い》いながら、キシリキシリ雪をふんで白い狐の子が出て来ました。

四郎は少しぎょっとしてかん子をうしろにかばって、しっかり足をふんばって叫びました。

「狐こんこん白狐、お嫁ほしけりゃ、とってやろよ。」

すると狐がまだまるで小さいくせに銀の針のようなおひげをピンと一つひねって云いました。

「四郎はしんこ、かん子はかんこ、おらはお嫁はいらないよ。」

四郎が笑って云いました。

「狐こんこん、狐の子、お嫁がいらなきゃ餅やろか。」すると狐の子も頭を二つ三つ振って面白そうに云いました。

「四郎はしんこ、かん子はかんこ、黍の団子をおれやろか。」

＊「堅雪かんこ、しみ雪しんこ」―岩手県のわらべうた。

かん子もあんまり面白いので四郎のうしろにかくれたままそっと歌いました。

「狐こんこん狐の子、狐の団子は兎《うさ》のくそ。」

するとと小狐紺三郎《こんざぶろう》が笑って云《い》いました。

「いいえ、けっしてそんなことはありません。あなた方のような立派なお方が兎《うさぎ》の茶色の団子なんか召しあがるもんですか。私らは全体いままで人をだますなんてあんまりむじつの罪をきせられていたのです。」

四郎がおどろいて尋ねました。

「そいじゃきつねが人をだますなんて偽《うそ》かしら。」

紺三郎が熱心に云いました。

「偽ですとも。けだし最もひどい偽です。だまされたという人は大抵お酒に酔ったり、臆病でくるくるしたりした人です。面白いですよ。甚兵衛《じんべえ》さんがこの前、月夜の晩私たちのお家の前に坐《すわ》って一晩じょうるりをやりましたよ。私らはみんな出て見たのです。」

四郎が叫びました。

「甚兵衛さんならじょうるりじゃないや。きっと浪花《なにわ》ぶしだぜ。」

子狐紺三郎はなるほどという顔をして、

「ええ、そうかもしれません。とにかくお団子をおあがりなさい。私のさしあげるのは、ちゃんと私が畑を作って播《ま》いて草をとって刈って叩《たた》いて粉にして練ってむしてお砂糖をかけたのです。いかがですか。一皿さしあげましょう。」

と云いました。

と四郎が笑って、

「紺三郎さん、僕らは丁度いまね、お餅をたべて来たんだからおなかが減らないんだよ。この次におよばれしようか。」

子狐の紺三郎が嬉《うれ》しがってみじかい腕をばたばたして云いました。

「そうですか。そんなら今度幻燈会《げんとうかい》のときさしあげましょう。幻燈会にはきっといらっしゃい。この次の雪の凍った月夜の晩です。八時からはじめますから、入場券をあげておきましょう。何枚あげましょうか。」

「そんなら五枚おくれ。」と四郎が云いました。

「五枚ですか。あなた方が二枚にあとの三枚はどなたですか。」と紺三郎が云いました。

「兄さんたちだ。」と四郎が答えますと、

「兄さんたちは十一歳以下ですか。」と紺三郎が又尋ねました。

「いや小兄《ちいにい》さんは四年生だからね、八つの四つで十二歳。」と四郎が云いました。

すると紺三郎は尤《もっと》もらしく又おひげを一つひねって云いました。

「それでは残念ですが兄さんたちはお断わりです。あなた方だけいらっしゃい。特別席をと

＊幻燈——スライド。

っておきますから、面白いんですよ。幻燈《げんとう》は第一が『お酒をのむべからず。』これはあなたの村の太右衛門《たえもん》さんと、清作《せいさく》さんがお酒をのんでとうとう目がくらんで野原にあるへんてこなおまんじゅうや、おそばを喰《た》べようとした所です。私も写真の中にうつっています。第二が『わなに注意せよ。』これは私共のこん兵衛《べえ》が野原でわなにかかったのを画《か》いたのです。絵です。写真ではありません。第三が『火を軽べつすべからず。』これは私共のこん助があなたのお家へ行って尻尾《しっぽ》を焼いた景色です。ぜひおいで下さい。」

二人は悦《よろこ》んでうなずきました。

狐は可笑《おか》しそうに口を曲げて、キックキックトントンキックキックトントンと足ぶみをはじめてしっぽと頭を振ってしばらく考えていましたがやっと思いついたらしく、両手を振って調子をとりながら歌いはじめました。

「凍《し》み雪しんこ、堅雪《かたゆき》かんこ、
　　野原のまんじゅうはポッポッポ。
　酔ってひょろひょろ太右衛門が、
　　去年、三十八、たべた。
　凍み雪しんこ、堅雪かんこ、
　　野原のおそばはホッホッホ。
　酔ってひょろひょろ清作が、

去年十三ばいたべた。」

四郎もかん子もすっかり釣り込まれてもう狐と一緒に踊っています。

キック、キック、トントン。キック、キック、トントン。キック、キック、キック、キック、トントントン。四郎が歌いました。

「狐こんこん狐の子、去年狐のこん兵衛が、ひだりの足をわなに入れ、こんこんばたばたこんこんこん。」

かん子が歌いました。

「狐こんこん狐の子、去年狐のこん助が、焼いた魚を取ろとしておしりに火がつききゃんきゃんきゃん。」

キック、キック、トントン。キック、キック、トントン。キック、キック、キック、キック、トントントン。

そして三人は踊りながらだんだん林の中にはいって行《ゆ》きました。赤い封蠟《ふうろう》細工*のほおの木の芽が、風に吹かれてピッカリピッカリと光り、林の中の雪には藍色の木の影がいちめん網になって落ちて日光のあたる所には銀の百合《ゆり》が咲いたように見えました。

すると子狐紺三郎《こんざぶろう》が云《い》いました。

＊赤い封蠟細工―封蠟とは手紙の封をしたり、瓶の口などを閉じるために用いる蠟で、赤や青の色をつける。ほおの木は、若芽が赤く硬い托葉をかぶっている。

「鹿の子もよびましょうか。鹿の子はそりゃ笛がうまいんですよ。」

四郎とかん子とは手を叩《たた》いてよろこびました。そこで三人は一緒に叫びました。

「堅雪《かたゆき》かんこ、凍《し》み雪しんこ、鹿の子ぁ嫁《よめ》ぃほしいほしい。」

すると向うで、

「北風ぴいぴい風三郎、西風どうどう又三郎」と細いいい声がしました。

狐の子の紺三郎《こんざぶろう》がいかにもばかにしたように、口を尖《とが》らして云《い》いました。

「あれは鹿の子です。あいつは臆病ですからとてもこっちへ来そうにありません。けれどももう一遍叫んでみましょうか。」

そこで三人は又叫びました。

「堅雪かんこ、凍み雪しんこ、しかの子ぁ嫁ほしい、ほしい。」

すると今度はずうっと遠くで風の音か笛の声か、又は鹿の子の歌かこんなように聞えました。

「北風ぴいぴい、かんこかんこ
　西風どうどう、どっこどっこ。」

狐が又ひげをひねって云いました。

「雪が柔らかになるといけませんからもうお帰りなさい。今度月夜に雪が凍ったらきっとおいで下さい。さっきの幻燈《げんとう》をやりますから。」

そこで四郎とかん子とは
「堅雪かんこ、凍み雪しんこ。」と歌いながら銀の雪を渡っておうちへ帰りました。
「堅雪かんこ、凍み雪しんこ。」

雪渡《ゆきわた》り　（狐小学校の幻燈会）

青白い大きな十五夜のお月様がしずかに氷《ひ》の上山《かみ》から登りました。

雪はチカチカ青く光り、そして今日も寒水石《かんすいせき》＊のように堅く凍りました。

四郎は狐の紺三郎との約束を思い出して妹のかん子にそっと云いました。

「今夜狐の幻燈会なんだね。行こうか。」

するとかん子は、

「行きましょう。行きましょう。狐こんこん狐の子、こんこん狐の紺三郎。」とはねあがって高く叫んでしまいました。

すると二番目の兄さんの二郎が
「お前たちは狐のとこへ遊びに行くのかい。僕も行きたいな。」と云いました。

四郎は困ってしまって肩をすくめて云いました。

＊寒水石――結晶質の石灰岩、つまり大理石の一種。

「大兄《おおにい》さん。だって、狐の幻燈会《げんとうかい》は十一才までですよ、入場券に書いてあるんだもの。」

二郎が云《い》いました。

「どれ、ちょっとお見せ、ははあ、学校生徒の父兄にあらずして十二才以上の来賓《らいひん》は入場をお断わり申し候《そろ》、狐なんて仲々うまくやってるね。僕はいけないんだね。仕方ないや。お前たち行くんならお餅を持って行っておやりよ。そら、この鏡餅がいいだろう。」

四郎とかん子はそこで小さな雪沓《ゆきぐつ》をはいてお餅をかついで外に出ました。

兄弟の一郎二郎三郎は戸口に並んで立って、

「行っておいで。大人の狐にあったら急いで目をつぶるんだよ。そら僕ら囃《はや》してやろうか。堅雪《かたゆき》かんこ、凍《し》み雪しんこ、狐の子ぁ嫁ぃほしいほしい。」と叫びました。

お月様は空に高く登り森は青白いけむりに包まれています。二人はもうその森の入口に来ました。

すると胸にどんぐりのきしょうをつけた白い小さな狐の子が立って居て云いました。

「今晩は。お早うございます。入場券はお持ちですか。」

「持っています。」二人はそれを出しました。

「さあ、どうぞあちらへ。」狐の子が尤《もつと》もらしくからだを曲げて眼《め》をパチパチしながら林の奥を手で教えました。

林の中には月の光が青い棒を何本も斜めに投げ込んだように射して居りました。その中のあき地に二人は来ました。

見るともう狐の学校生徒が沢山集って栗の皮をぶっつけ合ったりすもうをとったり殊《こと》におかしいのは小さな小さな鼠《ねずみ》ぐらいの狐の子が大きな子供の狐の肩車に乗ってお星様を取ろうとしているのです。

みんなの前の木の枝に白い一枚の敷布がさがっていました。

不意にうしろで

「今晩は、よくおいででした。先日は失礼いたしました。」という声がしますので四郎とかん子とはびっくりして振り向いて見ると紺三郎《こんざぶろう》です。

紺三郎なんかまるで立派な燕尾服《えんびふく》を着て水仙《すいせん》の花を胸につけてまっ白なはんけちでしきりにその尖《とが》ったお口を拭《ふ》いているのです。

四郎は一寸《ちょっと》お辞儀をして云いました。

「この間は失敬。それから今晩はありがとう。このお餅をみなさんであがって下さい。」

狐の学校生徒はみんなこっちを見ています。

紺三郎は胸を一杯に張ってすまして餅を受けとりました。

「これはどうもおみやげを戴《いただ》いて済みません。どうかごゆるりとなすって下さい。もうすぐ幻燈もはじまります。私は一寸失礼いたします。」

紺三郎はお餅を持って向うへ行きました。

狐の学校生徒は声をそろえて叫びました。

「堅雪《かたゆき》かんこ、凍《し》み雪しんこ、硬いお餅はかったらこ、白いお餅はべったらこ。」

幕の横に、

「寄贈、お餅沢山、人の四郎氏、人のかん子氏」と大きな札が出ました。狐の生徒は悦《よろこ》んで手をパチパチ叩《たた》きました。

その時ピーと笛が鳴りました。

紺三郎《こんざぶろう》がエヘンエヘンとせきばらいをしながら幕の横から出て来て丁寧《ていねい》にお辞儀をしました。みんなはしんとなりました。

「今夜は美しい天気です。お月様はまるで真珠のお皿です。お星さまは野原の露がキラキラ固まったようです。さて只今《ただいま》から幻燈会《げんとうかい》をやります。みなさんは瞬《またたき》やくしゃみをしないで目をまんまろに開いて見ていて下さい。

それから今夜は大切な二人のお客さまがありますからどなたも静かにしないといけません。決してそっちの方へ栗の皮を投げたりしてはなりません。開会の辞です。」

みんな悦んでパチパチ手を叩きました。そして四郎がかん子にそっと云《い》いました。

「紺三郎さんはうまいんだね。」

笛がピーと鳴りました。

『お酒をのむべからず』大きな字が幕にうつりました。そしてそれが消えて写真がうつりました。一人のお酒に酔った人間のおじいさんが何かおかしな円《まる》いものをつかんでいる景色です。

みんなは足ぶみをして歌いました。

キックキックトントンキックキックトントン

凍み雪しんこ、堅雪かんこ、

野原のまんじゅうはぽっぽっぽ

酔ってひょろひょろ太右衛門《たえもん》が

去年、三十八たべた。

キックキックキックキックトントントン

写真が消えました。四郎はそっとかん子に云いました。

「あの歌は紺三郎さんのだよ。」

別に写真がうつりました。一人のお酒に酔った若い者がほおの木の葉でこしらえたお椀《わん》のようなものに顔をつっ込んで何か喰《た》べています。紺三郎が白い袴《はかま》をはいて向うで見ているけしきです。

みんなは足踏みをして歌いました。

キックキックトントン、キックキック、トントン、

凍み雪しんこ、堅雪かんこ、

野原のおそばはぽっぽっぽ、
酔ってひょろひょろ清作《せいさく》が
去年十三ばい喰《た》べた。

キック、キック、キック、キック、トン、トン、トン。

写真が消えて一寸《ちょっと》やすみになりました。

可愛らしい狐の女の子が黍団子《きびだんご》をのせたお皿を二つ持って来ました。

四郎はすっかり弱ってしまいました。なぜってたった今太右衛門《たえもん》と清作との悪いものを知らないで喰べたのを見ているのですから。

それに狐の学校生徒がみんなこっちを向いて「食うだろうか。ね。食うだろうか。」なんてひそひそ話し合っているのです。かん子ははずかしくてお皿を手に持ったまままっ赤になってしまいました。すると四郎が決心して云《い》いました。

「ね、喰べよう。お喰べよ。僕は紺三郎さんが僕らを欺《だま》すなんて思わないよ。」そして二人は黍団子をみんな喰べました。そのおいしいことは頬《ほ》っぺたも落ちそうです。狐の学校生徒はもうあんまり悦《よろこ》んでみんな踊りあがってしまいました。

キックキックトントン、キックキックトントン。

「ひるはカンカン日のひかり
よるはツンツン月あかり

たとえからだを、さかれても
狐の生徒はうそ云うな。」
キック、キックトントン、キックキックトントン。
「ひるはカンカン日のひかり
よるはツンツン月あかり
たとえこごえて倒れても
狐の生徒はぬすまない。」
キックキックトントン、キックキックトントン。
「ひるはカンカン日のひかり
よるはツンツン月あかり
たとえからだがちぎれても
狐の生徒はそねまない。」
キックキックトントン、キックキックトントン。
四郎もかん子もあんまり嬉《うれ》しくて涙がこぼれました。
笛がピーとなりました。
『わなを軽べつすべからず』と大きな字がうつりそれが消えて絵がうつりました。狐のこん兵衛《べえ》がわなに左足をとられた景色です。

「狐こんこん狐の子、去年狐のこん兵衛が
　左の足をわなに入れ、こんこんばたばた
　　　　　　　　　　　　こんこんこん。」
とみんなが歌いました。
四郎がそっとかん子に云《い》いました。
「僕の作った歌だねい。」
絵が消えて『火を軽べつすべからず』という字があらわれました。それも消えて絵がうつりました。狐のこん助が焼いたお魚を取ろうとしてしっぽに火がついた所です。
狐の生徒がみな叫びました。
「狐こんこん狐の子。去年狐のこん助が
　焼いた魚を取ろとしておしりに火がつき
　　　　　　　　きゃんきゃんきゃん。」
笛がピーと鳴り幕は明るくなって紺三郎《こんざぶろう》が又出て来て云いました。
「みなさん。今晩の幻燈《げんとう》はこれでおしまいです。今夜みなさんは深く心に留《と》めなければならないことがあります。それは狐のこしらえたものを賢いすこしも酔わない人間のお子さんが喰《た》べて下すったという事です。そこでみなさんはこれからも、大人になってもうそをつかず人をそねまず私共狐の今迄の悪い評判をすっかり無しくしてしまうだろうと思います。閉会の辞です。」狐の生徒はみんな感動して両手をあげたりワーッと立ちあがりました。そしてキラキラ涙をこぼしたのです。

紺三郎が二人の前に来て、丁寧におじぎをして云いました。

「それでは。さようなら。今夜のご恩は決して忘れません。」二人もおじぎをしてうちの方へ帰りました。狐の生徒たちが追いかけて来て二人のふところやかくし*にどんぐりだの栗だの青びかりの石だのを入れて、

「そら、あげますよ。」「そら、取って下さい。」なんて云って風の様に逃げ帰って行きます。

紺三郎は笑って見ていました。

二人は森を出て野原を行きました。

その青白い雪の野原のまん中で三人の黒い影が向うから来るのを見ました。それは迎いに来た兄さん達でした。

*かくし―ポケット。

「雪渡り」は、「愛国婦人」一九二一年一二月号および二二年一月号に掲載されたが、ここには、雑誌発表後に作者が手を入れた「発表後手入形」を採用した。

革トランク

斉藤平太は、その春、楢岡《ならおか》の町に出て、中学校と農学校、工学校の入学試験を受けました。三つとも駄目だと思っていましたら、どうしたわけか、まぐれあたりのように工学校だけ及第しました。一年と二年とはどうやら無事で、算盤《そろばん》の下手な担任教師が斉藤平太の通信簿の点数の勘定《かんじょう》を間違った為に首尾よく卒業いたしました。

(こんなことは実にまれです。)

卒業するとすぐ家へ戻されました。家は農業でお父さんは村長でしたが平太はお父さんの賛成によって、家の門の処《ところ》に建築図案設計工事請負《うけおい》という看板をかけました。

すぐに二つの仕事が来ました。一つは村の消防小屋と相談所とを兼ねた二階建、も一つは村の分教場です。

(こんなことは実に稀《ま》れです。)

斉藤平太は四日かかって両方の設計図を引いてしまいました。

それからあちこちの村の大工たちをたのんでいよいよ仕事にかかりました。

斉藤平太は茶いろの乗馬ズボンを穿《は》き赤ネクタイを首に結んであっちへ行ったりこっちへ

来たり忙しく両方を監督しました。

工作小屋のまん中にあの設計図が懸《か》けてあります。

ところがどうもおかしいことはどう云《い》うわけか平太が行くとどの大工さんも変な顔をして下ばかり向いて働いてなるべく物を言わないようにしたのです。

大工さんたちはみんな平太を好きでしたし賃銭だってたくさん払っていましたのにどうした訳かおかしな顔をするのです。

(こんなことは実に稀れです。)

平太が分教場の方へ行って大工さんたちの働きぶりを見て居りますと大工さんたちはくるくる廻《まわ》ったり立ったり屈《かが》んだりして働くのは大へん愉快そうでしたがどう云う訳か横に歩くのがいやそうでした。

(こんなことは実に稀《まれ》です。)

平太が消防小屋の方へ行って大工さんたちの働くのを見ていますと大工さんたちはくるくる廻ったり立ったり屈んだり横に歩いたりするのは大へん愉快そうでしたがどう云う訳か上下に交通するのがいやそうでした。

(こんなことは実に稀です。)

だんだん工事が進みました。

斉藤平太は人数を巧《うま》く組み合せて両方の終る日が丁度同じになるようにやっておきました

から両方丁度同じ日にそれが終りました。

（こんなことは実に稀《ま》れです。）

終りましたら大工さんたちはいよいよ変な顔をしてため息をついて黙って下ばかり見て居りました。

斉藤平太は分教場の玄関から教員室へ入ろうとしましたがどうしても行けませんでした。それは廊下がなかったからです。

（こんなことは実に稀《まれ》です。）

斉藤平太はひどくがっかりして今度は急いで消防小屋に行きました。そして下の方をすっかり検分し今度は二階の相談所を見ようとしましたがどうしても二階に昇れませんでした。それは梯子《はしご》がなかったからです。

（こんなことは実に稀です。）

そこで斉藤平太はすっかり気分を悪くしてそっと財布を開いて見ました。

そしたら三円入っていましたのですぐその乗馬ズボンのまま渡しを越えて町へ行きました。

それから汽車に乗りました。

そして東京へ遁《に》げました。

東京へ来たらお金が六銭残りました。斉藤平太はその六銭で二度ほど豆腐を食べました。

それから仕事をさがしました。けれども語《ことば》がはっきりしないのでどこの家でも工場でも頭ごなしに追いました。

斉藤平太はすっかり困って口の中もカサカサしながら三日仕事をさがしました。

それでもどこでも断わられとうとう楢岡《ならおか》工学校の卒業生の斉藤平太は卒倒しました。

巡査がそれに水をかけました。

区役所がそれを引きとりました。それからご飯をやりました。するとすっかり元気になりました。そこで区役所では撒水夫《さんすいふ》に雇いました。

斉藤平太はうちへ葉書を出しました。

「エレベータとエスカレータの研究の為急に東京に参り候《そうろう》御不便ながら研究すむうちあの請負の建物はそのままお使い願い候。」

お父さんの村長さんは返事も出させませんでした。

平太は夏は脚気《かっけ》にかかり冬は流行感冒です。そして二年は経《た》ちました。

それでもだんだん東京の事にもなれて来ましたのでついには昔の専門の建築の方の仕事に入りました。則《すなわ》ち平沢組の監督です。

大工たちに憎まれて見廻り中に高い処《ところ》から木片を投げつけられたり天井に上っているのを知らないふりして板を打ちつけられたりしましたがそれでも仲々愉快でした。

ですから斉藤平太はうちへこう葉書を書いたのです。

「近頃立身致し候。紙幣は障子を張る程有之《これあり》諸君も尊敬仕《つかまつり》候。研究も今一足《いっそく》故暫時《ざんじ》不便を御辛抱願候。」

お父さんの村長さんは返事も何もさせませんでした。

ところが平太のお母さんが少し病気になりました。毎日平太のことばかり云《い》います。

そこで仕方なく村長さんも電報を打ちました。

「ハハビョウキ、スグカエレ。」

平太はこの時月給をとったばかりでしたから三十円ほど余っていました。

平太はいろいろ考へた末二十円の大きな大きな革のトランクを買いました。けれどももちろん平太には一張羅《いっちょうら》の着ている麻服があるばかり他に入れるようなものは何もありませんでしたから親方に頼んで板の上に引いた要《い》らない絵図を三十枚ばかり貰《もら》ってぎっしりそれに詰めました。

（こんなことはごく稀《ま》れです。）

斉藤平太は故郷の停車場《じょう》に着きました。

それからトランクと一緒に俥《くるま》に乗って町を通り国道の松並木まで来ましたが平太の村へ行くみちはそこから岐《わか》れて急にでこぼこになるのを見て俥夫《しゃふ》はあとは行けないと断って賃銭をとって帰って行ってしまいました。

斉藤平太はそこで仕方なく自分でその大トランクを担《かつ》いで歩きました。ひのきの垣根の横を行き麻ばたけの間を通り桑の畑のへりを通りそして船場までやって来ました。

渡し場は針金の綱を張ってあって滑車の仕掛けで舟が半分以上ひとりで動くようになっていました。

もう夕方でしたが雲が縞《しま》をつくってしずかに東の方へ流れ、白と黒とのぶちになったせきれいが水銀のような水とすれすれに飛びました。そのはりがねの綱は大きく水に垂れ舟はいま六七人の村人を乗せてやっと向うへ着く処《ところ》でした。向うの岸には月見草も咲いていました。舟が又こっちへ戻るまで斉藤平太は大トランクを草におろし自分もどっかり腰かけて汗をふきました。白の麻服のせなかも汗でぐちゃぐちゃ、草にはけむりのような穂が出ていました。

いつの間にか子供らが麻ばたけの中や岸の砂原やあちこちから七八人集って来ました。全く平太の大トランクがめずらしかったのです。みんなはだんだん近づきました。

「おお、みんな革だんぞ。」

「牛の革だんぞ。」

「あそごの曲った処ぁ牛の膝《ひざ》かぶの皮だな。」

なるほど平太の大トランクの締金《しめがね》の処には少しまがった膝の形の革きれもついていました。

平太は子供らの云うのを聞いて何とも云えず悲しい寂しい気がしてあぶなく泣こうとしました。

舟がだんだん近よりました。

船頭が平太のうしろの入日の雲の白びかりを手でさけるようにしながらじっと平太を見て

いましたがだんだん近くになっていよいよその白い洋服を着た紳士が平太だとわかると高く叫びました。

「おお平太さん。待ぢでだあんす。」*

平太はあぶなく泣こうとしました。そしてトランクを運んで舟にのりました。舟はたちまち岸をはなれ岸の子供らはまだトランクのことばかり云《い》い船頭もしきりにそのトランクを見ながら船を滑らせました。波がぴたぴた云い針金の綱はしんしんと鳴りました。それから西の雲の向うに日が落ちたらしく波が俄《にわ》かに暗くなりました。向うの岸に二人の人が待っていました。

舟は岸に着きました。

二人の中の一人が飛んで来ました。

「お待ぢ申して居りあんした。お荷物は。」

それは平太の家の下男でした。平太はだまって眼をパチパチさせながらトランクを渡しました。下男はまるでひどく気が立ってその大きな革トランクをしょいました。

それから二人はうちの方へ蚊のくんくん鳴く桑畑の中を歩きました。

二人が大きな路《みち》に出て少し行ったとき、村長さんも丁度役場から帰った処《ところ》でうしろの方から来ましたがその大トランクを見てにが笑いをしました。

*待ぢでだあんす――お待ちいたしておりました。

谷

楢渡《ならわたり》のとこの崖《がけ》はまっ赤でした。

それにひどく深くて急でしたからのぞいて見ると全くくるくるするのでした。

谷底には水もなんにもなくてただ青い梢《こずえ》と白樺《しらかば》などの幹が短く見えるだけでした。

向う側もやっぱりこっち側と同じようでその毒々しく赤い崖には横に五本の灰いろの太い線が入っていました。ぎざぎざになって赤い土から喰《は》み出していたのです。それは昔山の方から流れて走って来て又火山灰に埋《うず》もれた五層の古い熔岩流《ようがんりゅう》だったのです。

崖のこっち側と向う側と昔は続いていたのでしょうがいつかの時代に裂けるか罅《わ》れるかしたのでしょう。霧のあるときは谷の底はまっ白でなんにも見えませんでした。

私がはじめてそこへ行ったのはたしか尋常三年生か四年生のころです。ずうっと下の方の野原でたった一人野葡萄《のぶどう》を喰べていましたら馬番《うまばん》の理助が*鬱金《うこん》の切れを首に巻いて木炭《すみ》の空俵をしょって大股に通りかかったのでした。そして私を見てずいぶんな高声で言ったのです。

「おいおい、どこからこぼれて此処《ここ》らへ落ちた？　さらわれるぞ。蕈《きのこ》のうんと出来る処へ連

＊鬱金――濃くあざやかな黄色。

れてってやろうか。お前なんかには持てないくらい蕈《きのこ》のある処《ところ》へ連れてってやろうか。」

私は「うん。」と云《い》いました。すると理助は歩きながら又言いました。

「そんならついて来い。葡萄《ぶどう》などもう棄《す》てちまえ。すっかり唇も歯も紫になってる。早くついて来い、来い。後《おく》れたら棄てて行くぞ。」私はすぐ手にもった野葡萄の房を棄ていっしんに理助について行きました。ところが理助は連れてってやろうかと云っても一向私などは構わなかったのです。自分だけ勝手にあるいて途方もない声で空に噛ぶりつくように歌って行きました。私はもうほんとうに一生けんめいついて行ったのです。

私どもは柏《かしわ》の林の中に入りました。

影がちらちらちらちらして葉はうつくしく光りました。曲った黒い幹の間を私どもはだんだん潜《もぐ》って行きました。林の中に入ったら理助もあんまり急がないようになりました。又じっさい急げないようでした。傾斜もよほど出てきたのでした。

十五分も柏の中を潜ったとき理助は少し横の方へまがってからだをかがめてそこらをしらべていましたが間もなく立ちどまりました。そしてまるで低い声で、

「さあ来たぞ。すきなくらいとれ。左の方へは行くなよ。崖《がけ》だから。」

そこは柏や楢《なら》の林の中の小さな空地でした。私はまるでぞくぞくしました。*はぎぼだしがそこにもここにも盛りになって生えているのです。理助は炭俵をおろして尤《もっとも》らしく口をふくらせてふうと息をついてから又言いました。

「いいか。はぎぼだしには茶いろのと白いのとあるけれど白いのは硬くて筋が多くてだめだよ。茶いろのをとれ。」

「もうとってもいいか。」私はききました。

「うん。何へ入れてく。そうだ。羽織へ包んで行け。」

「うん。」私は羽織をぬいで草に敷きました。

理助はもう片っぱしからとって炭俵の中へ入れました。私もとりました。ところが理助のとるのはみんな白いのです。白いのばかりえらんでどしどし炭俵の中へ投げ込んでいるのです。私はそこでしばらく呆《あき》れて見ていました。

「何をぼんやりしてるんだ。早くとれとれ。」理助が云いました。

「うん。けれどお前はなぜ白いのばかりとるの。」私がききました。

「おれのは漬物だよ。お前のうちじゃ蕈の漬物なんか喰べないだろうから茶いろのを持って行った方がいいやな。煮て食うんだろうから。」

私はなるほどと思いましたので少し理助を気の毒なような気もしながら茶いろのをたくさんとりました。羽織に包まれないようになってもまだとりました。

日がてって秋でもなかなか暑いのでした。

間もなく蕈も大ていなくなり理助は炭俵一ぱいに詰めたのをゆるく両手で押すようにして

＊はぎぼだし―キノコの一種。

それから羊歯《しだ》の葉を五六枚のせて縄で上をからげました。

「さあ戻るぞ。谷を見て来るかな。」理助は汗をふきながら右の方へ行きました。私もついて行きました。しばらくすると理助はぴたっととまりました。それから私をふり向いて私の腕を押えてしまいました。

「さあ、見ろ、どうだ。」私は向うを見ました。あのまっ赤な火のような崖《がけ》だったのです。私はまるで頭がしいんとなるように思いました。そんなにその崖が恐ろしく見えたのです。

「下の方ものぞかしてやろうか。」理助は云《い》いながらそろそろと私を崖のはじにつき出しました。私はちらっと下を見ましたがもうくるくるしてしまいました。

「どうだ。こわいだろう。ひとりで来ちゃきっとここへ落ちるから来年でもいつでもひとりで来ちゃいけないぞ。ひとりで来たら承知しないぞ。第一みちがわかるまい。」

理助は私の腕をはなして大へん意地の悪い顔つきになってこう云いました。

「うん、わからない。」私はぼんやり答えました。

するると理助は笑って戻りました。

それから青ぞらを向いて高く歌をどなりました。

さっきの蕈《きのこ》を置いた処《ところ》へ来ると理助はどっかり足を投げ出して座って炭俵をしょいました。

それから胸で両方から縄を結んで言いました。

「おい、起してくれ。」私はもうふところへ一杯にきのこをつめ羽織を風呂敷包みのようにして持って待っていましたがこう言われたので仕方なく包みを置いてうしろから理助の俵を押してやりました。理助は起きあがって嬉しそうに笑って野原の方へ下りはじめました。私も包みを持ってうれしくて何べんも「ホウ。」と叫びました。

そして私たちは野原でわかれて私は大威張りで家に帰ったのです。すると兄さんが豆を叩《たた》いていましたが笑って言いました。

「どうしてこんな古いきのこばかり取って来たんだ。」

「理助がだって茶いろのがいいって云ったもの。」

「理助かい。あいつはずるさ。もうはぎぼだしも過ぎるな。おれもあしたでかけるかな。」

私も又ついて行きたいと思ったのでしたが次の日は月曜ですから仕方なかったのです。

そしてその年は冬になりました。

次の春理助は北海道の牧場へ行ってしまいました。そして見るとあすこのきのこはほかに誰かに理助が教えて行ったかも知れませんがまあ私のものだったのです。私はそれを兄にもはなしませんでした。今年こそ白いのをうんととって来て手柄を立ててやろうと思ったのです。

そのうち九月になりました。私ははじめたった一人で行こうと思ったのでしたがどうも野原から大分奥でこわかったのですし第一どの辺だったかあまりはっきりしませんでしたから誰か友だちを誘おうときめました。

そこで土曜日に私は藤原慶次郎にその話をしました。そして誰にもその場所をはなさないなら一緒に行こうと相談しました。すると慶次郎はまるでよろこんで言いました。

「楢渡《ならわたり》なら方向はちゃんとわかっているよ。あすこでしばらく木炭《すみ》を焼いていたのだから方角はちゃんとわかっている。行こう。」

私はもう占めたと思いました。

次の朝早く私どもは今度は大きな篭を持ってでかけたのです。実際それを一ぱいとることを考えると胸がどかどかするのでした。

ところがその日は朝も東がまっ赤でどうも雨になりそうでしたが私たちが柏《かしわ》の林に入ったころはずいぶん雲がひくくてそれにぎらぎら光って柏の葉も暗く見え風もカサカサ云《い》って大へん気味が悪くなりました。

それでも私たちはずんずん登って行きました。慶次郎は時々向うをすかすように見て、

「大丈夫だよ。もうすぐだよ。」と云うのでした。実際山を歩くことなどは私よりも慶次郎の方がずうっとなれていて上手でした。

ところがうまいことはいきなり私どもははぎぼだしに出っ会《でく》わしました。そこはたしかに去年の処《ところ》ではなかったのです。ですから私は
「おい、ここは新しいところだよ。もう僕らはきのこ山を二つ持ったよ。」と言ったのです。

すると慶次郎も顔を赤くしてよろこんで眼《め》や鼻や一緒になってどうしてもそれが直らないと

いう風でした。

「さあ、取ってこう。」私は云いました。そして白いのばかりえらんで二人ともせっせと集めました。昨年のことなどはすっかり途中で話して来たのです。

間もなく篭が一ぱいになりました。丁度そのときさっきからどうしても降りそうに見えた空から雨つぶがポツリポツリとやって来ました。

「さあぬれるよ。」私は言いました。

「どうせずぶぬれだ。」慶次郎も云いました。

雨つぶはだんだん数が増して来てまもなくザアッとやって来ました。楢《なら》の葉はパチパチ鳴り雫《しずく》の音もポタッポタッと聞えて来たのです。私と慶次郎とはだまって立ってぬれました。

それでもうれしかったのです。

ところが雨はまもなくぱたっとやみました。五六つぶを名残《なご》りに落してすばやく引きあげて行ったという風でした。そして陽がさっと落ちて来ました。見上げますと白い雲のきれ間から大きな光る太陽が走って出ていたのです。私どもは思わず歓呼の声をあげました。楢や柏の葉もきらきら光ったのです。

「おい、ここはどの辺だか見ておかないと今度来るときわからないよ。」慶次郎が言いました。

「うん。それから去年のもさがしておかないと。兄さんにでも来て貰《もら》おうか。あしたは来れ

風でした。

「あした学校を下ってからでもいいじゃないか。」慶次郎は私の兄さんには知らせたくない風でした。

「帰りに暗くなるよ。」

「大丈夫さ。とにかくさがしておこう。崖《がけ》はじきだろうか。」私たちは篭はそこへ置いたまま崖の方へ歩いて行きました。そしたらまだまだと思っていた崖がもうすぐ目の前に出ましたので私はぎくっとして手をひろげて慶次郎の来るのをとめました。

「もう崖だよ。あぶない。」

慶次郎ははじめて崖を見たらしくいかにもどきっとしたらしくしばらくなんにも云《い》いませんでした。

「おい、やっぱり、すると、あすこは去年のところだよ。」私は言いました。

「うん。」慶次郎は少しつまらないというようにうなずきました。

「もう帰ろうか。」私は云いました。

「帰ろう。あばよ。」と慶次郎は高く向うのまっ赤な崖に叫びました。

「あばよ。」崖からこだまが返って来ました。

私はにわかに面白くなって力一ぱい叫びました。

「ホウ、居たかぁ。」

「居たかぁ。」崖がこだまを返しました。

「また来るよ。」慶次郎が叫びました。

「来るよ。」崖が答えました。

「馬鹿。」私が少し大胆になって悪口《あっこう》をしました。

「馬鹿。」崖も悪口を返しました。

「馬鹿野郎。」慶次郎が少し低く叫びました。

ところがその返事はただごそごそごそっとつぶやくように聞えました。どうも手がつけられないと云ったようにも又そんなやつらにいつまでも返事していられないなと自分ら同志で相談したようにも聞えました。

私どもは顔を見合せました。それから俄《にわ》かに恐《こわ》くなって一緒に崖をはなれました。それから篭を持ってどんどん下りました。二人ともだまってどんどん下りました。雫《しずく》ですっかりぬればらや何かに引っかかれながらなんにも云わずに私どもはどんどんどんどん遁《に》げました。遁げれば遁げるほどいよいよ恐くなったのです。うしろでハッハッハと笑うような声もしたのです。

ですから次の年はとうとう私たちは兄さんにも話して一緒にでかけたのです。

やまなし

小さな谷川の底を写した二枚の青い幻燈《げんとう》です。

一　五月

二疋《ひき》の蟹《かに》の子供らが青じろい水の底で話《はなし》ていました。

「*クラムボンはわらったよ。」

「クラムボンはかぷかぷわらったよ。」

「クラムボンは跳《はね》てわらったよ。」

「クラムボンはかぷかぷわらったよ。」

上の方や横の方は、青くくらく鋼《はがね》のように見えます。そのなめらかな天井を、つぶつぶ暗い泡が流れて行きます。

「クラムボンはわらっていたよ。」

「クラムボンはかぷかぷわらったよ。」

「それならなぜクラムボンはわらったの。」

「知らない。」

つぶつぶ泡が流れて行きます。蟹の子供らもぽっぽっぽっとつづけて五六粒泡を吐きました。それはゆれながら水銀のように光って斜めに上の方へのぼって行きました。

つうと銀のいろの腹をひるがえして、一疋の魚《うお》が頭の上を過ぎて行きました。

「クラムボンは死んだよ。」

「クラムボンは殺されたよ。」

「クラムボンは死んでしまったよ………。」

「殺されたよ。」

「それならなぜ殺された。」兄さんの蟹は、その右側の四本の脚《あし》の中の二本を、弟の平べったい頭にのせながら云《い》いました。

「わからない。」

魚がまたツウと戻って下流のほうへ行きました。

「クラムボンはわらったよ。」

「わらった。」

にわかにパッと明るくなり、日光の黄金《きん》は夢のように水の中に降って来ました。

＊クラムボン—賢治の造語。カニ、アメンボ、プランクトンなどとする説がある。

波から来る光の網が、底の白い磐《いわ》の上で美しくゆらゆらのびたりちぢんだりしました。泡や小さなごみからはまっすぐな影の棒が、斜めに水の中に並んで立ちました。

魚《うお》がこんどはそこら中の黄金《きん》の光をまるっきりくちゃくちゃにしておまけに自分は鉄いろに変に底びかりして、又上流《かみ》の方へのぼりました。

「お魚はなぜああ行ったり来たりするの。」

弟の蟹《かに》がまぶしそうに眼《め》を動かしながらたずねました。

「何か悪いことをしてるんだよとってるんだよ。」

「とってるの。」

「うん。」

そのお魚が又上流から戻って来ました。今度はゆっくり落ちついて、ひれも尾も動かさずただ水にだけ流されながらお口を環《わ》のように円《まる》くしてやって来ました。その影は黒くしずかに底の光の網の上をすべりました。

「お魚は……。」

その時です。俄《にわか》に天井に白い泡がたって、青びかりのまるでぎらぎらする鉄砲弾《だま》のようなものが、いきなり飛込んで来ました。

兄さんの蟹ははっきりとその青いもののさきがコンパスのように黒く尖《とが》っているのも見ました。と思ううちに、魚の白い腹がぎらっと光って一ぺんひるがえり、上の方へのぼったようでしたが、それっきりもう青いものも魚のかたちも見えず光の黄金の網はゆらゆらゆれ、泡はつぶつぶ流れました。

二疋《ひき》はまるで声も出ず居すくまってしまいました。

お父さんの蟹が出て来ました。

「どうしたい。ぶるぶるふるえているじゃないか。」

「お父さん、いまおかしなものが来たよ。」

「どんなもんだ。」

「青くてね、光るんだよ。はじがこんなに黒く尖ってるの。それが来たらお魚が上へのぼって行ったよ。」

「そいつの眼が赤かったかい。」

「わからない。」

「ふうん。しかし、そいつは鳥だよ。かわせみと云《い》うんだ。大丈夫だ、安心しろ。おれたちはかまわないんだから。」

「お父さん、お魚はどこへ行ったの。」

「魚かい。魚はこわい所へ行った。」

「こわいよ、お父さん。」

「いいいい、大丈夫だ。心配するな。そら、樺《かば》の花が流れて来た。ごらん、きれいだろう。」

泡と一緒に、白い樺の花びらが天井をたくさんすべって来ました。

「こわいよ、お父さん。」弟の蟹《かに》も云《い》いました。

光の網はゆらゆら、のびたりちぢんだり、花びらの影はしずかに砂をすべりました。

二　十二月

蟹の子供らはもうよほど大きくなり、底の景色も夏から秋の間にすっかり変りました。

白い柔かな円石《まるいし》もころがって来小さな錐《きり》の形の水晶の粒や、金雲母《きんうんも》のかけらもながれて来てとまりました。

そのつめたい水の底まで、ラムネの瓶の月光がいっぱいに透《す》きとおり天井では波が青じろい火を、燃《も》したり消したりしているよう、あたりはしんとして、ただいかにも遠くからというように、その波の音がひびいて来るだけです。

蟹の子供らは、あんまり月が明るく水がきれいなので睡《ねむ》らないで外に出て、しばらくだまって泡をはいて天上の方を見ていました。

「やっぱり僕の泡は大きいね。」

「兄さん、わざと大きく吐いてるんだい。僕だってわざとならもっと大きく吐けるよ。」

「吐いてごらん。おや、たったそれきりだろう。いいかい、兄さんが吐くから見ておいで。そら、ね、大きいだろう。」

「大きかないや、おんなじだい。」

「近くだから自分のが大きく見えるんだよ。そんなら一緒に吐いてみよう。いいかい、そら。」

「やっぱり僕の方大きいよ。」

「本統《ほんとう》かい。じゃ、も一つはくよ。」

「だめだい、そんなにのびあがっては。」

またお父さんの蟹が出て来ました。

「もうねろねろ。遅いぞ、あしたイサド*へ連れて行かんぞ。」

「お父さん、僕たちの泡どっち大きいの。」

「それは兄さんの方だろう。」

「そうじゃないよ、僕の方大きいんだよ。」弟の蟹は泣きそうになりました。

そのとき、トブン。

黒い円い大きなものが、天井から落ちてずうっとしずんで又上へのぼって行きました。キ

＊樺─ヤマザクラ。　＊金雲母─造山鉱物である雲母の一種。　＊イサド─地名。賢治の造語か。「風の又三郎」には「伊佐戸」として出てくる。

ラキラッと黄金《きん》のぶちがひかりました。

「かわせみだ。」子供らの蟹《かに》は頸《くび》をすくめて云《い》いました。

お父さんの蟹は、遠めがねのような両方の眼をあらん限り延ばして、よくよく見てから云いました。

「そうじゃない、あれはやまなし*だ、流れて行くぞ、ついて行って見よう、ああいい匂いだな」

なるほど、そこらの月あかりの水の中は、やまなしのいい匂いでいっぱいでした。

三疋《びき》はぽかぽか流れて行くやまなしのあとを追いました。

その横あるきと、底の黒い三つの影法師《かげぼうし》が、合せて六つ踊るようにして、やまなしの円《まる》い影を追いました。

間もなく水はサラサラ鳴り、天井の波はいよいよ青い焰《ほのお》をあげ、やまなしは横になって木の枝にひっかかってとまり、その上には月光の虹がもかもか集まりました。

「どうだ、やっぱりやまなしだよ、よく熟している、いい匂いだろう。」

「おいしそうだね、お父さん。」

「待て待て、もう二日ばかり待つとね、こいつは下へ沈んで来る、それからひとりでにおいしいお酒ができるから、さあ、もう帰って寝よう、おいで。」

親子の蟹は三疋自分等《ら》の穴に帰って行きます。

波はいよいよ青じろい焔をゆらゆらとあげました、それは又*金剛石《こんごうせき》の粉をはいているようでした。

私の幻燈《げんとう》はこれでおしまいであります。

*やまなし―梨の野生種で、その実は小さい。

*金剛石―ダイアモンド。

氷河鼠《ひょうがねずみ》の毛皮

このおはなしは、ずいぶん北の方の寒いところからきれぎれに風に吹きとばされて来たのです。氷がひとでや海月《くらげ》やさまざまのお菓子の形をしているくらい寒い北の方から飛ばされてやって来たのです。

十二月の二十六日の夜八時ベーリング*行の列車に乗ってイーハトヴを発《た》った人たちが、どんな眼《め》にあったかきっとどなたも知りたいでしょう。これはそのおはなしです。

ぜんたい十二月の二十六日はイーハトヴはひどい吹雪でした。町の空や通りはまるっきり白だか水色だか変にばさばさした雪の粉でいっぱい、風はひっきりなしに電線や枯れたポプラを鳴らし、鴉《からす》なども半分凍《こご》ったようになってふらふらと空を流されて行きました。ただ、まあ、その中から馬《ば》そりの鈴のチリンチリン鳴る音が、やっと聞えるのでやっぱり誰か通っているなということがわかるのでした。

ところがそんなひどい吹雪でも夜の八時になって停車場《じょう》に行って見ますと暖炉の火は愉快に赤く燃えあがり、ベーリング行の最大急行に乗る人たちはもうその前にまっ黒に立っていました。

何せ北極のじき近くまで行くのですからみんなはすっかり用意していました。着物はまるで厚い壁のくらい着込み、馬油《ばゆ》を塗った長靴をはきトランクにまで寒さでひびが入らないように馬油を塗ってみんなほうほうしていました。汽罐車《きかんしゃ》はもうすっかり支度ができて暖そうな湯気を吐き、客車にはみな明るく電燈がともり、赤いカーテンもおろされて、プラットホームにまっすぐにならびました。

「ベーリング行、午後八時発車、ベーリング行。」一人の駅夫が高く叫びながら待合室に入って来ました。

すぐ改札のベルが鳴りみんなはわいわい切符を切って貰《もら》ってトランクや袋を車の中にかつぎ込みました。

間もなくパリパリ呼子《よびこ》が鳴り汽罐車は一つポーとほえて、汽車は一目散に飛び出しました。何せベーリング行の最大急行ですから実にはやいもんです。見る間にそのおしまいの二つの赤い火が灰いろの夜のふぶきの中に消えてしまいました。ここまではたしかに私も知っています。

列車がイーハトヴの停車場をはなれて荷物が棚や腰掛の下に片附き、席がすっかりきまり

＊ベーリング—北極圏の架空の都市。ベーリング海あたりを想定したのか。

ますとみんなはまずつくづくと同じ車の人たちの顔つきを見まわしました。

一つの車には十五人ばかりの旅客が乗っていましたがそのまん中には顔の赤い肥《ふと》った紳士がどっしりと腰掛けていました。その人は毛皮を一杯に着込んで、二人前の席をとり、アラスカ金の大きな指環《ゆびわ》をはめ、十連発のぴかぴかする素敵な鉄砲を持っていかにも元気そう、声もきっとよほどがらがらしているにちがいないと思われたのです。

近くにはやっぱり似たようななりの紳士たちがめいめい眼鏡《めがね》を外《はず》したり時計を見たりしていました。どの人も大へん立派でしたがまん中の人にくらべては少し痩《やせ》ていました。向うの隅《すみ》には痩た赤ひげの人が北極狐のようにきょとんとすまして腰を掛けこちらの斜《はす》かいの窓のそばにはかたい帆布《はんぷ》の上着を着て愉快そうに自分にだけ聞えるような微《かす》かな口笛を吹いている若い船乗りらしい男が乗っていました。そのほか痩て眉も深く刻み陰気な顔を外套《がいとう》のえりに埋《うめ》ている人さっぱり何でもないというようにもう睡《ねむ》りはじめた商人風の人など三四人居りました。


汽車は時々素通りする停車場《じょう》の踏切でがたっと横にゆれながら一生けん命ふぶきの中をかけました。しかしその吹雪もだんだんおさまったのかそれとも汽車が吹雪の地方を越したのか、まもなくみんなは外の方から空気に圧《お》しつけられるような気がし、もう外では雪が降っていないというように思いました。黄いろな帆布の青年は立って自分の窓のカーテンを上げました。そのカーテンのうしろには湯気の凍《こご》り付いたぎらぎらの窓ガラスでした。たしかにその窓ガラスは変に青く光っていたのです。船乗りの青年はポケットから小さなナイフを出してその窓の羊歯《しだ》の葉の形をした氷をガリガリ削り落しました。

削り取られた分の窓ガラスはつめたくて実によく透とおり向うでは山脈の雪が耿々《こうこう》とひかり、その上の鉄いろをしたつめたい空にはまるでたったいまみがきをかけたような青い月がすきっとかかっていました。

野原の雪は青じろく見え煙の影は夢のようにかけたのです。*唐檜《とうひ》やとど松がまっ黒に立ってちらちら窓を過ぎて行きます。じっと外を見ている若者の唇は笑うように又泣くようにかすかにうごきました。それは何か月に話し掛けているかとも思われたのです。みんなもしんとして何か考え込んでいました。まん中の立派な紳士もまた鉄砲を手に持って何か考えています。けれども俄《にわか》に紳士は立ちあがりました。鉄砲を大切に棚に載せました。それから大きな声で向うの役人らしい葉巻をくわえている紳士に話し掛けました。

「何せ向うは寒いだろうね。」

向うの紳士が答えました。

「いや、それはもう当然です。いくら寒いと云《い》ってもこっちのは相対的ですがなあ、あっちはもう絶対です。寒さがちがいます。」

＊唐檜——マツ科の常緑針葉樹。

「あなたは何べん行ったね。」

「私は今度二辺目ですが。」

「どうだろう、わしの防寒の設備は大丈夫だろうか。」

「どれくらいご支度なさいました。」

「さあ、まあイーハトヴの冬の着物の上に、ラッコ裏の内外套《うちがいとう》ね、海狸《ビバア》の中外套ね、黒狐表裏の外外套《そと》ね。」

「大丈夫でしょう、ずいぶんいいお支度です。」

「そうだろうか、それから北極兄弟商会パテントの緩慢燃焼外套ね………。」

「大丈夫です。」

「それから*氷河鼠《ひょうがねずみ》の頸《くび》のとこの毛皮だけでこさえた上着ね。」

「大丈夫です。しかし氷河鼠の頸のとこの毛皮はぜい沢ですな。」

「四百五十疋《ぴき》分だ。どうだろう。こんなことで大丈夫だろうか。」

「大丈夫です。」

「わしはね、主に黒狐をとって来るつもりなんだ。黒狐の毛皮九百枚持って来てみせるというかけをしたんだ。」

「そうですか。えらいですな。」

「どうだ。祝盃を一杯やろうか。」紳士はステームでだんだん暖まって来たらしく外套を脱ぎながらウイスキーの瓶を出しました。

すじ向いではさっきの青年が額をつめたいガラスにあてるばかりにして月とオリオンとの空をじっとながめ、向うの隅ではあの痩《やせ》た赤髯《あかひげ》の男が眼《め》をきょろきょろさせてみんなの話を聞きすまし、酒を呑《の》み出した紳士のまわりの人たちは少し羨《うらや》ましそうにこの剛勢な北極近くまで猟に出かける暢気《のんき》な大将を見ていました。

毛皮外套をあんまり沢山もった紳士はもうひとりの外套を沢山もった紳士と喧嘩《けんか》をしましたがそのあとの方の人はとうとう負て寝たふりをしてしまいました。

紳士はそこでつづけさまにウイスキーの小さなコップを十二ばかりやりましたらすっかり酔いがまわってもう目を細くして唇をなめながらそこら中の人に見あたり次第くだを巻きはじめました。

「ね、おい、氷河鼠の頸のところの毛皮だけだぜ。ええ、氷河鼠の上等さ。君、君、百十六疋の分なんだ。君、君こう見渡すというと外套二枚ぐらいのお方もずいぶんあるようだが外套二枚じゃだめだねえ、君は三枚だからいいね、けれども、君、君、君のその外套は全体それは毛じゃないよ。君はさっきモロッコ狐だとか云《い》ったねえ。どうしてどうしてちゃんとわかるよ。それはほんとの毛じゃないよ。ほんとの毛皮じゃないんだよ」

＊氷河鼠──賢治の造語か。北極圏の雪鼠。

「失敬なことを云《い》うな。失敬な」

「いいや、ほんとのことを云うがね、たしかにそれはにせものだ。絹糸で拵《こしら》えたんだ」

「失敬なやつだ。君はそれでも紳士かい」

「いいよ。僕は紳士でもせり売屋でも何でもいい。君のその毛皮はにせものだ」

「野蕃《やばん》なやつだ。実に野蕃だ」

「いいよ。おこるなよ向うへ行って寒かったら僕のとこへおいで」

「頼まない」

よその紳士はすっかりぶりぶりしてそれでもきまり悪そうにやはりうつうつ寝たふりをしました。

氷河鼠《ひょうがねずみ》の上着を有《も》った大将は唇をなめながらまわりを見まわした。

「君、おい君、その窓のところのお若いの。失敬だが君は船乗りかね」

若者はやっぱり外を見ていました。月の下にはまっ白な*蛋白石《たんぱくせき》のような雲の塊が走って来るのです。

「おい、君、何と云っても向うは寒い、その帆布《はんぷ》一枚じゃとてもやり切れたもんじゃない。けれども君はなかなか豪儀《ごうぎ》なとこがある。よろしい貸《かし》てやろう。僕のを一枚貸てやろう。そうしよう」

けれども若者はそんな言《げん》が耳にも入らないというようでした。つめたく唇を結んでまるでオリオン座のとこの鋼《はがね》いろの空の向うを見透かすような眼《め》をして外を見ていました。

「ふん。パースレー*かね。黒狐だよ。なかなか寒いからね、おい、君若いお方、失敬だが外《がい》套《とう》を一枚お貸申すとしようじゃないか。黄いろの帆布一枚じゃどうしてどうして零下の四十度を防ぐもなにもできやしない。黒狐だから。おい若いお方。君、君、おいなぜ返事せんか。無礼なやつだ君は我輩を知らんか。わしはねイーハトヴのタイチだよ。イーハトヴのタイチを知らんか。こんな汽車へ乗るんじゃなかったな。わしの持船で出かけたらだまって殿さまで通るんだ。ひとりで出掛けて黒狐を九百疋とって見せるなんて下らないかけをしたもんさ」

こんな馬鹿げた大きな子供の酔どれをもう誰も相手にしませんでした。みんな眠《ねむ》るか睡る支度でした。きちんと起きているのはさっきの窓のそばの一人の青年と客車の隅《すみ》でしきりに鉛筆をなめながらきょときょとと聴き耳をたてて何か書きつけているあの痩《やせ》た赤髯《あかひげ》の男だけでした。

「紅茶はいかがですか。紅茶はいかがですか」

白服のボーイが大きな銀の盆に紅茶のコップを十ばかり載せてしずかに大股にやって来ました。

「おい、紅茶をおくれ」イーハトヴのタイチが手をのばしました。ボーイはからだをかがめ

＊蛋白石――オパール。　＊パースレー――意味不明。

てすばやく一つを渡し銀貨を一枚受け取りました。

そのとき電燈がすうっと赤く暗くなりました。

窓は月のあかりでまるで*螺鈿《らでん》のように青びかりみんなの顔も俄《にわか》に淋《さび》しく見えました。

「まっくらでござんすなおばけが出そう」ボーイは少し屈《かが》んであの若い船乗りののぞいている窓からちょっと外を見ながら云《い》いました。

「おや、変な火が見えるぞ。誰かかがりを焚《た》いてるな。おかしい」

この時電燈がまたすっとつきボーイは又
「紅茶はいかがですか」と云いながら大股にそして恭《うやうや》しく向うへ行きました。

これが多分風の飛ばしてよこした切れ切れの報告の第五番目にあたるのだろうと思います。


夜がすっかり明けて東側の窓がまばゆくまっ白に光り西側の窓が鈍い鉛色になったとき汽車が俄にとまりました。みんな顔を見合せました。

「どうしたんだろう。まだベーリングに着く筈《はず》がないし故障ができたんだろうか。」

そのとき俄に外ががやがやしてそれからいきなり扉ががたっと開き朝日はビールのようにながれ込みました。赤ひげがまるで違った物凄《ものすご》い顔をしてピカピカするピストルをつきつけてはいって来ました。

そのあとから二十人ばかりのすさまじい顔つきをした人がどうもそれは人というよりは白

熊といった方がいいような、いや、白熊というよりは雪狐《ゆききつね》と云った方がいいようなすてきにもくもくした毛皮を着た、いや、着たというよりは毛皮で皮ができてるというた方がいいような、ものが変な仮面をかぶったえり巻を眼《め》まで上げたりしてまっ白ないきをふうふう吐きながら大きなピストルをみんな握って車室の中にはいって来ました。

先登《せんとう》の赤ひげは腰かけにうつむいてまだ睡《ねむ》っていたゆうべの偉らい紳士を指さして云いました。

「こいつがイーハトヴのタイチだ。ふらちなやつだ。イーハトヴの冬の着物の上にねラッコ裏の内外套《うちがいとう》と海狸《ビバア》の中外套と黒狐裏表の外《そと》外套を着ようというんだ。おまけにパテント外套と氷河鼠《ひょうがねずみ》の頚《くび》のとこの毛皮だけでこさえた上着も着ようというやつだ。これから黒狐の毛皮九百枚とるとぬかすんだ、叩《たた》き起せ。」

二番目の黒と白の斑《ぶち》の仮面をかぶった男がタイチの首すじをつかんで引きずり起しました。残りのものは油断なく車室中にピストルを向けてにらみつけていました。

三番目のが云いました。

「おい、立て、きさまこいつだなあの電気網をテルマの岸に張らせやがったやつは。連れてこう」

「うん、立て。さあ立てていやなつらをしてるなあさあ立て」

＊螺鈿—貝殻のきれいな部分を漆塗りの器などにはめ込む装飾。

紳士は引ったてられて泣きました。ドアがあけてあるので室《しつ》の中は俄《にわか》に寒くあっちでもこっちでもクシャンクシャンとまじめ臭《くさ》ったくしゃみの声がしました。

二番目がしっかりタイチをつかまえて引っぱって行《ゆ》こうとしますと三番目のはまだ立ったままきょろきょろ車中を見まわしました。

「外《ほか》にはないか。そこのとこに居るやつも毛皮の外套《がいとう》を三枚持つてるぞ」

「ちがうちがう」赤ひげはせわしく手を振って云《い》いました。「ちがうよ。あれはほんとの毛皮じゃない絹糸でこさえたんだ」

「そうか」

ゆうべのその外套をほんとのモロッコ狐だと云った人は変な顔をしてしゃちほこばっていました。

「よし、さあでは引きあげ、おい誰でもおれたちがこの車を出ないうちに一寸《ちよつと》でも動いたやつは胸にスポンと穴をあけるから、そう思え」

その連中はじりじりとあと退《すさ》りして出て行きました。

そして一人ずつだんだん出て行っておしまい赤ひげがこっちへピストルを向けながらせなかでタイチを押すようにして出て行こうとしました。タイチは髪をばちゃばちゃにして口をびくびくまげながら前からはひっぱられうしろからは押されてもう扉の外へ出そうになりました。

俄に窓のとこに居た帆布《はんぷ》の上着の青年がまるで天井にぶっつかるくらいのろしのように飛びあがりました。

ズドン。ピストルが鳴りました。落ちたのはただの黄いろの上着だけでした。と思ったらあの赤ひげがもう足をすくって倒され青年は肥《ふと》った紳士を又車室の中に引っぱり込んで右手には赤ひげのピストルを握って凄《すご》い顔をして立っていました。

赤ひげがやっと立ちあがりましたら青年はしっかりそのえり首をつかみピストルを胸につきつけながら外の方へ向いて高く叫びました。

「おい、熊ども。きさまらのしたことは尤《もっと》もだ。けれどもなおれたちだって仕方ない。生きているにはきものも着なけあいけないんだ。おまえたちが魚をとるようなもんだぜ。けれどもあんまり無法なことはこれから気を付けるように云うから今度はゆるしてくれ。ちょっと汽車が動いたらおれの捕虜にしたこの男は返すから」

「わかったよ。すぐ動かすよ」外で熊どもが叫びました。

「レールを横の方へ敷いたんだな」誰かが云いました。

氷ががりがり鳴ったりばたばたかけまわる音がしたりして汽車は動き出しました。

「さあけがをしないように降りるんだ」船乗りが云いました。赤ひげは笑ってちょっと船乗りの手を握って飛び降りました。

「そら、ピストル」船乗りはピストルを窓の外へほうり出しました。

「あの赤ひげは熊の方の間諜《かんちょう》だったね。」誰かが云《い》いました。わかものは又窓の氷を削りました。

氷山の稜《かど》が桃色や青やぎらぎら光って窓の外にぞろっとならんでいたのです。これが風のとばしてよこしたお話のおしまいの一切れです。

＊間諜——間者。スパイ。

シグナルとシグナレス

（一）

「ガタンコガタンコ、シュウフッフッ、
*さそりの赤眼《あかめ》が　見えたころ、
四時から今朝《けさ》も　やって来た。
遠野《とおの》の盆地は　まっくらで、
つめたい水の　声ばかり。
ガタンコガタンコ、シュウフッフッ、
凍《こご》えた砂利《じゃり》に　湯気を吐き、
火花を闇に　まきながら、
蛇紋岩《サアペンティン》の　崖《がけ》に来て、
やっと東が　燃え出した。

*さそりの赤眼──蠍座の一等星アンタレス。

ガタンコガタンコ、シュウフッフッ、
　鳥がなき出し　木は光り、
　青々川は　ながれたが、
　丘もはざまも　いちめんに、
　まぶしい霜を　載せていた。
ガタンコガタンコ、シュウフッフッ、
　やっぱりかけると　あったかだ、
　僕はほうほう　汗が出る。
　もう七八里　はせたいな、
　今日も、一日　霜ぐもり。
ガタンガタン、ギー、シュウシュウ」
*軽便《けいべん》鉄道の東からの一番列車が少しあわてたようにこう歌いながらやって来てとまりました。機関車の下からは、力のない湯気が逃出して行き、ほそ長いおかしな形の煙突からは青いけむりが、ほんの少うし立ちました。
そこで軽便鉄道附きの電信柱どもは、やっと安心したように、ぶんぶんとうなり、シグナルの柱はかたんと白い腕木《うでぎ》をあげました。このまっすぐなシグナルの柱は、シグナレス*でした。

シグナレスはほっと小さなため息をついて空を見上げました。そらにはうすい雲が縞《しま》になっていっぱいに充《み》ち、それはつめたい白光《しろびかり》、凍った地面に降らせながら、しずかに東に流れていたのです。

シグナレスはじっとその雲の行く方をながめました。それからやさしい腕木を思い切りそっちの方へ延ばしながら、ほんのかすかにひとりごとを云《い》いました。

「今朝は伯母さんたちもきっとこっちの方を見ていらっしゃるわ。」シグナレスはいつまでもいつまでもそっちに気をとられて居りました。

「カタン」

うしろの方のしずかな空でいきなり音がしましたのでシグナレスは急いでそっちを振り向きました。ずうっと積まれた黒い枕木の向うにあの立派な本線のシグナルばしらが今はるかの南から、かがやく白けむりをあげてやって来る列車を迎える為にその上の硬い腕をさげたところでした。

「お早う今朝は暖かですね。」本線のシグナル柱はキチンと兵隊のように立ちながらいやにまじめくさって挨拶《あいさつ》しました。

「お早うございます」シグナレスはふし目になって声を落して答えました。

「若さま、いけません。これからはあんなものに矢鱈《やたら》に声をおかけなさらないようにねがい

*軽便鉄道―施設や建築規格の簡単な地方の鉄道。
*シグナレス―「シグナル」に女性を表す「レス」を付けた賢治の造語。

ます。」本線のシグナルに夜電気を送る太い電信ばしらがさも勿体《もつたい》ぶって申しました。

本線のシグナルはきまり悪そうにもじもじしてだまってしまいました。気の弱いシグナレスはまるでもう消えてしまうか飛んでしまうかしたいと思いました。けれどもどうにも仕方がありませんでしたからやっぱりじっと立っていたのです。

雲の縞《しま》は薄い琥珀《＊こはく》の板のようにうるみ、かすかなかすかな日光が降って来ましたので本線シグナル附きの電信柱はうれしがって向うの野原を行く小さな荷馬車を見ながら低く調子はずれの歌をやりました。

「ゴゴン、ゴーゴー、
　うすい雲から
酒が降り出す、
酒の中から
霜がながれる。ゴゴンゴーゴーゴー
ゴゴンゴーゴー霜がとければ
つちはまっくろ。
馬はふんごみ
人もぺちゃぺちゃゴゴンゴーゴー」

（二）

それからもっともっとつづけざまにわけのわからないことを歌いました。

その間に本線のシグナル柱が、そっと西風にたのんでこう云《い》いました。

「どうか気にかけないで下さい。こいつはもうまるで野蛮なんです礼式も何も知らないのです。実際私はいつでも困ってるんですよ。」

軽便《けいべん》鉄道のシグナレスは、まるでどぎまぎしてうつむきながら低く、

「あら、そんなことございませんわ。」と云いましたが何分風下《かざしも》でしたから本線のシグナルまで聞えませんでした。

「許して下さるんですか。本統《ほんとう》を云ったら、僕なんかあなたに怒られたら生きている甲斐もないんですからね、」

「あらあら、そんなこと。」軽便鉄道の木でつくったシグナレスは、まるで困ったというように肩をすぼめましたが、実はその少しうつむいた顔は、うれしさにぽっと白光《しろびかり》を出していました。「シグナレスさん、どうかまじめで聞いて下さい。僕あなたの為なら、次の十時の汽車が来る時腕を下げないで、じっと頑張り通してでも見せますよ」わずかばかりヒュウヒュウ云っていた風が、この時ぴたりとやみました。

＊琥珀——地質時代の樹脂が石化したもの。黄褐色ないし黄色で、透明ないし半透明。光沢がある。

「あら、そんな事いけませんわ。」
「勿論《もちろん》いけないですよ。汽車が来るとき、腕を下げないで頑張るなんて、そんなことあなたの為にも僕の為にもならないから僕はやりはしませんよ。けれどもそんなことでもしようと云《い》うんです。僕あなたのくらい大事なものは世界中ないんです。どうか僕を愛して下さい」
シグナレスは、じっと下の方を見て黙って立っていました。本線シグナル附きのせいの低い電信柱は、まだ出鱈目《でたらめ》の歌をやっています。
「ゴゴンゴーゴー、
やまのいわやで、
熊が火をたき、
あまりけむくて、
ほらを逃げ出す。ゴゴンゴー、
田螺《にし》はのろのろ。
うう、田螺はのろのろ。
田螺のしゃっぽは、
羅紗《ラシャ》の上等　ゴゴンゴーゴー。」
本線のシグナルはせっかちでしたから、シグナレスの返事のないのに、まるであわててしまいました。

「シグナレスさん、あなたはお返事をして下さらないんですか。ああ僕はもうまるでくらやみだ。目の前がまるでまっ黒な淵《ふち》のようだ。ああ雷が落ちて来て、一ぺんに僕のからだをくだけ。足もとから噴火が起って、僕を空の遠くにほうりなげろ。もうなにもかもみんなおしまいだ。雷が落ちて来て一ぺんに僕のからだを砕け。足もと……。」

「いや若様、雷が参りました節《せつ》は手前一身《てまえいっしん》におんわざわいを頂戴《ちょうだい》いたします。どうかご安心をねがいとう存じます」

シグナル附きの電信柱が、いつかでたらめの歌をやめて頭の上のはりがねの槍《やり》をぴんと立てながら眼《め》をパチパチさせていました。

「えい。お前なんか何を云うんだ。僕はそれどこじゃないんだ。」

「それは又どうしたことでございます。ちょっとやつがれまでお申し聞けになりとう存じます。」

「いいよ、お前はだまっておいで」シグナルは高く叫びました。しかしシグナルも、もうだまってしまいました。

雲がだんだん薄くなって柔かな陽が射して参りました。

（三）

五日の月が、西の山脈の上の黒い横雲《よこぐも》から、もう一ぺん顔を出して山へ沈む前の、ほんのしばらくを鈍い鉛のような光で、そこらをいっぱいにしました。冬がれの木やつみ重ねられた黒い枕木はもちろんのこと、電信柱までみんな眠ってしまいました。遠くの遠くの風の音か水の音がごうと鳴るだけです。

「ああ、僕はもう生きてる甲斐もないんだ。汽車が来るたびに腕を下げたり、青いめがねをかけたり一体何の為にこんなことをするんだ。もうなんにも面白くない。ああ死のう。けれどもどうして死ぬ。やっぱり雷か噴火だ。」

本線のシグナルは、今夜も眠られませんでした。非常なはんもんでした。けれどもそれはシグナルばかりではありません。枕木の向うに青白くしょんぼり立って赤い火をかかげている、軽便《けいべん》鉄道のシグナル、則《すなわ》ちシグナレスとても全くその通りでした。

「ああ、シグナルさんもあんまりだわ、あたしが云《い》えないでお返事も出来ないのを、すぐあんなに怒っておしまいになるなんて。あたしもう何もかもみんなおしまいだわ。おお神様、シグナルさんに雷を落すとき、一緒に私にもお落し下さいませ。」

こう云って、しきりに星ぞらに祈っているのでした。ところがその声が、かすかにシグナルの耳に入りました。シグナルはぎょっとしたように胸を張って、しばらく考えていましたが、やがてガタガタ顫《ふる》え出しました。

顫えながら云いました。

「シグナレスさん。あなたは何を祈っていられますか。」

「あたし存じませんわ。」シグナレスは声を落して答えました。

「シグナレスさん、それはあんまりひどいお言葉でしょう。僕はもう今すぐでもお雷《らい》さんに潰《つぶ》されて、又は噴火を足もとから引っぱり出して、又はいさぎよく風に倒されて、又はノアの洪水をひっかぶって、死んでしまおうと云うんですよ。それだのに、あなたはちっとも同情して下さらないんですか。」

「あら、その噴火や洪水を。あたしのお祈りはそれよ。」シグナレスは思い切って云いました。シグナルはもううれしくてうれしくて、なおさら、ガタガタガタガタふるえました。その赤い眼鏡《めがね》もゆれたのです。

「シグナレスさん、なぜあなたは死ななけあならないんですか。ね僕へお話し下さい。ね。僕へお話し下さい、きっと、僕はそのいけないやつを追っぱらってしまいますから一体どうしたんですね。」

「だって、あなたがあんなにお怒りなさるんですもの。」

「ふふん。ああ、そのことですか。ふん。いいえ。その事ならばご心配ありません。大丈夫です。僕ちっとも怒ってなんか居はしませんからね。僕、もうあなたの為なら、めがねをみんな取られて、腕をみんなひっぱなされて、それから沼底へたたき込まれたって、あなたをうらみはしませんよ。」

「あら、ほんとう。うれしいわ。」

「だから僕を愛して下さい。さあ僕を愛するって云《い》って下さい。」

五日のお月さまは、この時雲と山のはとの丁度まん中に居ました。シグナルはもうまるで顔色を変えて灰色の幽霊みたいになって言いました。

「またあなたはだまってしまったんですね。やっぱり僕がきらいなんでしょう。もういいや、どうせ僕なんか噴火か洪水か風かにやられるにきまってるんだ。」

「あら、ちがいますわ。」

「そんならどうですどうです、どうです。」

「あたし、もう大昔からあなたのことばかり考えていましたわ。」

「本統《はんとう》ですか、本統ですか、本統ですか。」

「ええ。」

「そんならいいでしょう。結婚の約束をして下さい。」

「でも。」

「でもなんですか、僕たちは春になったら燕《つばめ》にたのんで、みんなにも知らせて結婚の式をあげましょう。どうか約束して下さい。」

「だってあたしはこんなつまらないんですわ。」

（四）

「わかってますよ。僕にはそのつまらないところが尊《たっと》いんです。」

するとさあ、シグナレスはあらんかぎりの勇気を出して云い出しました。

「でもあなたは金《かね》でできてるでしょう。新式でしょう。赤青めがねも二組まで持っていらっしゃるわ、夜も電燈でしょう、あたしは夜だってランプですわ、めがねもただ一つきりそれに木ですわ。」

「わかってますよ。だから僕はすきなんです」

「あら、ほんとう。うれしいわ。あたしお約束するわ」

「え、ありがとう、うれしいなあ僕もお約束しますよ。あなたはきっと、私の未来の妻だ」

「ええ、そうよ、あたし決して変らないわ」

「約婚指環《エンゲージリング》をあげますよ、そらねあすこの四つならんだ青い星ね」「ええ」

「あの一番下の脚《あし》もとに小さな環《わ》が見えるでしょう、環状星雲《フィッシュマウスネビュラ》ですよ。あの光の環ね、あれを受け取って下さい。僕のまごころです」

＊環状星雲―琴座のベータ星とガンマ星のあいだにある星雲。ガス体が環状に輝いて見える。

「ええ。ありがとう、いただきますわ」

「ワッハッハ。人笑いだ。うまくやってやがるぜ」

突然向うのまっ黒な倉庫がそらにもはばかるような声でどなりました。二人はまるでしんとなってしまいました。

ところが倉庫が又云《い》いました。

「いや心配しなさんな。このことは決してほかへはもらしませんぞ。わしがしっかり呑《の》み込みました」

その時です、お月さまがカブンと山へお入りになってあたりがポカッとうすぐらくなったのは。

今は風があんまり強いので電信ばしらどもは、本線の方も、軽便《けいべん》鉄道の方のもまるで気が気でなく、ぐうんぐうんひゅうひゅうと独楽《こま》のようになって居りました。それでも空はまっ青《さお》に晴れていました。

本線シグナルつきの太っちょの電しんばしらも、もうでたらめの歌をやるどころの話ではありません。できるだけからだをちぢめて眼《め》を細くして、ひとなみに、ブウウ、フウウとうなってごまかして居りました。

シグナレスは、この時、東のぐらぐらするくらい強い青びかりの中をぴっこをひくようにして走って行く雲を見て居りましたがそれからチラッとシグナルの方を見ました。

シグナルは、今日は巡査のようにしゃんと、立っていましたが、風が強くて太っちょの電信ばしらに聞えないのをいいことにして、シグナレスにはなしかけました。

（五）

「どうもひどい風ですね。あなた頭《かしら》がほてって痛みはしませんか。どうも僕は少しくらくらしますね。いろいろお話しますから、あなたただ頭をふってうなずいてだけいて下さい。どうせお返事をしたって、僕のところへ届きはしませんから、それから僕のはなしで面白くないことがあったら横の方に頭を振って下さい。これは、本とうは、欧羅巴《ヨーロッパ》の方のやり方なんですよ。向うでは、僕たちのように仲のいいものがほかの人に知れないようにお話をするときは、みんなこうするんですよ。僕それを向うの雑誌で見たんです、ね、あの倉庫のやつめ、おかしなやつですね。いきなり僕たちの話してるところへ口を出して、引き受けたの何のって云うんですもの、あいつはずいぶん太ってますね、今日も眼をパチパチやらかしてますよ。

僕のあなたに物を言ってるのはわかっていても、何を言っているのか風で一向聞えないんですよ。けれども全体、あなたに聞えてるんですか、聞えてるなら頭を振って下さい、ええそう、聞えるでしょうね。僕たち早く結婚したいもんですね。早く春になれあいいんですね。

僕のとこのぶっきりこに少しも知らせないでおきましょう。そしておいて、いきなり、ウヘン、ああ風でのどがぜいぜいする。ああひどい。一寸《ちょつと》お話をやめますよ。僕のどが痛くなったんです。わかりましたか、じゃちょっとさよなら」

それからシグナルは、ううううと云《い》いながら眼《め》をぱちぱちさせてしばらくの間だまって居ました。シグナレスもおとなしくシグナルの咽喉《のど》のなおるのを待っていました。電信ばしらどもは、ブンブンゴンゴンと鳴り、風はひゅうひゅうとやりました。

（六）

シグナルはつばをのみこんだりえーえーとせきばらいをしたりしていましたが、やっと咽喉の痛いのが癒《なお》ったらしく、もう一ぺんシグナレスに話しかけました。けれどもこの時は、風がまるで熊のように吼《ほ》え、まわりの電信ばしらどもは山一ぱいの蜂《はち》の巣を一ぺんに壊しでもしたようにぐわんぐわんとうなっていましたので、折角のその声も、半分ばかりしかシグナレスに届きませんでした。

「ね、僕はもうあなたの為なら、次の汽車の来るとき、頑張って腕を下げないことでも、何でもするんですからね、わかったでしょう。あなたもそのくらいの決心はあるでしょうね、あなたはほんとうに美しいんです、ね、世界の中《うち》にだって僕たちの仲間はいくらもあるんでしょう。その半分はまあ女の人でしょうがねえ、その中であなたは一番美しいんです。もっともほかの女の人僕よく知らないんですけれどね、きっとそうだと思うんですよ、どうです聞えますか。僕たちのまわりに居るやつはみんな馬鹿ですねのろまですね、僕とこのぶっきりこが僕が何をあなたに云ってるのかと思って、そらごらんなさい、一生けん命、目をパチパチやってますよ、こいつときたら全くチョークよりも形がわるいんですからね、そら、こんどはあんなに口を曲げていますよ、呆《あき》れた馬鹿ですねえ、僕のはなし聞えますか、僕の……。」

「若さま、さっきから何をべちゃべちゃ云っていらっしゃるのです。しかもシグナレス風情《ふぜい》と、一体何をにやけて居らっしゃるんです」

いきなり本線シグナル附の電信ばしらが、むしゃくしゃまぎれにごうごうの音の中《うち》を途方《とほう》もない声でどなったもんですから、シグナルは勿論《もちろん》シグナレスもまっ青《さお》になってぴたっとこっちへまげていたからだをまっすぐに直しました。

「若さま、さあ仰《おっ》しゃい。役目として承《うけたまわ》らなければなりません」

*ぶっきりこ――本線シグナル付きの電信柱のことをこう呼んでいる。

（七）

シグナルは、やっと元気を取り直しました。そしてどうせ風の為に何を云《い》っても同じことなのをいいことにして、

「馬鹿、僕はシグナレスさんと結婚して幸福《こうふく》になって、それからお前にチョークのお嫁さんをくれてやるよ。」

とこうまじめな顔で云ったのでした。その声は風下《かざしも》のシグナレスにはすぐ聞えましたので、シグナレスは恐いながら思わず笑ってしまいました。さあそれを見た本線シグナル附の電信ばしらの怒りようと云ったらありません、早速《さっそく》ブルブルッとふるえあがり、青白く逆上《のぼ》せてしまい唇をきっと噛みながらすぐひどく手を廻《まわ》してすなわち一ぺん東京まで手をまわして風下に居る軽便《けいべん》鉄道の電信ばしらに、シグナルとシグナレスの対話が、一体何だったか今シグナレスが笑ったことは、どんなことだったかたずねてやりました。

ああ、シグナルは一生の失策《しっさく》をしたのでした。シグナレスよりも少し風下にすてきに耳のいい長い長い電信ばしらが居て知らん顔をしてすまして空の方を見ながら、さっきからの話をみんな聞いていたのです。そこで、早速、それを東京を経《へ》て本線シグナルつきの電信ばしらに返事をしてやりました。

本線シグナルつきの電信ばしらは、キリキリ歯がみをしながら聞いていましたが、すっか

り聞いてしまうと、さあまるで馬鹿のようになってどなりました。

「くそっ、えいっ。いまいましい。あんまりだ。犬畜生《いぬちくしょう》、あんまりだ。犬畜生、ええ、若さまわたしだって男ですぜ、こんなにひどく馬鹿にされてだまっているとお考えですか。結婚だなんてやれるならやってごらんなさい。電信ばしらの仲間はもうみんな反対です。シグナルばしらの人だちだって鉄道長の命令にそむけるもんですか。そして鉄道長はわたしの叔父ですぜ。結婚なり何なりやってごらんなさい。えい、犬畜生め、えい」

本線シグナル附きの電信ばしらは、すぐ四方に電報をかけました。それからしばらく顔色を変えて、みんなの返事をきいていました。確かにみんなから反対の約束を貰《もら》ったらしいのでした。それからきっと叔父のその鉄道長とかにもうまく頼んだにちがいありません。シグナルもシグナレスもあまりのことに今さらポカンとして呆《あき》れていました。本線シグナル附きの電信ばしらはすっかり反対の準備が出来るとこんどは急に泣き声で言いました。

（八）

「ああああ、八年の間、夜ひる寝ないで面倒を見てやってそのお礼がこれか。ああ情ない、もう世の中はみだれてしまった。ああもうおしまいだ。なさけない、メリケン国のエジソンさまもこのあさましい世界をお見棄てなされたか。オンオンオンオンオン、ゴゴンゴーゴーゴゴンゴー」

風はますます吹きつのり、西のそらが変にしろくぼんやりなってどうもあやしいと思っているうちにチラチラチラチラとうとう雪がやって参りました。

シグナルは力を落して青白く立ち、そっとよこ眼《め》でやさしいシグナレスの方を見ました。シグナレスはしくしくしく泣きながら、丁度やって来る二時の汽車を迎える為にしょんぼりと腕をさげ、そのいじらしい撫肩《なでかた》はかすかにかすかにふるえて居りました。空では風がフィウ、涙を知らない電信ばしらどもはゴゴンゴーゴーゴゴンゴーゴー。

さあ今度は夜ですよ。シグナルはしょんぼり立って居りました。

月の光が青白く雪を照していいます。雪はこうこうと光ります。そこにはすきとおって小さな紅火《べにび》や青の火をうかべました。しいんとしています。山脈は若い白熊の貴族の屍体《したい》のようにしずかに白く横《よこた》わり、遠くの遠くを、ひるまの風のなごりがヒュウと鳴って通りました。それでもじつにしずかです。黒い枕木はみなねむり赤の三角や黄色の点々さまざまの夢を見ているとき、若いあわれなシグナルはほっと小さなため息をつきました。そこで半分凍《こご》えてじっと立っていたやさしいシグナレスも、ほっと小さなため息をしました。

「シグナレスさん、ほんとうに僕たちはつらいねえ」

たまらずシグナルがそっとシグナレスに話掛けました。

「ええみんなあたしがいけなかったのですわ」シグナレスが青じろくうなだれて云《い》いました。

（九）

諸君、シグナルの胸は燃えるばかり、

「ああ、シグナレスさん、僕たちたった二人だけ、遠くの遠くのみんなの居ないところに行ってしまいたいね。」

「ええ、あたし行《ゆ》けさえするなら、どこへでも行きますわ。」

「ねえ、ずうっとずうっと天上にあの僕たちの約婚指環《エンゲージリング》よりも、もっと天上に青い小さな小さな火が見えるでしょう。そら、ね、あすこは遠いですねえ。」

「ええ。」シグナレスは小さな唇でいまにもその火にキッスしたそうに空を見あげていました。

「あすこには青い霧の火が燃えているんでしょうね。その青い霧の火の中へ僕たち一緒に坐《すわ》りたいですねえ。」

「ええ。」

「けれどあすこには汽車はないんですねえ、そんなら僕畑をつくろうか。何か働かないといけないんだから。」

「ええ。」

「ああ、お星さま、遠くの青いお星さま。どうか私どもをとって下さい。ああなさけぶかいサンタマリヤ、またぐみふかいジョウジスチブンソンさま、どうか私どものかなしい祈りを聞いて下さい」

「ええ。」

「さあ一緒に祈りましょう。」

「ええ。」

「あわれみふかいサンタマリヤ、すきとおるよるの底、つめたい雪の地面の上にかなしくいのるわたくしどもをみそなわせ、めぐみふかいジョウジスチブンソンさま、あなたのしもべのまたしもべ、かなしいこのたましいのまことの祈りをみそなわせ、ああ、サンタマリヤ。」

「ああ。」

（十）

星はしずかにめぐって行《ゆ》きました。そこであの赤眼《あかめ》のさそりが、せわしくまたたいて東から出て来そしてサンタマリヤのお月さまが慈愛にみちた尊《たっと》い黄金《おうごん》のまなざしに、じっと二人を見ながら、西のまっくろの山におはいりになったとき、シグナルシグナレスの二人は、いのりにつかれてもう睡《ねむ》って居ました。

今度はひるまでです。なぜなら夜昼《よるひる》はどうしてもかわるがわるですから。ぎらぎらのお日さまが東の山をのぼりました。シグナルシグナレスはぱっと桃色に映えました。いきなり大きな巾広い声がそこら中にはびこりました。

「おい。本線シグナル附きの電信ばしら、おまえの叔父の鉄道長に早くそう云《い》って、あの二人は一緒にしてやった方がよかろうぜ。」

見るとそれは先《せん》ころの晩の倉庫の屋根でした。

倉庫の屋根は、赤いうわぐすりをかけた瓦を、まるで鎧《よろい》のようにキラキラ着込んで、じろっとあたりを見まわしているのでした。

本線シグナル附きの電信ばしらは、がたがたっとふるえてそれからじっと固くなって答えました。

「ふん、何だとお前は何の縁故でこんなことに口を出すんだ」

「おいおい、あんまり大きなつらをするなよ。ええおい。おれは縁故と云えば大縁故さ、縁故でないと云えば、一向縁故でも何でもないぜ、がしかしさ。こんなことにはてめいのような変ちきりんはあんまりいろいろ手を出さない方が結局てめいの為だろうぜ」

「何だと。おれはシグナルの後見人《こうけんにん》だぞ。鉄道長の甥《おい》だぞ」

「そうか。おい立派なもんだなあ。シグナルさまの後見人で鉄道長の甥かい。けれどもそんならおれなんてどうだい、おれさまはな、ええ、めくらとんびの後見人、ええ風引きの脈の甥だぞ。どうだ、どっちが偉い」

「何をっ。コリッ、コリコリッ、カリッ」

「まああそう怒るなよ。これは冗談さ。悪く思わんでくれ。な、あの二人さ、可哀そうだよ。いい加減にまとめてやれよ。大人らしくもないいじゃないか。あんまり胸の狭いことは云《い》わんでさ。あんな立派な後見人を持って、シグナルもほんとうにしあわせだと云われるぜ。な、まとめてやれ、まとめてやれ」

本線シグナルつきの電信ばしらは、物を云おうとしたのでしたがもうあんまり気が立ってしまってパチパチパチパチ鳴るだけでした。

倉庫の屋根もあんまりのその怒りように、まさかこんな筈《はず》ではなかったと云うように少し呆《あき》れてだまってその顔を見ていました。お日さまはずうっと高くなり、シグナルとシグナレスとはほっと又ため息をついてお互に顔を見合せました。シグナレスは瞳を少し落しシグナルの白い胸に青々と落ちためがねの影をチラッと見てそれから俄《にわか》に目をそらして自分のあしもとをみつめ考え込んでしまいました。

今夜は暖《あたたか》です。

霧がふかくふかくこめました。

そのきりを徹《とお》して、月のあかりが水色にしずかに降《お》り、電信ばしらも枕木も、みんな寝しずまりました。

シグナルが待っていたようにほっと息をしました。シグナレスも胸いっぱいのおもいをこめて小さくほっといきしました。

そのときシグナルとシグナレスとは、霧の中から倉庫の屋根の落ちついた親切らしい声の響いて来るのを聞きました。

「お前たちは、全く気の毒だね、わたしは今朝《けさ》うまくやってやろうと思ったんだが、却《かえ》っていけなくしてしまった。ほんとうに気の毒なことになったよ。しかしわたしには又考えがあるからそんなに心配しないでもいいよ。お前たちは霧でお互《たがい》に顔も見えずさびしいだろう」

「ええ」

「ええ」

「そうか。ではおれが見えるようにしてやろう。いいか、おれのあとについて二人いっしょに真似をするんだぜ」

（十一）

「ええ」

「そうか。ではアルファー」

「アルファー」

「ビーター」「ビーター」

「ガムマア」「ガムマーアー」

「デルタア」「デールータアーアアア」

実に不思議です。いつかシグナルとシグナレスとの二人はまっ黒な夜の中に肩をならべて立っていました。

「おや、どうしたんだろう。あたり一面まっ黒びろうどの夜だ」

「まあ、不思議ですわね、まっくらだわ」

「いいや、頭の上が星で一杯です。おや、なんという大きな強い星なんだろう、それに見たこともない空の模様ではありませんか、一体あの十三連《つら》なる青い星は前どこにあったのでしょう、こんな星は見たことも聞いたこともありませんね。僕たちぜんたいどこに来たんでしょうね」

「あら、空があんまり速くめぐりますわ」

「ええ、あああの大きな橙《だいだい》の星は地平線から今上《あが》ります。おや、地平線じゃない。水平線かしら。そうです。ここは夜の海の渚ですよ。」

「まあ奇麗《きれい》だわね、あの波の青びかり。」

「ええ、あれは磯波《いそなみ》の波がしらです、立派ですねえ、行って見ましょう。」

「まあ、ほんとうにお月さまのあかりのような水よ。」

「ね、水の底に赤いひとでがいますよ。銀色のなまこがいますよ。ゆっくりゆっくり、這《は》ってますねえ。それからあのユラユラ青びかりの棘《とげ》を動かしているのは、雲丹《うに》ですね。波が寄せて来ます。少し遠退《の》きましょう、」

「ええ。」

「もう、何べん空がめぐったでしょう。たいへん寒くなりました。海が何だか凍《こご》ったようですね。波はもううたなくなりました。」

「波がやんだせいでしょうかしら。何か音がしていますわ。」

「どんな音。」

「そら、夢の水車《みずぐるま》の軋《きし》りのような音。」

「ああそうだ。あの音だ。ピタゴラス派*の天球運行の諧音《かいおん》です。」

「あら、何だかまわりがぼんやり青白くなって来ましたわ。」

「夜が明けるのでしょうか。いやはてな。おお立派だ。あなたの顔がはっきり見える。」

「あなたもよ。」

「ええ、とうとう、僕たち二人きりですね。」

＊十二連なる青い星―スバルのこと。　＊ピタゴラス派の天球運行の諧音―古代ギリシアの数学者、ピタゴラスの学説を受け継ぐ一派は、天体間の距離や速度の数学的調和は、知性でのみ聞き取れる和音を奏でていると考えた。

「まあ、青じろい火が燃えてますわ。まあ地面も海も。けど熱くないわ。」

「ここは空ですよ。これは星の中の霧の火ですよ。僕たちのねがいが叶《かな》ったんです。ああ、さんたまりや。」

「ああ。」

「地球は遠いですね。」

「ええ。」

「地球はどっちの方でしょう。あたりいちめんの星どこがどこかもうわからない。あの僕のブッキリコはどうしたろう。あいつは本とうはかあいそうですね。」

「ええ、まあ火が少し白くなったわ、せわしく燃えますわ。」

「きっと今秋ですね。そしてあの倉庫の屋根も親切でしたね。」

「それは親切とも。」いきなり太い声がしました。気がついて見るとああ二人とも一緒に夢を見ていたのでした。

いつか霧がはれてそら一めんのほしが、青や橙《だいだい》やせわしくせわしくまたたき、向うにはまっ黒な倉庫の屋根が笑いながら立って居りました。

二人は又ほっと小さな息をしました。

イギリス海岸

夏休みの十五日の農場実習の間に、私どもがイギリス海岸とあだ名をつけて、二日か三日ごと、仕事が一きりつくたびに、よく遊びに行った処《ところ》がありました。

それは本とうは海岸ではなくて、いかにも海岸の風をした川の岸です。北上川《きたかみ》の西岸でした。東の仙人峠から、遠野《とおの》を通り土沢《つちざわ》を過ぎ、北上山地を横截《よこぎ》って来る冷たい猿ヶ《さるが》石《いし》川の、北上川への落合《おちあい》から、少し下流の西岸でした。

イギリス海岸には、青白い凝灰質の泥岩が、川に沿ってずいぶん広く露出し、その南のはじに立ちますと、北のはずれに居る人は、小指の先よりもっと小さく見えました。

殊《こと》にその泥岩層は、川の水の増すたんび、奇麗に洗われるものですから、何とも云《い》えず青白くさっぱりしていました。

所々には、水増しの時できた小さな壺穴《つぼあな》の痕《あと》や、またそれがいくつも続いた浅い溝《みぞ》、それから亜炭《あたん》のかけらだの、枯れた蘆《あし》きれだのが、一列にならんでいて、前の水増しの時にどこまで水が上ったかもわかるのでした。

日が強く照るときは岩は乾いてまっ白に見え、たて横に走ったひび割れもあり、大きな帽子を冠《かむ》ってその上をうつむいて歩くなら、影法師は黒く落ちましたし、全くもうイギリスあたりの*白堊《はくあ》の海岸を歩いているような気がするのでした。

町の小学校でも石の巻の近くの海岸に十五日も生徒を連れて行きましたし、隣りの女学校でも臨海学校をはじめていました。

けれども私たちの学校ではそれはできなかったのです。ですから、生れるから北上《きたかみ》の河谷《かこく》の上流の方にばかり居た私たちにとっては、どうしてもその白い泥岩層をイギリス海岸と呼びたかったのです。

それに実際そこを海岸と呼ぶことは、無法なことではなかったのです。なぜならそこは第三紀と呼ばれる地質時代の終り頃、たしかにたびたび海の渚《なぎさ》だったからでした。その証拠には、第一にその泥岩は、東の北上山地のへりから、西の中央分水嶺《ぶんすいれい》の麓《ふもと》まで、一枚の板のようになってずうっとひろがって居ました。ただその大部分がその上に積った洪積の赤砂利や壚坶《ローム》、それから沖積の砂や粘土や何かに被《おお》われて見えないだけのはなしでした。それはあちこちの川の岸や崖《がけ》の脚には、きっとこの泥岩が顔を出しているのでもわかりましたし、又所々で掘り抜き井戸を穿《うが》ったりしますと、じきこの泥岩層にぶっつかるのでもしれました。

第二に、この泥岩は、粘土と火山灰とまじったもので、しかもその大部分は静かな水の中で沈んだものなことは明らかでした。たとえばその岩には沈んでできた縞《しま》のあること、木の枝や茎のかけらの埋《うず》もれていること、ところどころにいろいろな沼地に生える植物が、もうよほど炭化してはさまっていること、また山の近くには細かい砂利のあること、殊《こと》に北上山地のへりには所々この泥岩層の間に砂丘の痕《あと》らしいものがはさまっていることなどでした。そうして見ると、いま北上の平原になっている所は、一度は細長い幅三里ばかりの大きなたまり水だったのです。

ところが、第三に、そのたまり水が塩からかった証拠もあったのです。それはやはり北上山地のへりの赤砂利から、牡蠣《かき》や何か、半鹹《はんかん》のところにでなければ住まない介殻《かいがら》の化石が出ました。

そうして見ますと、第三紀の終り頃、それは或は今から五六十万年或は百万年を数えるかも知れません、その頃今の北上の平原にあたる処《ところ》は、細長い入海か鹹湖《かんこ》*で、その水は割合浅く、何万年の永い間には処々水面から顔を出したり又引っ込んだり、火山灰や粘土が上に積ったり又それが削られたりしていたのです。その粘土は西と東の山地から、川が運んで流し込んだのでした。その火山灰は西の二列か三列の石英粗面岩*の火山が、やっとしずまった処ではありましたが、やっぱり時々噴火をやったり爆発をしたりしていましたので、そこから降って来たのでした。

その頃世界には人はまだ居なかったのです。殊に日本はごくごくこの間、三四千年前までは、全く人が居なかったと云《い》いますから、もちろん誰もそれを見てはいなかったでしょう。

＊白堊の海岸——白い泥岩層からなる海岸。　＊鹹湖——塩分を含む湖。塩湖。　＊石英粗面岩——流紋岩のこと。

その誰も見ていない昔の空がやっぱり繰り返し繰り返し曇ったり又晴れたり、海の一とこがだんだん浅くなってとうとう水の上に顔を出し、そこに草や木が茂り、ことにも胡桃《くるみ》の木が葉をひらひらさせ、ひのきやいちいがまっ黒にしげり、しげったかと思うと忽《たちま》ち西の方の火山が赤黒い舌を吐き、軽石の火山礫《かざんれき》は空もまっくらになるほど降って来て、木は圧《お》し潰《つぶ》され、埋められ、まもなく又水が被《かぶ》さって粘土がその上につもり、全くまっくらな処《ところ》に埋められたのでしょう。考えても変な気がします。そんなことはほんとうだろうかとしか思われません。ところがどうも仕方ないことは、私たちのイギリス海岸では、川の水からよほどはなれた処に、半分石炭に変った大きな木の根株が、その根を泥岩の中に張り、そのみきと枝を軽石の火山礫層に圧し潰されて、ぞろっとならんでいました。尤《もっと》もそれは間もなく日光にあたってぼろぼろに裂け、度々の出水に次から次と削られては行きましたが、新らしいものも又出て来ました。そしてその根株のまわりから、ある時私たちは四十近くの半分炭化したくるみの実を拾いました。それは長さが二寸ぐらい、幅が一寸ぐらい、非常に細長く尖《とが》った形でしたので、はじめは私どもは上の重い地層に押し潰されたのだろうとも思いましたが、縦に埋まっているのもありましたし、やっぱりはじめからそんな形だとしか思われませんでした。

それからはんの木の実も見附かりました。小さな草の実もたくさん出て来ました。

この百万年昔の海の渚《なぎさ》に、今日は北上川《きたかみ》が流れています。昔、巨《おお》きな波をあげたり、じっと寂《しず》まったり、誰も誰も見ていない所でいろいろに変ったその巨きな鹹水《かんすい》の継承者は、今日は波にちらちら火を点じ、ぴたぴた昔の渚をうちながら夜昼南へ流れるのです。

ここを海岸と名をつけたってどうしていけないといわれましょうか。

それにも一つここを海岸と考えていいわけは、ごくわずかですけれども、川の水が丁度大きな湖の岸のように、寄せたり退《ひ》いたりしたのです。それは向う側から入って来る猿ヶ石《さるがいし》川とこちらの水がぶっつかるためにできるのか、それとも少し上流がかなりけわしい瀬になってそれがこの泥岩層の岸にぶっつかって戻るためにできるのか、それとも全くほかの原因によるのでしょうか、とにかく日によって水が潮のように差し退きするときがあるのです。

そうです。丁度一学期の試験が済んでその採点も終りあとは三十一日に成績を発表して通信簿を渡すだけ、私の方から云《い》えばまあそうです、農場の仕事だってその日の午前で麦の運搬も終り、まあ一段落というそのひるすぎでした。私たちは今年三度目、イギリス海岸へ行きました。瀬川の鉄橋を渡り牛蒡《ごぼう》や甘藍《かんらん》が青白い葉の裏をひるがえす畑の間の細い道を通りました。

みちにはすずめのかたびら*が穂を出していっぱいにかぶさっていました。私たちはそこから製板所の構内に入りました。製板所の構内だということはもくもくした新らしい鋸屑《おがくず》が敷かれ、鋸《のこぎり》の音が気まぐれにそこを飛んでいたのでわかりました。鋸屑には日が照って恰度《ちょうど》砂のようでした。砂の向うの青い水と救助区域の赤い旗と、向うのブリキ色の雲とを見たとき、

*すずめのかたびら――イネ科の越年草。

いきなり私どもはスウェーデンの峡湾にでも来たような気がしてどきっとしました。たしかにみんなそう云《い》う気もちらしかったのです。製板の小屋の中は藍《あい》いろの影になり、白く光る円鋸《まるのこ》が四五梃《ちょう》壁にならべられ、その一梃は軸にとりつけられて幽霊のようにまわっていました。

私たちはその横を通って川の岸まで行ったのです。草の生えた石垣の下、さっきの救助区域の赤い旗の下には筏《いかだ》もちょうど来ていました。花城《かじょう》や花巻の生徒がたくさん泳いで居りました。けれども元来私どもはイギリス海岸に行こうと思ったのでしたからだまってそこを通りすぎました。そしてそこはもうイギリス海岸の南のはじなのでした。私たちでなくたって、折角川の岸までやって来ながらその気持ちのいい所に行かない人はありません。町の雑貨商店や金物店の息子たち、夏やすみで帰ったあちこちの中等学校の生徒、それからひるやすみの製板の人たちなどが、或は裸になって二人三人ずつそのまっ白な岩に座ったり、また網シャツやゆるい青の半ずぼんをはいたり、青白い大きな麦稈《むぎわら》帽をかぶったりして歩いているのを見て行くのは、ほんとうにいい気持でした。

そしてその人たちが、みな私どもの方を見てすこしわらっているのです。殊《こと》に一番いいことは、最上等の外国犬が、向うから黒い影法師と一緒に、一目散に走って来たことでした。実にそれはロバートとでも名の附きそうなもじゃもじゃした大きな犬でした。

「ああ、いいな。」私どもは一度に叫びました。誰だって夏海岸へ遊びに行きたいと思わない人があるでしょうか。殊にも行けたら、そしてさらわれて紡績工場などへ売られてあんまりひどい目にあわないなら、フランスかイギリスか、そう云う遠い所へ行きたいと誰も思うのです。

私たちは忙しく靴やずぼんを脱ぎ、その冷たい少し濁った水へ次から次と飛び込みました。全くその水の濁りようと来たら素敵に高尚なもんでした。その水へ半分顔を浸して泳ぎながら横目で海岸の方を見ますと、泥岩の向うのはずれは高い草の崖《がけ》になって木もゆれ雲もまっ白に光りました。

それから私たちは泥岩の出張った処《ところ》に取りついてだんだん上りました。一人の生徒はスイミングワルツ*の口笛を吹きました。私たちのなかでは、ほんとうのオーケストラを、見たものも聴いたことのあるものも少なかったのですから、もちろんそれは町の洋品屋の蓄音器から来たのですけれども、恰度《ちょうど》そのように冷い水は流れたのです。

私たちは泥岩層の上をあちこちあるきました。所々に壺穴《つぼあな》の痕《あと》があって、その中には小さな円《まる》い砂利が入っていました。

「この砂利がこの壺穴を穿《ほ》るのです。水がこの上を流れるでしょう、石が水の底でザラザラ動くでしょう。まわったりもするでしょう、だんだん岩が穿れて行くのです。」

また、赤い酸化鉄の沈んだ岩の裂け目に沿って、層がずうっと溝になって窪《くぼ》んだところも

*スイミングワルツ――実在する曲だが、作曲者不明。

ありました。それは沢山の壺穴を連結してちょうどひょうたんをつないだように見えました。

「こう云《い》う溝は水の出るたんびにだんだん深くなるばかりです。なぜなら流されて行く砂利はあまりこの高い所を通りません。溝の中ばかりころんで行きます。溝は深くなる一方でしょう。水の中をごらんなさい。岩がたくさん縦の棒のようになっています。みんなこれです。」

「ああ、騎兵だ、騎兵だ。」誰かが南を向いて叫びました。

下流のまっ青な水の上に、朝日橋がくっきり黒く一列浮び、そのらんかんの間を白い上着を着た騎兵たちがぞろっと並んで行きました。馬の足なみがかげろうのようにちらちらちらちら光りました。それは一中隊ぐらいで、鉄橋の上を行く汽車よりはもっとゆるく、小学校の遠足の列よりはも少し早く、たぶんは中隊長らしい人を先頭にだんだん橋を渡って行きました。

「どごさ行ぐのだべ。」

「水馬《すいば》演習でしょう。白い上着を着ているし、きっと裸馬だろう。」

「こっちさ来るどいいな。」

「来るよ、きっと。大ていの向う岸のあの草の中から出て来ます。兵隊だって誰だって気持ちのいい所へは来たいんだ。」

騎兵はだんだん橋を渡り、最后の一人がぽろっと光って、それからみんな見えなくなりました。と思うと、またこっちの袂《たもと》から一人がだく*でかけて行きました。私たちはだまってそれを見送りました。

けれども、全く見えなくなると、そのこともだんだん忘れるものです。私たちは又冷たい水に飛び込んで、小さな湾になった所を泳ぎまわったり、岩の上を走ったりしました。

誰かが、岩の中に埋もれた小さな植物の根のまわりに、水酸化鉄の茶いろな環《わ》が、何重もめぐっているのを見附けました。それははじめからあちこち沢山あったのです。

「どうしてこの環、出来だのす。」

「この出来かたはむずかしいのです。*膠質体《こうしつたい》のことをも少し詳しくやってからでなければわかりません。けれどもとにかくこれは電気の作用です。この環はリーゼガング*の環と云います。実験室でもこさえられます。あとで土壌の方でも説明します。腐植質磐層《ばんそう》というものも似たようなわけでできるのですから。」私は毎日の実習で疲れていましたので、長い説明が面倒くさくてこう答えました。

それからしばらくたって、ふと私は川の向う岸を見ました。せいの高い二本のでんしんばしらが、互《たがい》によりかかるようにして一本の腕木でつらねられてありました。そのすぐ下の青い草の崖《がけ》の上に、まさしく一人のカアキイ色の将校と大きな茶いろの馬の頭とが出て来まし

*だく──だく足。馬が小走りに走ること。　*膠質体──にかわのような状態。コロイド。　*リーゼガングの環──コロイド中の電解質同士の反応からできる輪の模様。リーゼガングは発見者。

た。

「来た、来た、とうとうやって来た。」みんなは高く叫びました。

「水馬《すいば》演習だ。向う側へ行こう。」こう云《い》いながら、そのまっ白なイギリス海岸を上流にのぼり、そこから向う側へ泳いで行く人もたくさんありました。

兵隊は一列になって、崖《がけ》をななめに下り、中にはさきに黒い鈎《かぎ》のついた長い竿《さお》を持った人もありました。

間もなく、みんなは向う側の草の生えた河原に下り、六列ばかりに横にならんで馬から下り、将校の訓示を聞いていました。それが中々永かったのでこっち側に居る私たちは実際あきてしまいました。いつになったら兵隊たちがみな馬のたてがみに取りついて、泳いでこっちへ来るのやらすっかり待ちあぐねてしまいました。さっき川を越えて見に行った人たちも、浅瀬に立って将校の訓示を聞いていましたが、それもどうも面白くて聞いているようにも見え、またつまらなそうにも見えるのでした。うるんだ夏の雲の下です。

そのうちとうとう二隻の舟が川下からやって来て、川のまん中にとまりました。兵隊たちはいちばんはじの列から馬をひいてだんだん川へ入りました。馬の蹄《ひづめ》の底の砂利をふむ音と水のばちゃばちゃはねる音とが遠くの遠くの夢の中からでも来るように、こっち岸の水の音を越えてやって来ました。私たちはいまにだんだん深い処《ところ》へさえ来れば、兵隊たちはたてがみにとりついて泳ぎ出すだろうと思って待っていました。ところが先頭の兵隊さんは舟のところまでやって来ると、ぐるっとまわって、また向うへ戻りました。みんなもそれに続きましたので列は一つの環《わ》になりました。

「なんだ、今日はただ馬を水にならすためだ。」私たちはなんだかつまらないようにも思いましたが、亦《また》、あんな浅い処までしか馬を入れさせずそれに舟を二隻も用意したのを見てどこか大へん力強い感じもしました。それから私たちは養蚕の用もありましたので急いで学校に帰りました。

その次には私たちはただ五人で行きました。

はじめはこの前の湾のところだけ泳いでいましたがそのうちだんだん川にもなれて来て、ずうっと上流の波の荒い瀬のところから海岸のいちばん南のいかだのあるあたりへまでも行きました。そして、疲れて、おまけに少し寒くなりましたので、海岸の西の堺《さかい》のあの古い根株やその上につもった軽石の火山礫層《かざんれきそう》の処に行きました。

その日私たちは完全なくるみの実も二つ見附けたのです。火山礫の層の上には前の水増しの時の水が、沼のようになって処々溜《たま》っていました。私たちはその溜り水から堰《せき》をこしらえて滝にしたり発電処《しょ》のまねをこしらえたり、ここはオーバアフロウ*だの何の永いこと遊びました。

その時、あの下流の赤い旗の立っているところに、いつも腕に赤いきれを巻きつけて、は

*オーバアフロウ――排水口。

だかに半天《はんてん》だけ一枚着てみんなの泳ぐのを見ている三十ばかりの男が、一梃《ちょう》の鉄梃《かなてこ》をもって下流の方から溯《のぼ》って来るのを見ました。その人は、町から、水泳で子供らの溺《おぼ》れるのを助けるために雇われて来ているのでしたが、何ぶんひまに見えたのです。今日だって実際ひまなもんだから、ああやって用もない鉄梃なんかかついで、動かさなくてもいい途方もない大きな石を動かそうとして見たり、丁度私どもが遊びにしている発電所のまねなどを、鉄梃まで使って本統《ほんとう》にごつごつ岩を掘って、浮岩《うきいわ》の層のたまり水を干そうとしたりしているのだと思うと、私どもは実は少しおかしくなったのでした。

ですからわざと真面目な顔をして、

「ここの水少し干した方いいな、鉄梃を貸しませんか。」と云《い》うものもありました。

するとその男は鉄梃でとんとんあちこち突いて見てから、

「ここら、岩も柔いようだな。」と云いながらすなおに私たちに貸し、自分は又上流の波の荒いところに集っている子供らの方へ行きました。すると子供らは、その荒いブリキ色の波のこっち側で、手をあげたり脚を俥屋《くるまや》さんのようにしたり、みんなちりぢりに遁《に》げるのでした。私どもははあ、あの男はやっぱりどこか足りないな、だから子供らが鬼のようにこわがっているのだと思って遠くから笑って見ていました。

さてその次の日も私たちはイギリス海岸に行きました。

その日は、もう私たちはすっかり川の心持ちになれたつもりで、どんどん上流の瀬の荒い処《ところ》から飛び込み、すっかり疲れるまで下流の方へ泳ぎました。下流であがっては又野蛮人のようにその白い岩の上を走って来て上流の瀬にとびこみました。それでもすっかり疲れてしまうと、又昨日の軽石層のたまり水の処に行きました。救助係はその日はもうちゃんとそこに来ていたのです。腕には赤い巾《きれ》を巻き鉄梃も持っていました。

「お暑うございます。」私が挨拶《あいさつ》しましたらその人は少しきまり悪そうに笑って、

「なあに、おうちの生徒さんぐらい大きな方ならあぶないこともないのですが一寸《ちよつと》来て見た所です。」と云うのでした。なるほど私たちの中でたしかに泳げるものはほんとうに少かったのです。もちろん何かの張合で誰かが溺《おぼ》れそうになったとき間違いなくそれを救えるというくらいのものは一人もありませんでした。だんだん談《はな》して見ると、この人はずいぶんよく私たちを考えていてくれたのです。救助区域はずうっと下流の筏《いかだ》のところなのですが、私たちがこの気もちよいイギリス海岸に来るのを止めるわけにも行かず、時々別の用のあるふりをして来て見ていてくれたのです。もっと談していているうちに私はすっかりきまり悪くなってしまいました。なぜなら誰でも自分だけは賢こく、人のしていることは馬鹿げて見えるものですが、その日そのイギリス海岸で、私はつくづくそんな考《かんがえ》のいけないことを感じました。からだを刺されるようにさえ思いました。はだかになって、生徒といっしょに白い岩の上に立っていましたが、まるで太陽の白い光に責められるように思いました。全くこの人は、救助区域があんまり下流の方で、とてもこのイギリス海岸まで手が及ばず、それにも係わらず

私たちをはじめみんなこっちへも来るし、殊《こと》に小さな子供らまでが、何べん叱られてもあのあぶない瀬の処《ところ》に行っていて、この人の形を遠くから見ると、遁《に》げてどての蔭や沢のはんのきのうしろにかくれるものですから、この人は町へ行って、もう一人、人を雇うかそうでなかったら救助の浮標《ブイ》を浮べて貰《もら》いたいと話しているというのです。

そうして見ると、昨日あの大きな石を用もないのに動かそうとしたのもその浮標の重りに使う心組《こころぐみ》からだったのです。おまけにあの瀬の処では、早くにも溺《おぼ》れた人もあり、下流の救助区域でさえ、今年になってから二人も救ったというのです。いくら昨日までよく泳げる人でも、今日のからだ加減では、いつ水の中で動けないようになるかわからないというのです。何気なく笑って、その人と談《はな》してはいましたが、私はひとりで烈《はげ》しく烈しく私の軽率を責めました。実は私はその日までもし溺れる生徒ができたら、こっちはとても助けることもできないし、ただ飛び込んで行って一緒に溺れてやろう、死ぬことの向う側まで一緒について行ってやろうと思っていただけでした。全く私たちにはそのイギリス海岸の夏の一刻がそんなにまで楽しかったのです。そして私は、それが悪いことだとは決して思いませんでした。

さてその人と私らは別れましたけれども、今度はもう要心して、あの十間ばかりの湾の中でしか泳ぎませんでした。

その時、海岸のいちばん北のはじまで溯《のぼ》って行った一人が、まっすぐに私たちの方へ走って戻って来ました。

「先生、岩に何かの足痕《あしあと》あらんす。」

私はすぐ壺穴《つぼあな》の小さいのだろうと思いました。第三紀の泥岩で、どうせ昔の沼の岸ですから、何か哺《ほ》乳《にゅう》類の足痕のあることもいかにもありそうなことだけれども、教室でだって手《しゅ》獣《じゅう》の足痕の図まで黒板に書いたのだし、どうせそれが頭にあるから壺穴までそんな工合《ぐあい》に見えたんだと思いながら、あんまり気乗りもせずにそっちへ行って見ました。ところが私はぎくりとしてつっ立ってしまいました。みんなも顔色を変えて叫んだのです。

白い火山灰層のひとところが、平らに水で剝《は》がされて、浅い幅の広い谷のようになっていましたが、その底に二つずつ蹄《ひづめ》の痕のある大《おお》き五寸ばかりの足あとが、幾つか続いたりぐるっとまわったり、大きいのや小さいのや、実にめちゃくちゃについているではありませんか。その中には薄く酸化鉄が沈澱《ちんでん》してあたりの岩から実にはっきりしていました。たしかに足痕が泥につくや否や、火山灰がやって来てそれをそのまま保存したのです。私ははじめは粘土でその型をとろうと思いました。一人がその青い粘土も持って来たのでしたが、蹄の痕があんまり深過ぎるので、どうもうまく行きませんでした。私は「あした石膏《せっこう》を用意して来ようとも云《い》いました。けれどもそれよりいちばんいいことはやっぱりその足あとを切り取って、そのまま学校へ持って行って標本にすることでした。どうせ又水が出れば火山灰の層が剝げて、新らしい足あとの出るのはたしかでしたし、今のは構わないでおいてもすぐ壊れることが明らかでしたから。

次の朝早く私は実習を掲示する黒板にこう書いておきました。

八月八日

農場実習　午前八時半より正午まで

除草、追肥　第一、七組

蕪菁《かぶら》播種《はしゅ》　第三、四組

甘藍《かんらん》中耕　第五、六組

養蚕実習　第二組

（午后イギリス海岸に於《お》いて第三紀*偶蹄《ぐうてい》類の足跡《そくせき》標本を採収すべきにより希望者は参加すべし。）

そこで正直を申しますと、この小さな「イギリス海岸」の原稿は八月六日あの足あとを見つける前の日の晩宿直室で半分書いたのです。私はあの救助係の大きな石を鉄梃《かなてこ》で動かすあたりから、あとは勝手に私の空想を書いて行こうと思っていたのです。ところが次の日救助係がまるでちがった人になってしまい、泥岩の中からは空想よりももっと変なあしあとなどが出て来たのです。その半分書いた分だけを実習がすんでから教室でみんなに読みました。それを読んでしまうかしまわないうち、私たちは一ぺんに飛び出してイギリス海岸へ出かけたのです。

丁度この日は校長も出張から帰って来て、学校に出ていました。黒板を見てわらっていました、それから繭《まゆ》を売るのが済んだら自分も行こうと云《い》うのでした。私たちは新らしい鋼鉄の三本鍬《さんぼんぐわ》一本と、ものさしや新聞紙などを持って出て行きました。海岸の入口に来て見ますと水はひどく濁っていましたし、雨も少し降りそうでした。雲が大へんけわしかったのです。救助係に私は今日は少しのお礼をしようと思ってその支度もして来たのでしたがその人はいつもの処《ところ》に見えませんでした。私たちはまっすぐにそのイギリス海岸を昨日の処に行きました。それからていねいにあのあやしい化石を掘りはじめました。気がついて見ると、みんなは大抵ポケットに除草鎌《じよそうがま》を持って来ているのでした。岩が大へん柔らかでしたから大丈夫それで削れる見当がついていたのでした。もうあちこちで掘り出されました。私はせわしくそれをとめて、二つの足あとの間隔をはかったり、スケッチをとったりしなければなりませんでした。足あとを二つつづけて取ろうとしている人もありましたし、も少しのところでこわした人もありました。

まだ上流の方にまた別のがあると、一人の生徒が云って走って来ました。私は暑いので、すっかりはだかになって泳ぐ時のようなかたちをしていましたが、すぐその白い岩を走って行って見ました。そのあしあとは、いままでのとはまるで形もちがい、よほど小さかったのです、あるものは水の中にありました。水がもっと退《ひ》いたらまだまだ沢山出るだろうと思われました。その上流の方から、南のイギリス海岸のまん中で、みんなの一生けん命掘り取っ

＊第三紀偶蹄類──新生代の前半（約六五〇〇万～一七〇〇万年前）の哺乳類のうち、胃が複数ある牛や豚、羊など。

ているのを見ますと、こんどはそこは英国でなく、イタリヤのポムペイの火山灰の中のように思われるのでした。殊《こと》に四五人の女たちが、けばけばしい色の着物を着て、向うを歩いていましたし、おまけに雲がだんだんうすくなって日がまっ白に照って来たからでした。

いつか校長も黄いろの実習服を着て来ていました。そして足あとはもう四つまで完全にとられたのです。

私たちはそれを汀《みぎわ》まで持って行って洗いそれからそっと新聞紙に包みました。大きなのは三貫目もあったでしょう。掘り取るのが済んであの荒い瀬の処《ところ》から飛び込んで行くものもありました。けれども私はその溺《おぼ》れることを心配しませんでした。なぜなら生徒より前に、もう校長が飛び込んでいてごくゆっくり泳いで行くのでしたから。

しばらくたって私たちはみんなでそれを持って学校へ帰りました。そしてさっきも申しましたようにこれは昨日のことです。今日は実習の九日目です。朝から雨が降っていますので外の仕事はできません。うちの中で図を引いたりして遊ぼうと思うのです。これから私たちにはまだ麦こなしの仕事が残っています。天気が悪くてよく乾かないで困ります。麦こなしは芒《のぎ》がえらえらからだに入って大へんつらい仕事です。百姓の仕事の中ではいちばんいやだとみんなが云《い》います。この辺ではこの仕事を夏の病気とさえ云います。けれども全くそんな風に考えてはすみません。私たちはどうにかしてできるだけ面白くそれをやろうと思うのです。

紫紺染《しこんぞめ》について

盛岡《もりおか》の産物のなかに、紫紺染というものがあります。

これは、紫紺という桔梗《ききょう》によく似た草の根を、灰で煮出して染めるのです。

南部の紫紺染は、昔は大へん名高いものだったそうですが、明治になってからは、西洋からやすいアニリン色素*がどんどんはいって来ましたので、一向はやらなくなってしまいました。それが、ごくちかごろ、またさわぎ出されました。けれどもなにぶん、しばらくすたれていたものですから、製法も染方《そめかた》も一向わかりませんでした。そこで県工業会の役員たちや、工芸学校の先生は、それについていろいろしらべました。そしてとうとう、すっかり昔のようないいものが出来るようになって、東京大博覧会へも出ましたし、二等賞も取りました。

ここまでは、大てい誰でも知っています。新聞にも毎日出ていました。

ところが仲々、お役人方の苦心は、新聞に出ているくらいのものではありませんでした。

その研究中の一つのはなしです。

工芸学校の先生は、まず昔の古い記録に眼《め》をつけたのでした。そして図書館の二階で、毎

*アニリン色素―化学合成染料。

日黄いろに古びた写本《しゃほん》をしらべているうちに、遂《つい》にこういういいことを見附けました。

「一、山男紫紺《やまおとこしこん》を売りて酒を買い候事《そうろうこと》、

山男、西根山《にしねやま》にて紫紺の根を掘り取り、夕景《ゆうけい》に至りて、ひそかに御城下《ごじょうか》（盛岡）へ立ち出で候上《い》《うえ》、材木町《ざいもくちょう》生薬商人《きぐすりしょうにん》近江屋源八《おうみやげんぱち》に一俵《いっぴょう》二十五文《もん》にて売り候。それより山男、酒屋半之助《さかやはんのすけ》方《かた》へ参り、五合入程の瓢簞《ひょうたん》を差出し、この中に清酒《せいしゅ》一斗《と》お入れなされたくと申し候。半之助方小僧、身ぶるえしつつ、酒一斗はとても入り兼ね候と返答致し候処《ところ》、山男、まずは入れなさるべく候と押して申し候。半之助も顔色青ざめ委細《いさい》承知と早口に申し候。扨《さて》、小僧ますをとりて酒を入れ候に、酒は事《こと》もなく入り、遂に正味《しょうみ》一斗と相成《あいな》り候。山男大《おお》いに笑いて二十五文を置き、瓢簞をさげて立ち去り候趣《おもむき》、材木町総代より御届け有之《これあり》候。」

これを読んだとき、工芸学校の先生は、机を叩《たた》いてこうひとりごとを言いました。

「なるほど、紫紺の職人はみな死んでしまった。生薬屋のおやじも死んだと。そうして見るとさしあたり、紫紺についての先輩は、今では山男だけというわけだ。よしよし、一つ山男を呼び出して、聞いてみよう。」

そこで工芸学校の先生は、町の紫紺染《ぞめ》研究会の人達と相談して、九月六日の午后六時から、内丸西洋軒《うちまるせいようけん》で山男の招待会をすることにきめました。そこで工芸学校の先生は、山男へ宛《あ》てて上手な手紙を書きました。山男がその手紙さえ見れば、きっともう出掛けて来るようにうまく書いたのです。そして桃いろの封筒へ入れて、岩手郡西根山、山男殿と上書きをして、三銭の切手をはって、スポンと郵便函《ばこ》へ投げ込みました。

「ふん。こうさえしてしまえば、あとはむこうへ届こうが届くまいが、郵便屋の責任だ。」

と先生はつぶやきました。

あっはっは。みなさん。とうとう九月六日になりました。夕方、紫紺染に熱心な人たちが、みんなで二十四人、内丸西洋軒に集まりました。

もう食堂のしたくはすっかり出来て、扇風機はぶうぶうまわり、白いテーブル掛けは波をたてます。テーブルの上には、緑や黒の植木の鉢が立派にならび、極《ごく》上等のパンやバタももう置かれました。台所の方からは、いい匂《におい》がぷんぷんします。みんなは、蚕種《さんしゅ》取締所設置の運動のことやなにか、いろいろ話し合いましたが、こころの中では誰もみんな、山男がほんとうにやって来るかどうかを、大へん心配していました。もし山男が来なかったら、仕方ないからみんなの懇親会《こんしんかい》ということにしようと、めいめい考えていました。

ところが山男が、とうとうやって来ました。丁度、六時十五分前に一台の人力車がすうっと西洋軒の玄関にとまりました。みんなはそれ来たっと玄関にならんでむかえました。俥屋《くるまや》はまるでまっかになって汗をたらしゆげをほうほうあげながら膝《ひざ》かけを取りました。するとゆっくりと俥から降りて来たのは黄金色《きんいろ》目玉あかつらの西根山の山男でした。せなかに大きな桔梗《ききょう》の紋のついた夜具《やぐ》をのっしりと着込んで鼠《ねずみ》色の袋のような袴《はかま》をどふっとはいて居りました。そして大きな青い縞《しま》の財布を出して

「くるまちんはいくら。」とききました。

俥屋《くるまや》はもう疲れてよろよろ倒れそうになっていましたがやっとのことでこう云《い》いました。

「旦那さん。百八十両やって下さい。俥はもうみしみし云っていますし私はこれから病院へはいります。」

するとと山男は、

「うんもっともだ。さあこれ丈《だ》けやろう。つりは酒代だ。」と云いながらいくらだかわけのわからない大きな札を一枚出してすたすた玄関にのぼりました。みんなははあっとおじぎをしました。山男もしずかにおじぎを返しながら、

「いやこんにちは。お招きにあずかりまして大へん恐縮です。」と云いました。みんなは山男があんまり紳士風で立派なのですっかり愕《おど》ろいてしまいました。ただひとりその中に町はずれの本屋の主人が居ましたが山男の無暗にしか爪らしいのを見て思わずにやりとしました。それは昨日の夕方顔のまっかな蓑《みの》を着た大きな男が来て「知っておくべき日常の作法。」という本を買って行ったのでしたが山男がその男にそっくりだったのです。

とにかくみんなは山男をすぐ食堂に案内しました。そして一緒にこしかけました。山男が腰かけた時椅子はがりがりっと鳴りました。山男は腰かけるとこんどは黄金色《きんいろ》の目玉を据《す》えてじっとパンや塩やバターを見つめ〔以下原稿一枚?なし〕

どうしてかと云うともし山男が洋行したとするとやっぱり船に乗らなければならない、山男が船に乗って上海《シャンハイ》に寄ったりするのはあんまりおかしいと会長さんは考えたのでした。

さてだんだん食事が進んではなしもはずみました。「いやじっさいあの辺はひどい処《ところ》だよ。どうも六百からの棄権《きけん》ですからな。」

なんて云っている人もあり一方ではそろそろ大切な用談《ようだん》がはじまりかけました。

「ええと、失礼ですが山男さん、あなたはおいくつでいらっしゃいますか。」

「二十九です。」

「お若いですな。やはり一年は三百六十五日ですか。」

「一年は三百六十五日のときも三百六十六日のときもあります。」

「あなたはふだんどんなものをおあがりになりますか。」

「さよう。栗の実やわらびや野菜です。」

「野菜はあなたがおつくりになるのですか。」

「お日さまがおつくりになるのです。」

「どんなものですか。」

「さよう。みず、ほうな、しどけ、うど、そのほか、しめじ、きんたけなどです。」

「今年はうどの出来がどうですか。」

「なかなかいいようですが、少しかおりが不足ですな。」

「雨の関係でしょうかな。」

「そうです。しかしどうしてもアスパラガスには叶《かな》いませんな。」「へえ」

「アスパラガスやちしゃ*のようなものが山野に自生するようにならないと産業もほんとうではありませんな。」

「へえ。ずいぶんなご卓見《たつけん》です。しかしあなたは紫紺《しこん》のことはよくごぞんじでしょうな。」みんなはしいんとなりました。これが今夜の眼目《がんもく》だったのです。山男はお酒をかぶりと呑《の》んで云《い》いました。

「しこん、しこんと。はてな聞いたようなことだがどうもよくわかりません。やはり知らないのですな。」みんなはがっかりしてしまいました。なんだ、紫紺のことも知らない山男など一向用はないこんなやつに酒を呑ませたりしてつまらないことをした。もうあとはおれたちの懇親会だ、と云うつもりでめいめい勝手にのんで勝手にたべました。ところが山男にはそれが大へんうれしかったようでした。しきりにかぶりかぶりとお酒をのみました。お魚が出ると丸ごとけろりとたべました。野菜が出ると手をふところに入れたまま舌だけ出してべろりとなめてしまいます。

そして眼《め》をまっかにして「へろれって、へろれって、けろれって、へろれって。」なんて途方《とほう》もない声で咆《ほ》えはじめました。さあみんなはだんだん気味悪くなりました。おまけに給仕がテーブルのはじの方で新らしいお酒の瓶を抜いたときなどは山男は手を長くながくのばして横から取ってしまってラッパ呑みをはじめましたのでぶるぶるふるえ出した人もありました。そこで研究会の会長さんは元来おさむらいでしたから考えました。（これはどうもいかん。けしからん。こうみだれてしまっては仕方がない。一つひきしめてやろう。）くだもの出たのを合図に会長さんは立ちあがりました。けれども会長さんももうへろへろ酔っていたのです。

「ええ一寸《ちよつと》一言ご挨拶《あいさつ》申しあげます。今晩はお客様にはよくおいで下さいました。どうかゆるりとおくつろぎ下さい。さて現今《げんこん》世界の大勢《たいせい》を見るに実にどうもこんらんして居る。ひとのものを横合からとるようなことが多い。実にふんがいにたえない。まだ世界は野蛮からぬけない。けしからん。くそっ。ちょっ。」

会長さんはまっかになってどなりました。みんなはびっくりしてぱくぱく会長さんの袖を引っぱって無理に座らせました。

するとは山男は面倒臭そうにふところから手を出して立ちあがりました。「ええ一寸一言ご挨拶を申し上げます。今晩はあついおもてなしにあずかりまして千万《せんばん》かたじけなく思います。どういうわけでこんなおもてなしにあずかるのか先刻からしきりに考えているのです。やはりどうもその先頃おたずねにあずかった紫紺についてのようであります。そうして見ると私も本気で考え出さなければなりません。そう思って一生懸命思い出しました。ところが私は

＊ちしゃ──レタス。

子供のとき母が乳がなくて濁り酒で育ててもらったためにひどいアルコール中毒なのでありま す。お酒を呑《の》まないと物を忘れるので丁度みなさまの反対であります。そのためについビールも一本失礼いたしました。そしてそのお蔭《かげ》でやっとおもいだしました。あれは現今西根《にしね》山《やま》にはたくさんございます。私のおやじなどはしじゅうあれを掘って町へ来て売ってお酒にかえたというはなしであります。おやじがどうもちかごろ紫紺《しこん》も買う人はなし困ったと云《い》ってこぼしているのも聞いたことがあります。それからあれを染めるには何でも黒いしめった土をつかうというはなしもぼんやりおぼえています。紫紺についてわたくしの知って居るのはこれだけであります。それで何かのご参考になればまことにしあわせです。さて考えて見ますとありがたいはなしでございます。私のおやじは紫紺の根を掘って来てお酒ととりかえましたが私は紫紺のはなしを一寸《ちよつと》すればこんなに酔うくらいまでお酒が呑めるのです。そらこんなに酔うくらいです。」

山男は赤くなった顔を一つ右手でしごいて席へ座りました。

みんなはざわざわしました。工芸学校の先生は「黒いしめった土を使うこと」と手帳へ書いてポケットにしまいました。

そこでみんなは青いりんごの皮をむきはじめました。山男もむいてたべました。そして実をすっかりたべてからこんどはかまど*をぱくりとたべました。それからちょっとそばをたべるような風にして皮もたべました。工芸学校の先生はちらっとそれを見ましたが知らないふりをして居りました。

さてだんだん夜も更けましたので会長さんが立って、

「やあこれで解散だ。諸君めでたしめでたし。ワッハッハ。」とやって会は終りました。

そこで山男は顔をまっかにして肩をゆすって一度にはしごだんを四つくらいずつ飛んで玄関へ降りて行きました。

みんなが見送ろうとあとをついて玄関まで行ったときは山男はもう居ませんでした。

丁度《ちょうど》七つの森の一番はじめの森に片脚《かたあし》をかけた所だったのです。

さて紫紺染《ぞめ》が東京大博覧会で二等賞をとるまでにはこんな苦心もあったというだけのおはなしであります。

＊かまど――東北地方などの方言で、果物の芯のこと。

どんぐりと山猫

おかしなはがきが、ある土曜日の夕がた、一郎のうちにきました。

かねた一郎さま　九月十九日
あなたは、ごきげんよろしいほで、けっこです。
あした、めんどなさいばんしますから、おいでんなさい。とびどぐもたないでくなさい。
山ねこ　拝

こんなのです。字はまるでへたで、墨もがさがさして指につくくらいでした。けれども一郎はうれしくてうれしくてたまりませんでした。はがきをそっと学校のかばんにしまって、うちじゅうとんだりはねたりしました。

ね床《どこ》にもぐってからも、山猫のにゃあとした顔や、そのめんどうだという裁判のけしきなどを考えて、おそくまでねむりませんでした。

けれども、一郎が眼《め》をさましたときは、もうすっかり明るくなっていました。おもてにでてみると、まわりの山は、みんなたったいまできたばかりのようにうるうるもりあがって、まっ青なそらのしたにならんでいました。一郎はいそいでごはんをたべて、ひとり谷川に沿ったこみちを、かみの方へのぼって行きました。

すきとおった風がざあっと吹くと、栗の木はばらばらと実をおとしました。一郎は栗の木をみあげて、

「栗の木、栗の木、やまねこがここを通らなかったかい。」とききました。栗の木はちょっとしずかになって、

「やまねこなら、けさはやく、馬車でひがしの方へ飛んで行きましたよ。」と答えました。

「東ならぼくのいく方だねえ、おかしいな、とにかくもっといってみよう。栗の木ありがとう。」

栗の木はだまってまた実をばらばらとおとしました。

一郎がすこし行きますと、そこはもう笛ふきの滝でした。笛ふきの滝というのは、まっ白な岩の崖《がけ》のなかほどに、小さな穴があいていて、そこから水が笛のように鳴って飛び出し、すぐ滝になって、ごうごう谷におちているのをいうのでした。

一郎は滝に向いて叫びました。

「おいおい、笛ふき、やまねこがここを通らなかったかい。」滝がぴーぴー答えました。

「やまねこは、さっき、馬車で西の方へ飛んで行きましたよ。」

「おかしいな、西ならぼくのうちの方だ。けれども、まあも少し行ってみよう。ふえふき、ありがとう。」

滝はまたもとのように笛を吹きつづけました。

一郎がまたすこし行きますと、一本のぶなの木のしたに、たくさんの白いきのこが、どってこどってこどってこと、変な楽隊をやっていました。

一郎はからだをかがめて、

「おい、きのこ、やまねこが、ここを通らなかったかい。」

とききました。するときのこは
「やまねこなら、けさはやく、馬車で南の方へ飛んで行きましたよ。」とこたえました。一郎は首をひねりました。

「みなみならあっちの山のなかだ。おかしいな。まあもすこし行ってみよう。きのこ、ありがとう。」

きのこはみんないそがしそうに、どってこどってこと、あのへんな楽隊をつづけました。

一郎はまたすこし行きました。すると一本のくるみの木の梢《こずえ》を、栗鼠《りす》がぴょんととんでいました。一郎はすぐ手まねぎしてそれをとめて、

「おい、りす、やまねこがここを通らなかったかい。」とたずねました。するとりすは、木

の上から、額に手をかざして、一郎を見ながらこたえました。

「やまねこなら、けさまだくらいうちに馬車でみなみの方へ飛んで行きましたよ。」

「みなみへ行ったなんて、二《ふた》とこでそんなことを言うのはおかしいなあ。けれどもまあもすこし行ってみよう。りす、ありがとう。」りすはもう居ませんでした。ただくるみのいちばん上の枝がゆれ、となりのぶなの葉がちらっとひかっただけでした。

一郎がすこし行きましたら、谷川にそったみちは、もう細くなって消えてしまいました。そして谷川の南の、まっ黒な榧《かや》の木の森の方へ、あたらしいちいさなみちがついていました。一郎はそのみちをのぼって行きました。榧の枝はまっくろに重なりあって、青ぞらは一きれも見えず、みちは大へん急な坂になりました。一郎が顔をまっかにして、汗《あせ》をぽとぽとおとしながら、その坂をのぼりますと、にわかにぱっと明るくなって、眼《め》がちくっとしました。そこはうつくしい黄金《きん》いろの草地で、草は風にざわざわ鳴り、まわりは立派なオリーヴいろのかやの木のもりでかこまれてありました。

その草地のまん中に、せいの低いおかしな形の男が、膝《ひざ》を曲げて手に革鞭《かわむち》をもって、だまってこっちをみていたのです。

一郎はだんだんそばへ行って、びっくりして立ちどまってしまいました。その男は、片眼で、見えない方の眼は、白くびくびくうごき、上着のような半天《はんてん》のようなへんなものを着て、だいいち足が、ひどくまがって山羊《やぎ》のよう、ことにそのあしさきときたら、ごはんをもるへらのかたちだったのです。一郎は気味が悪かったのですが、なるべく落ちついてたずねました。

「あなたは山猫をしりませんか。」

するとその男は、横眼で一郎の顔を見て、口をまげてにやっとわらって言いました。

「山ねこさまはいますぐに、ここに戻ってお出《で》やるよ。おまえは一郎さんだな。」

一郎はぎょっとして、一あしうしろにさがって、

「え、ぼく一郎です。けれども、どうしてそれを知ってますか。」と言いました。するとその奇体《きたい》な男はいよいよにやにやしてしまいました。

「そんだら、はがき見だべ。」

「見ました。それで来たんです。」

「あのぶんしょうは、ずいぶん下手だべ。」と男は下をむいてかなしそうに言いました。一郎はきのどくになって、

「さあ、なかなか、ぶんしょうがうまいようでしたよ。」

と言いますと、男はよろこんで、息をはあはあして、耳のあたりまでまっ赤になり、きもののえりをひろげて、風をからだに入れながら、

「あの字もなかなかうまいか。」とききました。一郎は、おもわず笑いだしながら、へんじしました。

「うまいですね。五年生だってあのくらいには書けないでしょう。」

するとまた男は、急にまたいやな顔をしました。

「五年生っていうのは、*尋常《じんじょう》五年生だべ。」その声が、あんまり力なくあわれに聞えましたので、一郎はあわてて言いました。

「いいえ、*大学校の五年生ですよ。」

すると、男はまたよろこんで、まるで、顔じゅう口のようにして、にたにたにたにた笑って叫びました。

「あのはがきはわしが書いたのだよ。」一郎はおかしいのをこらえて、

「ぜんたいあなたはなにですか。」とたずねますと、男は急にまじめになって、

「わしは山ねこさまの*馬車別当《べっとう》だよ。」と言いました。

そのとき、風がどうと吹いてきて、草はいちめん波だち、別当は、急にていねいなおじぎをしました。

一郎はおかしいとおもって、ふりかえって見ますと、そこに山猫が、黄いろな陣羽織《じんばおり》のようなものを着て、緑いろの眼をまん円《まる》にして立っていました。やっぱり山猫の耳は、立って尖《とが》っているなと、一郎がおもいましたら、山ねこはぴょこっとおじぎをしました。一郎もて

＊尋常—尋常小学校。現在の小学校のこと。　＊大学校の五年生—旧制の大学でも五年生はない。　＊馬車別当—馭者。馬車にのって馬を操る。

いねいに挨拶《あいさつ》しました。

「いや、こんにちは、きのうははがきをありがとう。」

山猫はひげをぴんとひっぱって、腹をつき出して言いました。

「こんにちは、よくいらっしゃいました。じつはおとといから、めんどうなあらそいがおこって、ちょっと裁判にこまりましたので、あなたのお考えを、うかがいたいとおもいましたのです。まあ、ゆっくり、おやすみください。じき、どんぐりどもがまいりましょう。どうもまい年、この裁判でくるしみます。」山ねこは、ふところから、巻煙草《まきたばこ》の箱を出して、じぶんが一本くわい、

「いかがですか。」と一郎に出しました。一郎はびっくりして、

「いいえ。」と言いましたら、山ねこはおおようにわらって、

「ふふん、まだお若いから、」と言いながら、マッチをしゅっと擦《す》って、わざと顔をしかめて、青いけむりをふうと吐きました。山ねこの馬車別当《べっとう》は、気を付けの姿勢で、しゃんと立っていましたが、いかにも、たばこのほしいのをむりにこらえているらしく、なみだをぼろぼろこぼしました。

そのとき、一郎は、足もとでパチパチ塩のはぜるような、音をききました。びっくりして屈《かが》んで見ますと、草のなかに、あっちにもこっちにも、黄金《きん》いろの円《まる》いものが、ぴかぴかひかっているのでした。よくみると、みんなそれは赤いずぼんをはいたどんぐりで、もうその

数ときたら、三百でも利《き》かないようでした。わああわあわあわあ、みんななにか云《い》っているのです。

「あ、来たな。蟻《あり》のようにやってくる。おい、さあ、早くベルを鳴らせ。今日はそこが日当りがいいから、そこのとこの草を刈れ。」やまねこは巻たばこを投げすてて、大いそぎで馬車別当にいいつけました。馬車別当もたいへんあわてて、腰から大きな鎌をとりだして、ざっくざっくと、やまねこの前のとこの草を刈りました。そこへ四方の草のなかから、どんぐりどもが、ぎらぎらひかって、飛び出して、わあわあわあわあ言いました。

馬車別当が、こんどは鈴をがらんがらんがらんがらんと振りました。音はかやの森に、がらんがらんがらんとひびき、黄金のどんぐりどもは、すこししずかになりました。見ると山ねこは、もういつか、黒い長い繻子《しゅす》の服を着て、勿体《もったい》らしく、どんぐりどもの前にすわっていました。まるで奈良のだいぶつさまにさんけいするみんなの絵のようだと一郎はおもいました。別当がこんどは、革鞭《かわむち》を二三べん、ひゅうぱちっ、ひゅう、ぱちっと鳴らしました。

空が青くすみわたり、どんぐりはぴかぴかしてじつにきれいでした。

「裁判ももう今日で三日目だぞ、いい加減になかなおりをしたらどうだ。」山ねこが、すこし心配そうに、それでもむりに威張《いば》って言いますと、どんぐりどもは口々に叫びました。

「いえいえ、だめです、なんといったって頭のとがってるのがいちばんえらいんです。そしてわたしがいちばんとがっています。」

「いいえ、ちがいます。まるいのがえらいのです。いちばんまるいのはわたしです。」

「大きなことだよ。大きなのがいちばんえらいんだよ。わたしがいちばん大きいからわたしがえらいんだよ。」

「そうでないよ。わたしのほうがよほど大きいと、きのうも判事さんがおっしゃったじゃないか。」

「だめだい、そんなこと。せいの高いのだよ。せいの高いことなんだよ。」

「押しっこのえらいひとだよ。押しっこをしてきめるんだよ。」もうみんな、がやがやがやがや言って、なにがなんだか、まるで蜂の巣をつっついたようで、わけがわからなくなりました。そこでやまねこが叫びました。

「やかましい。ここをなんとこころえる。しずまれ、しずまれ。」

別当《べっとう》がむちをひゅうぱちっとならしましたのでどんぐりどもは、やっとしずまりました。やまねこは、ぴんとひげをひねって言いました。

「裁判ももうきょうで三日目だぞ。いい加減に仲なおりしたらどうだ。」

すると、もうどんぐりどもが、くちぐちに云《い》いました。

「いえいえ、だめです。なんといったって、頭のとがっているのがいちばんえらいのです。」

「いいえ、ちがいます。まるいのがえらいのです。」

「そうでないよ。大きなことだよ。」がやがやがやがや、もうなにがなんだかわからなくなりました。山猫が叫びました。

「だまれ、やかましい。ここをなんと心得る。しずまれしずまれ。」別当が、むちをひゅうぱちっと鳴らしました。山猫がひげをぴんとひねって言いました。

「裁判ももうきょうで三日目だぞ。いい加減になかなおりをしたらどうだ。」

「いえ、いえ、だめです。あたまのとがったものが……。」がやがやがやがや。

　山ねこが叫びました。

「やかましい。ここをなんとこころえる。しずまれ、しずまれ。」別当が、むちをひゅうぱちっと鳴らし、どんぐりはみんなしずまりました。山猫が一郎にそっと申しました。

「このとおりです。どうしたらいいでしょう。」一郎はわらってこたえました。

「そんなら、こう言いわたしたらいいでしょう。このなかでいちばんばかで、めちゃくちゃで、まるでなっていないようなのが、いちばんえらいとね。ぼくお説教できいたんです。」

山猫はなるほどというふうにうなずいて、それからいかにも気取って、繻子《しゅす》のきものの胸《えり》を開いて、黄いろの陣羽織をちょっと出してどんぐりどもに申しわたしました。

「よろしい。しずかにしろ。申しわたしだ。このなかで、いちばんえらくなくて、ばかで、めちゃくちゃで、てんでなっていなくて、あたまのつぶれたようなやつが、いちばんえらいのだ。」

どんぐりは、しいんとしてしまいました。それはそれはしいんとして、堅《かた》まってしまいました。

そこで山猫は、黒い繻子《しゅす》の服をぬいで、額の汗をぬぐいながら、一郎の手をとりました。別当《べっとう》も大よろこびで、五六ぺん、鞭《むち》をひゅうぱちっ、ひゅうぱちっ、ひゅうひゅうぱちっと鳴らしました。やまねこが言いました。

「どうもありがとうございました。これほどのひどい裁判を、まるで一分半でかたづけてくださいました。どうかこれからわたしの裁判所の、名誉判事になってください。これからも、葉書が行ったら、どうか来てくださいませんか。そのたびにお礼はいたします。」

「承知しました。お礼なんかいりませんよ。」

「いいえ、お礼はどうかとってください。わたしのじんかくにかかわりますから。そしてこれからは、葉書にかねた一郎どのと書いて、こちらを裁判所としますが、ようございますか。」

一郎が「ええ、かまいません。」と申しますと、やまねこはまだなにか言いたそうに、しばらくひげをひねって、眼をぱちぱちさせていましたが、とうとう決心したらしく言い出しました。

「それから、はがきの文句ですが、これからは、用事これありに付き、明日《みょうにち》出頭すべしと書いてどうでしょう。」

一郎はわらって言いました。

「さあ、なんだか変ですね。そいつだけはやめた方がいいでしょう。」

山猫は、どうも言いようがまずかった、いかにも残念だというふうに、しばらくひげをひねったまま、下を向いていましたが、やっとあきらめて言いました。

「それでは、文句はいままでのとおりにしましょう。そこで今日のお礼ですが、あなたは黄金《きん》のどんぐり一升《しょう》と、塩鮭《しおざけ》のあたまと、どっちをおすきですか。」

「黄金のどんぐりがすきです。」

山猫は、鮭《しゃけ》の頭でなくて、まあよかったというように、口早に馬車別当に云《い》いました。

「どんぐりを一升早くもってこい。一升にたりなかったら、めっきのどんぐりもまぜてこい。はやく。」

別当は、さっきのどんぐりをますに入れて、はかって叫びました。

「ちょうど一升あります。」山ねこの陣羽織が風にばたばた鳴りました。そこで山ねこは、大きく延びあがって、めをつぶって、半分あくびをしながら言いました。

「よし、はやく馬車のしたくをしろ。」白い大きなきのこでこしらえた馬車が、ひっぱりだされました。そしてなんだかねずみいろの、おかしな形の馬がついています。

「さあ、おうちへお送りいたしましょう。」山猫が言いました。二人は馬車にのり別当は、どんぐりのますを馬車のなかに入れました。

ひゅう、ぱちっ。

馬車は草地をはなれました。木や藪《やぶ》がけむりのようにぐらぐらゆれました。一郎は黄金《きん》のどんぐりを見、やまねこはとぼけたかおつきで、遠くをみていました。

馬車が進むにしたがって、どんぐりはだんだん光がうすくなって、まもなく馬車がとまったときは、あたりまえの茶いろのどんぐりに変っていました。そして、山ねこの黄いろな陣羽織も、別当《べっとう》も、きのこの馬車も、一度に見えなくなって、一郎はじぶんのうちの前に、どんぐりを入れたますを持って立っていました。

それからあと、山ねこ拝というはがきは、もうきませんでした。やっぱり、出頭すべしと書いてもいいと言えばよかったと、一郎はときどき思うのです。

狼森《オイノ》と笊森《ざる》、盗森《ぬすと》

小岩井《こいわい》農場の北に、黒い松の森が四つあります。いちばん南が狼森で、その次が笊森、次は黒坂《くろさか》森、北のはずれは盗森です。

この森がいつごろどうしてできたのか、どうしてこんな奇体《きたい》な名前がついたのか、それをいちばんはじめから、すっかり知っているものは、おれ一人だと黒坂森のまんなかの巨《おお》きな巌《いわ》が、ある日、威張ってこのおはなしをわたくしに聞かせました。

ずうっと昔、岩手山《いわてさん》が、何べんも噴火しました。その灰でそこらはすっかり埋《うず》まりました。このまっ黒な巨きな巌も、やっぱり山からはね飛ばされて、今のところに落ちて来たのだそうです。

噴火がやっとしずまると、野原や丘には、穂のある草や穂のない草が、南の方からだんだん生えて、とうとうそこらいっぱいになり、それから柏《かしわ》や松も生え出し、しまいに、いまの四《よ》つの森ができました。けれども森にはまだ名前もなく、めいめい勝手に、おれはおれだと思っているだけでした。するとある年の秋、水のようにつめたいすきとおる風が、柏の枯れ葉をさらさら鳴らし、岩手山の銀の冠《かんむり》には、雲の影がくっきり黒くうつっている日でした。

四人の、*けらを着た百姓たちが、山刀《なた》や三本鍬《ぐわ》や唐鍬《とうぐわ》や、すべて山と野原の武器を堅くからだにしばりつけて、東の稜《かど》ばった*燧石《ひうちいし》の山を越えて、のっしのっしと、この森にかこまれた小さな野原にやって来ました。よくみるとみんな大きな刀もさしていたのです。

先頭の百姓が、そこらの幻燈《げんとう》のようなけしきを、みんなにあちこち指さして

「どうだ。いいとこだろう。畑はすぐ起せるし、森は近いし、きれいな水もながれている。それに日あたりもいい。どうだ、俺はもう早くから、ここと決めておいたんだ。」と云《い》いますと、一人の百姓は、

「しかし地味《ちみ》はどうかな。」と言いながら、屈《かが》んで一本のすすきを引き抜いて、その根から土を掌《てのひら》にふるい落して、しばらく指でこねたり、ちょっと嘗《な》めてみたりしてから云いました。

「うん。地味《じみ》もひどくよくはないが、またひどく悪くもないな。」

「さあ、それではいよいよここときめるか。」

も一人が、なつかしそうにあたりを見まわしながら云いました。

「よし、そう決めよう。」いままでだまって立っていた、四人目の百姓が云いました。

四人はそこでよろこんで、せなかの荷物をどしんとおろして、それから来た方へ向いて、高く叫びました。

「おおい、おおい。ここだぞ。早く来《こ》お。早く来お。」

すると向うのすすきの中から、荷物をたくさんしょって、顔をまっかにしておかみさんた

ちが三人出て来ました。見ると、五つ六《む》つより下の子供が九人《く》、わいわい云いながら走ってついて来るのでした。

そこで四人《よったり》の男たちは、てんでにすきな方へ向いて、声を揃《そろ》えて叫びました。

「ここへ畑起してもいいかあ。」

「いいぞお。」森が一斉《いっせい》にこたえました。

みんなは又叫びました。

「ここに家建ててもいいかあ。」

「ようし。」森は一ぺんにこたえました。

みんなはまた声をそろえてたずねました。

「ここで火たいてもいいかあ。」

「いいぞお。」森は一ぺんにこたえました。

みんなはまた叫びました。

「すこし木貰《きいもら》ってもいいかあ。」

「ようし。」森は一斉にこたえました。

男たちはよろこんで手をたたき、さっきから顔色を変えて、しんとして居た女やこどもら

＊けら―東北地方の方言で蓑。
＊燧石の山―小岩井農場の東北にある小山、鬼越山（おにこりやま）のこと。かつては、ここから火打ち石を採掘したという。

は、にわかにはしゃぎだして、子供らはうれしまぎれに喧嘩《けんか》をしたり、女たちはその子をぽかぽか撲《なぐ》ったりしました。

その日、晩方《ばんがた》までにはもう萱《かや》をかぶせた小さな丸太の小屋が出来ていました。子供たちは、よろこんでそのまわりを飛んだりはねたりしました。次の日から、森はその人たちのきちがいのようになって、働らいているのを見ました。男はみんな鍬《くわ》をピカリピカリさせて、野原の草を起しました。女たちは、まだ栗鼠《りす》や野鼠《のねずみ》に持って行かれない栗の実を集めたり、松を伐《き》って薪《たきぎ》をつくったりしました。そしてまもなく、いちめんの雪が来たのです。

その人たちのために、森は冬のあいだ、一生懸命、北からの風を防いでやりました。それでも、小さなこどもらは寒がって、赤くはれた小さな手を、自分の咽喉《のど》にあてながら、「冷たい、冷たい。」と云《い》ってよく泣きました。

春になって、小屋が二つになりました。

そして蕎麦《そば》と稗《ひえ》とが播《ま》かれたようでした。そばには白い花が咲き、稗は黒い穂を出しました。その年の秋、穀物がとにかくみのり、新らしい畑がふえ、小屋が三《み》つになったとき、みんなはあまり嬉《うれ》しくて大人までがはね歩きました。ところが、土の堅く凍った朝でした。九人のこどもらのなかの、小さな四人がどうしたのか夜の間に見えなくなっていたのです。

みんなはまるで、気違いのようになって、その辺をあちこちさがしましたが、こどもらの影も見えませんでした。

そこでみんなは、てんでにすきな方へ向いて、一緒に叫びました。

「たれか童《わらし》ゃど知らないか。」

「しらない」と森は一斉にこたえました。

「そんだらさがしに行くぞお。」とみんなはまた叫びました。

「来《こ》お。」と森は一斉《いっせい》にこたえました。

そこでみんなは色々の農具をもって、まず一番ちかい狼森《オイノ》に行きました。森へ入りますと、すぐしめったつめたい風と朽葉《くちば》の匂《におい》とが、すっとみんなを襲いました。

みんなはどんどん踏みこんで行きました。

すると森の奥の方で何かパチパチ音がしました。

急いでそっちへ行って見ますと、すきとおったばら色の火がどんどん燃えていて、狼が九《く》疋《ひき》、くるくるくるくる、火のまわりを踊ってかけ歩いているのでした。

だんだん近くへ行って見ると居なくなった子供ら四人共《ども》、その火に向いて焼いた栗や初《はつ》茸《たけ》などをたべていました。

狼はみんな歌を歌って、夏のまわり燈籠《とうろう》のように、火のまわりを走っていました。

「狼森のまんなかで、
火はどろどろぱちぱち
火はどろどろぱちぱち、

　栗はころころぱちぱち、
　　栗はころころぱちぱち。」

　みんなはそこで、声をそろえて叫びました。

「狼《オイノ》どの狼どの、童《わら》しゃど返してけろ。」

　狼はみんなびっくりして、一ぺんに歌をやめてくちをまげて、みんなの方をふり向きました。

　すると火が急に消えて、そこらはにわかに青くしいんとなってしまったので火のそばのこどもらはわあと泣き出しました。

　狼は、どうしたらいいか困ったというようにしばらくきょろきょろしていましたが、とうとうみんないちどに森のもっと奥の方へ逃げて行きました。

　そこでみんなは、子供らの手を引いて、森を出ようとしました。すると森の奥の方で狼どもが、

「悪く思わないでけろ。栗だのきのこだの、うんとご馳走《ちそう》したぞ。」と叫ぶのがきこえました。みんなはうちに帰ってから粟餅《あわもち》をこしらえてお礼に狼森《オイノ》へ置いて来ました。

　春になりました。そして子供が十一人になりました。馬が二疋《ひき》来ました。畑《はたけ》には、草や腐った木の葉が、馬の肥《こえ》と一緒に入りましたので、粟や稗《ひえ》はまっさおに延びました。

　そして実もよくとれたのです。秋の末のみんなのよろこびようといったらありませんでし

た。

　ところが、ある霜柱のたったつめたい朝でした。

　みんなは、今年も野原を起して、畠をひろげていましたので、その朝も仕事に出ようとして農具をさがしますと、どこの家《うち》にも山刀《なた》も三本鍬《さんぼんぐわ》も唐鍬《とうぐわ》も一つもありませんでした。

　みんなは一生懸命そこらをさがしましたが、どうしても見附かりませんでした。それで仕方なく、めいめいすきな方へ向いて、いっしょにたかく叫びました。

「おらの道具知らないかあ。」

「知らないぞお。」と森は一ぺんにこたえました。

「さがしに行くぞお。」とみんなは叫びました。

「来《こ》お。」と森は一斉に答えました。

　みんなは、こんどはなんにももたないで、ぞろぞろ森の方へ行きました。はじめはまず一番近い狼森に行きました。

　すると、すぐ狼が九疋《くひき》出て来て、みんなまじめな顔をして、手をせわしくふって云《い》いました。

「無い、無い、決して無い、無い。外《ほか》をさがして無かったら、もう一ぺんおいで。」

　みんなは、尤《もっと》もだと思って、それから西の方の笊森《ざるもり》に行きました。そしてだんだん森の奥へ入って行きますと、一本の古い柏《かしわ》の木の下に、木の枝であんだ大きな笊が伏せてありました。

「こいつはどうもあやしいぞ。笊《ざる》森の笊はもっともだが、中には何があるかわからない。一つあけて見よう。」と云《い》いながらそれをあけて見ますと、中には無くなった農具が九つとも、ちゃんとはいっていました。

それどころではなく、まんなかには、黄金《きん》色の目をした、顔のまっかな山男が、あぐらをかいて座っていました。

子供らは叫んで逃げ出そうとしましたが、大人はびくともしないで、声をそろえて云いました。

「山男、これからいたずら止《や》めてけろよ。くれぐれ頼むぞ、これからいたずら止めでけろよ。」

山男は、大へん恐縮したように、頭をかいて立って居りました。みんなはてんでに、自分の農具を取って、森を出て行こうとしました。

すると森の中で、さっきの山男が、

「おらさも粟餅《あわもち》持って来てけろよ。」と叫んでくるりと向うを向いて、手で頭をかくして、森のもっと奥へ走って行《ゆ》きました。

みんなはあっはあっはと笑って、うちへ帰りました。そして又粟餅をこしらえて、狼森《オイノ》と笊森に持って行って置いて来ました。

次の年の夏になりました。平らな処《ところ》はもうみんな畑です。うちには木小屋がついたり、大きな納屋《なや》が出来たりしました。

それから馬も三疋になりました。その秋のとりいれのみんなの悦《よろこ》びは、とても大へんなものでした。

今年こそは、どんな大きな粟餅をこさえても、大丈夫だとおもったのです。

そこで、やっぱり不思議なことが起りました。

ある霜の一面に置いた朝納屋のなかの粟が、みんな無くなっていました。みんなはまるで気が気でなく、一生けん命、その辺をかけまわりましたが、どこにも粟は、一粒もこぼれていませんでした。

みんなはがっかりして、てんでにすきな方へ向いて叫びました。

「おらの粟知らないかあ。」

「知らないぞお。」森は一ぺんにこたえました。

「さがしに行くぞ。」とみんなは叫びました。

「来《こ》お。」と森は一斉《いっせい》にこたえました。

みんなは、てんでにすきなえ物を持って、まず手近《てぢか》の狼森に行きました。

狼供は九疋共もう出て待っていました。そしてみんなを見て、フッと笑って云いました。

「今日も粟餅だ。ここには粟なんか無い、無い、決して無い。ほかをさがしてもなかったらまたここへおいで。」

　みんなはもっともと思って、そこを引きあげて、今度は笊《ざる》森へ行きました。

　すると赤つらの山男は、もう森の入口に出ていて、にやにや笑って云《い》いました。

「あわもちだ。あわもちだ。おらはなっても取らないよ。粟《あわ》をさがすなら、もっと北に行って見たらよかべ。」

　そこでみんなは、もっともだと思って、こんどは北の黒坂《くろさか》森、すなわちこのはなしを私に聞かせた森の、入口に来て云いました。

「粟を返してけろ。粟を返してけろ。」

　黒坂森は形を出さないで、声だけでこたえました。

「おれはあけ方、まっ黒な大きな足が、空を北へとんで行くのを見た。もう少し北の方へ行って見ろ。」そして粟餅《あわもち》のことなどは、一言も云わなかったそうです。そして全くその通りだったろうと私も思います。なぜなら、この森が私へこの話をしたあとで、私は財布からありっきりの銅貨を七銭《しちせん》出して、お礼にやったのでしたが、この森は仲々受け取りませんでした、このくらい気性がさっぱりとしていますから。

　さてみんなは黒坂森の云うことが尤《もっと》もだと思って、もう少し北へ行きました。

　それこそは、松のまっ黒な盗《ぬすと》森でした。ですからみんなも、

「名からしてぬすと臭い。」と云いながら、森へ入って行って、「さあ粟返せ。粟返せ。」と

どなりました。

　すると森の奥から、まっくろな手の長い大きな大きな男が出て来て、まるでさけるような声で云いました。

「何だと。おれをぬすとだと。そう云うやつは、みんなたたき潰《つぶ》してやるぞ。ぜんたい何の証拠があるんだ。」

「証人がある。証人がある。」とみんなはこたえました。

「誰だ。畜生《ちくしょう》、そんなこと云うやつは誰だ。」と盗森は咆《ほ》えました。

「黒坂森だ。」と、みんなも負けずに叫びました。

「あいつの云うことはてんであてにならん。ならん。ならん。ならんぞ。畜生。」と盗森はどなりました。

　みんなももっともだと思ったり、恐《おそ》ろしくなったりしてお互い顔を見合せて逃げ出そうとしました。

　すると俄《にわか》に頭の上で、

「いやいや、それはならん。」というはっきりした厳《おごそ》かな声がしました。

　見るとそれは、銀の冠をかぶった岩手山《いわてさん》でした。盗森の黒い男は、頭をかかえて地に倒れました。

　岩手山はしずかに云いました。

「ぬすとはたしかに盗森《ぬすと》に相違ない。おれはあけがた、東の空のひかりと、西の月のあかりとで、たしかにそれを見届けた。しかしみんなももう帰ってよかろう。粟はきっと返させよう。だから悪く思わんでおけ。一体盗森は、じぶんで粟餅《あわもち》をこさえて見たくてたまらなかったのだ。それで粟も盗んで来たのだ。はっはっは。」

そして岩手山《いわてさん》は、またすましてそらを向きました。男はもうその辺に見えませんでした。

みんなはあっけにとられてがやがや家《うち》に帰って見ましたら、粟はちゃんと納屋に戻っていました。そこでみんなは、笑って粟もちをこしらえて、四《よ》つの森に持って行きました。

中でもぬすと森には、いちばんたくさん持って行きました。その代り少し砂がはいっていたそうですが、それはどうも仕方なかったことでしょう。

さてそれから森もすっかりみんなの友だちでした。そして毎年《まいねん》、冬のはじめにはきっと粟餅を貰《もら》いました。

しかしその粟餅も、時節がら、ずいぶん小さくなったが、これもどうも仕方がないと、黒坂森《くろさかもり》のまん中のまっくろな巨《おお》きな巌《いわ》がおしまいに云《い》っていました。

注文の多い料理店

二人の若い紳士が、すっかりイギリスの兵隊のかたちをして、ぴかぴかする鉄砲をかついで、白熊のような犬を二疋《ひき》つれて、だいぶ山奥の、木の葉のかさかさしたとこを、こんなことを云いながら、あるいておりました。

「ぜんたい、ここらの山は怪《け》しからんね。鳥も獣《けもの》も一疋も居やがらん。なんでも構わないから、早くタンタアーンと、やって見たいもんだなあ。」

「鹿の黄いろな横っ腹なんぞに、二三発お見舞もうしたら、ずいぶん痛快だろうねえ。くるくるまわって、それからどたっと倒れるだろうねえ。」

それはだいぶの山奥でした。案内してきた専門の鉄砲打ちも、ちょっとまごついて、どこかへ行ってしまったくらいの山奥でした。

それに、あんまり山が物凄《ものすご》いので、その白熊のような犬が、二疋いっしょにめまいを起こして、しばらく吠《うな》って、それから泡を吐いて死んでしまいました。

「じつにぼくは、二千四百円の損害だ。」と一人の紳士が、その犬の眼《ま》ぶたを、ちょっとかえしてみて言いました。

「ぼくは二千八百円の損害だ。」と、もひとりが、くやしそうに、あたまをまげて言いました。

はじめの紳士は、すこし顔いろを悪くして、じっと、もひとりの紳士の、顔つきを見ながら云《い》いました。

「ぼくはもう戻ろうとおもう。」

「さあ、ぼくもちょうど寒くはなったし腹は空《す》いてきたし戻ろうとおもう。」

「そいじゃ、これで切りあげよう。なあに戻りに、昨日《きのう》の宿屋で、山鳥を拾《じゅう》円も買って帰ればいい。」

「兎《うさぎ》もでていたねえ。そうすれば結局おんなじこった。では帰ろうじゃないか」

ところがどうも困ったことは、どっちへ行けば戻れるのか、いっこうに見当がつかなくなっていました。

風がどうと吹いてきて、草はざわざわ、木の葉はかさかさ、木はごとんごとんと鳴りました。

「どうも腹が空いた。さっきから横っ腹が痛くてたまらないんだ。」

「ぼくもそうだ。もうあんまりあるきたくないな。」

「あるきたくないよ。ああ困ったなあ、何かたべたいなあ。」

「喰《た》べたいもんだなあ」

二人の紳士は、ざわざわ鳴るすすきの中で、こんなことを云いました。

その時ふとうしろを見ますと、立派な一軒の西洋造りの家《うち》がありました。

そして玄関には

RESTAURANT
西洋料理店
WILDCAT HOUSE
山　猫　軒

という札がでていました。

「君、ちょうどいい。ここはこれでなかなか開《ひら》けてるんだ。入ろうじゃないか」

「おや、こんなとこにおかしいね。しかしとにかく何か食事ができるんだろう」

「もちろんできるさ。看板にそう書いてあるじゃないか」

「はいろうじゃないか。ぼくはもう何か喰べたくて倒れそうなんだ。」

二人は玄関に立ちました。玄関は白い瀬戸の煉瓦《れんが》で組んで、実に立派なもんです。

そして硝子《ガラス》の開き戸がたって、そこに金文字でこう書いてありました。

「どなたもどうかお入りください。決してご遠慮はありません」

二人はそこで、ひどくよろこんで言いました。

「こいつはどうだ、やっぱり世の中はうまくできてるねえ、きょう一日なんぎしたけれど、こんどはこんないいこともある。このうちは料理店だけれどもただでご馳走《ちそう》するんだぜ。」

「どうもそうらしい。決してご遠慮はありませんというのはその意味だ。」

二人は戸を押して、なかへ入りました。そこはすぐ廊下になっていました。その硝子戸の裏側には、金文字でこうなっていました。

「ことに肥《ふと》ったお方や若いお方は、大歓迎いたします」

二人は大歓迎というので、もう大よろこびです。

「君、ぼくらは大歓迎にあたっているのだ。」

「ぼくらは両方兼ねてるから」

ずんずん廊下を進んで行きますと、こんどは水いろのペンキ塗りの扉《と》がありました。

「どうも変な家《うち》だ。どうしてこんなにたくさん戸があるのだろう。」

「これはロシア式だ。寒いとこや山の中はみんなこうさ。」

そして二人はその扉をあけようとしますと、上に黄いろな字でこう書いてありました。

「当軒は注文の多い料理店ですからどうかそこはご承知ください」

「なかなかはやってるんだ。こんな山の中で。」

「それあそうだ。見たまえ、東京の大きな料理屋だって大通りにはすくないだろう」

二人は云《い》いながら、その扉をあけました。するとその裏側に、

「注文はずいぶん多いでしょうがどうか一々こらえて下さい。」

「これはぜんたいどういうんだ。」ひとりの紳士は顔をしかめました。

「うん、これはきっと注文があまり多くて支度が手間取るけれどもごめん下さいとこういうことだ。」

「そうだろう。早くどこか室《へや》の中にはいりたいもんだな。」

「そしてテーブルに座りたいもんだな。」

ところがどうもうるさいことは、また扉が一つありました。そしてそのわきに鏡がかかって、その下には長い柄《え》のついたブラシが置いてあったのです。

扉には赤い字で、

「お客さまがた、ここで髪をきちんとして、それからはきものの泥を落してください。」と書いてありました。

「これはどうも尤《もっと》もだ。僕もさっき玄関で、山のなかだとおもって見くびったんだよ」

「作法の厳しい家だ。きっとよほど偉い人たちが、たびたび来るんだ。」

そこで二人は、きれいに髪をけずって、靴の泥を落しました。

そしたら、どうです。ブラシを板の上に置くや否《いな》や、そいつがぼうっとかすんで無くなって、風がどうっと室《へや》の中に入ってきました。

二人はびっくりして、互《たがい》によりそって、扉《と》をがたんと開けて、次の室へ入って行きました。早く何か暖いものでもたべて、元気をつけておかないと、もう途方《とほう》もないことになってしまうと、二人とも思ったのでした。

扉の内側に、また変なことが書いてありました。

「鉄砲と弾丸《たま》をここへ置いてください。」

見るとすぐ横に黒い台がありました。

「なるほど、鉄砲を持ってものを食うという法はない。」

「いや、よほど偉いひとが始終来ているんだ。」

二人は鉄砲をはずし、帯皮《おびかわ》を解いて、それを台の上に置きました。

また黒い扉がありました。

「どうか帽子と外套《がいとう》と靴をおとり下さい。」

「どうだ、とるか。」

「仕方ない、とろう。たしかによっぽどえらいひとなんだ。奥に来ているのは」

二人は帽子とオーバーコートを釘にかけ、靴をぬいでぺたぺたあるいて扉の中にはいりました。

扉の裏側には、

「ネクタイピン、カフスボタン、眼鏡《めがね》、財布、その他金物類、ことに尖《とが》ったものは、みんなここに置いてください」

と書いてありました。扉のすぐ横には黒塗りの立派な金庫も、ちゃんと口を開けて置いてありました。鍵《かぎ》まで添《そ》えてあったのです。

「ははあ、何かの料理に電気をつかうと見えるね。金気《かなけ》のものはあぶない。ことに尖ったものはあぶないとこう云《い》うんだろう。」

「そうだろう。して見ると勘定《かんじょう》は帰りにここで払うのだろうか。」

「どうもそうらしい。」

「そうだ。きっと。」

二人はめがねをはずしたり、カフスボタンをとったり、みんな金庫のなかに入れて、ぱちんと錠《じょう》をかけました。

すこし行きますとまた扉があって、その前に硝子《ガラス》の壺が一つありました。扉にはこう書いてありました。

「壺のなかのクリームを顔や手足にすっかり塗ってください。」

みるとたしかに壺のなかのものは牛乳のクリームでした。

「クリームをぬれというのはどういうんだ。」

「これはね、外がひじょうに寒いだろう。室《へや》のなかがあんまり暖いとひびがきれるから、その予防なんだ。どうも奥には、よほどえらいひとがきている。こんなとこで、案外ぼくらは、貴族とちかづきになるかも知れないよ。」

二人は壺のクリームを、顔に塗って手に塗ってそれから靴下をぬいで足に塗りました。それでもまだ残っていましたから、それは二人ともめいめいこっそり顔へ塗るふりをしながら喰《た》べました。

それから大急ぎで扉《と》をあけますと、その裏側には、

「クリームをよく塗りましたか、耳にもよく塗りましたか、」

と書いてあって、ちいさなクリームの壺がここにも置いてありました。

「そうそう、ぼくは耳には塗らなかった。あぶなく耳にひびを切らすとこだった。ここの主人はじつに用意周到《しゅうとう》だね。」

「ああ、細かいとこまでよく気がつくよ。ところでぼくは早く何か喰べたいんだが、どうもこうどこまでも廊下じゃ仕方ないね。」

するとすぐその前に次の戸がありました。

「料理はもうすぐできます。

十五分とお待たせはいたしません。

すぐたべられます。

早くあなたの頭に瓶の中の香水をよく振りかけてください。」

そして戸の前には金ピカの香水の瓶が置いてありました。

二人はその香水を、頭へぱちゃぱちゃ振りかけました。

ところがその香水は、どうも酢のような匂《におい》がするのでした。

「この香水はへんに酢くさい。どうしたんだろう。」

「まちがえたんだ。下女が風邪でも引いてまちがえて入れたんだ。」

二人は扉をあけて中にはいりました。

扉の裏側には、大きな字でこう書いてありました。

「いろいろ注文が多くてうるさかったでしょう。お気の毒でした。もうこれだけです。どうかからだ中に、壺の中の塩をたくさんよくもみ込んでください。」

なるほど立派な青い瀬戸の塩壺は置いてありましたが、こんどというこんどは二人ともぎょっとしてお互《たがい》にクリームをたくさん塗った顔を見合せました。

「どうもおかしいぜ。」

「ぼくもおかしいとおもう。」

「沢山の注文というのは、向うがこっちへ注文してるんだよ。」

「だからさ、西洋料理店というのは、ぼくの考えるところでは、西洋料理を、来た人にたべさせるのではなくて、来た人を西洋料理にして、食べてやる家《うち》とこういうことなんだ。これは、その、つ、つ、つ、つまり、ぼ、ぼ、ぼくらが……。」がたがたがたがた、ふるえだしてもうものが言えませんでした。

「その、ぼ、ぼくらが、……うわあ。」がたがたがたがたふるえだして、もうものが言えませんでした。

「遁《に》げ……。」がたがたしながら一人の紳士はうしろの戸を押そうとしましたが、どうです、戸はもう一分《いちぶ》も動きませんでした。

奥の方にはまだ一枚扉《と》があって、大きなかぎ穴が二つつき、銀いろのホークとナイフの形が切りだしてあって、

「いや、わざわざご苦労です。

大へん結構にできました。

さあさあおなかにおはいりください。」

と書いてありました。おまけにかぎ穴からはきょろきょろ二つの青い眼玉がこっちをのぞいています。

「うわあ。」がたがたがたがた。

「うわあ。」がたがたがたがた。

ふたりは泣き出しました。

するとの中では、こそこそこんなことを云《い》っています。

「だめだよ。もう気がついたよ。塩をもみこまないようだよ。」

「あたりまえさ。親分の書きようがまずいんだ。あすこへ、いろいろ注文が多くてうるさかったでしょう、お気の毒でしたなんて、間抜けたことを書いたもんだ。」

「どっちでもいいよ。どうせぼくらには、骨も分けてくれやしないんだ。」

「それはそうだ。けれどももしここへあいつらがはいって来なかったら、それはぼくらの責任だぜ。」

「呼ぼうか、呼ぼう。おい、お客さん方、早くいらっしゃい。いらっしゃい。いらっしゃい。お皿も洗ってありますし、菜っ葉ももうよく塩でもんでおきました。あとはあなたがたと、菜っ葉をうまくとりあわせて、まっ白なお皿にのせる丈《だ》けです。はやくいらっしゃい。」

「へい、いらっしゃい、いらっしゃい。それともサラドはお嫌いですか。そんならこれから火を起してフライにしてあげましょうか。とにかくはやくいらっしゃい。」

二人はあんまり心を痛めたために、顔がまるでくしゃくしゃの紙屑《かみくず》のようになり、お互《たがい》にその顔を見合せ、ぶるぶるふるえ、声もなく泣きました。

中ではふっふっとわらってまた叫んでいます。

「いらっしゃい、いらっしゃい。そんなに泣いては折角《せっかく》のクリームが流れるじゃありませんか。へい、ただいま。じきもってまいります。さあ、早くいらっしゃい。」

「早くいらっしゃい。親方がもうナフキンをかけて、ナイフをもって、舌なめずりして、お客さま方を待っていられます。」

二人は泣いて泣いて泣いて泣いて泣きました。

そのときうしろからいきなり、

「わん、わん、ぐわあ。」という声がして、あの白熊のような犬が二疋《ひき》、扉《と》をつきやぶって室《へや》の中に飛び込んできました。鍵穴《かぎあな》の眼玉はたちまちなくなり、犬どもはううとうなってしばらく室の中をくるくる廻《まわ》っていましたが、また一声

「わん。」と高く吠《ほ》えて、いきなり次の扉に飛びつきました。戸はがたりとひらき、犬どもは吸い込まれるように飛んで行きました。

その扉の向うのまっくらやみのなかで、

「にゃあお、くわあ、ごろごろ。」という声がして、それからがさがさ鳴りました。

室はけむりのように消え、二人は寒さにぶるぶるふるえて、草の中に立っていました。

見ると、上着や靴や財布やネクタイピンは、あっちの枝にぶらさがったり、こっちの根もとにちらばったりしています。風がどうと吹いてきて、草はざわざわ、木の葉はかさかさ、木はごとんごとんと鳴りました。

犬がふうとうなって戻ってきました。

そしてうしろからは、

「旦那《だんな》あ、旦那あ、」と叫ぶものがあります。

二人は俄《にわ》かに元気がついて
「おおい、おおい、ここだぞ、早く来い。」と叫びました。

蓑帽子《みのぼうし》をかぶった専門の猟師が、草をざわざわ分けてやってきました。

そこで二人はやっと安心しました。

そして猟師のもってきた団子をたべ、途中で十円だけ山鳥を買って東京に帰りました。

しかし、さっき一ぺん紙くずのようになった二人の顔だけは、東京に帰っても、お湯にはいっても、もうもとのとおりになおりませんでした。

かしわばやしの夜

清作《せいさく》は、さあ日暮れだぞ、日暮れだぞと云《い》いながら、稗《ひえ》の根もとにせっせと土をかけていました。

そのときはもう、銅《あかがね》づくりのお日さまが、南の山裾《やますそ》の群青《ぐんじょう》いろをしたとこに落ちて、野はらはへんにさびしくなり、白樺《しらかば》の幹などもなにか粉を噴《ふ》いているようでした。

いきなり、向うの柏《かしわ》ばやしの方から、まるで調子はずれの途方《とほう》もない変な声で、

「*欝金《うこん》しゃっぽのカンカラカンのカアン。」とどなるのがきこえました。

清作はびっくりして顔いろを変え、鍬《くわ》をなげすてて、足音をたてないように、そっとそっちへ走って行きました。

ちょうどかしわばやしの前まで来たとき、清作はふいに、うしろからえり首をつかまれました。

びっくりして振りむいてみますと、赤いトルコ帽をかぶり、鼠《ねずみ》いろのへんなだぶだぶの着ものを着て、靴をはいた無暗《むやみ》にせいの高い眼《め》のするどい画《え》かきが、ぷんぷん怒って立っていました。

「何というざまをしてあるくんだ。まるで這《は》うようなあんばいだ。鼠のようだ。どうだ、弁《べん》解《かい》のことばがあるか。」

　清作はもちろん弁解のことばなどはありませんでしたし、面倒臭くなったら喧嘩《けんか》してやろうとおもって、いきなり空を向いて咽喉《のど》いっぱい、

「赤いしゃっぽのカンカラカンのカアン。」とどなりました。するとそのせ高の画かきは、にわかに清作の首すじを放して、まるで咆《ほ》えるような声で笑いだしました。その音は林にこんこんひびいたのです。

「うまい、じつにうまい。どうです、すこし林のなかをあるこうじゃありませんか。そうそう、どちらもまだ挨拶《あいさつ》を忘れていた。ぼくからさきにやろう。いいか、いや今晩は、野はらには小さく切った影法師《かげぼうし》がばら播《ま》きですね、と。ぼくのあいさつはこうだ。わかるかい。こんどは君だよ。えへん、えへん。」と云いながら画かきはまた急に意地悪い顔つきになって、斜めに上の方から軽べつしたように清作を見おろしました。

　清作はすっかりどぎまぎしましたが、ちょうど夕がたでおなかが空《す》いて、雲が団子のように見えていましたからあわてて、

「えっ、今晩は。よいお晩でございます。えっ。お空はこれから銀のきな粉でまぶされます。ごめんなさい。」

＊ 欝金しゃっぽ――あざやかな黄色の帽子。

と言いました。

ところが画《え》かきはもうすっかりよろこんで、手をぱちぱち叩《たた》いて、それからはねあがって言いました。

「おい君、行こう。林へ行こう。おれは柏《かしわ》の木大王のお客さまになって来ているんだ。おもしろいものを見せてやるぞ。」

画かきはにわかにまじめになって、赤だの白だのぐちゃぐちゃついた汚ない絵の具箱をかついで、さっさと林の中にはいりました。そこで清作《せいさく》も、鍬《くわ》をもたないで手がひまなので、ぶらぶら振ってついて行きました。

林のなかは浅黄《あさぎ》いろで、*肉桂《にっけい》のようなにおいがいっぱいでした。ところが入口から三本目の若い柏の木は、ちょうど片脚《かたあし》をあげておどりのまねをはじめるところでしたが二人の来たのを見てまるでびっくりして、それからひどくはずかしがって、あげた片脚の膝《ひざ》を、間がわるそうにべろべろ嘗《な》めながら、横目でじっと二人の通りすぎるのをみていました。殊《こと》に清作が通り過ぎるときは、ちょっとあざ笑いました。清作はどうも仕方ないというような気がしてだまって画かきについて行きました。

ところがどうも、どの木も画かきには機嫌のいい顔をしますが、清作にはいやな顔を見せるのでした。

一本のごつごつした柏の木が、清作の通るとき、うすくらがりに、いきなり自分の脚をつ

き出して、つまずかせようとしましたが清作は、

「よっとしょ。」と云《い》いながらそれをはね越えました。

画かきは、

「どうかしたかい。」といってちょっとふり向きましたが、またすぐ向うを向いてどんどんあるいて行きました。

ちょうどそのとき風が来ましたので、林中の柏の木はいっしょに、

「せらせらせら清作、せらせらせらばあ。」とうす気味のわるい声を出して清作をおどそうとしました。

ところが清作は却《かえ》ってじぶんで口をすてきに大きくして横の方へまげて
「へらへらへら清作、へらへらへら、ばばあ。」とどなりつけましたので、柏の木はみんな度ぎもをぬかれてしいんとなってしまいました。画かきはあっはは、あっははとびっこのような笑いかたをしました。

そして二人はずうっと木の間を通って、柏の木大王のところに来ました。

大王は大小とりまぜて十九《じゆうく》本の手と、一本の太い脚とをもって居りました。まわりにはしっかりしたけらいの柏どもが、まじめにたくさんがんばっています。

画かきは絵の具ばこをカタンとおろしました。すると大王はまがった腰をのばして、低い

*肉桂——ニッキ。

声で画かきに云いました。

「もうお帰りかの。待ってましたじゃ。そちらは新らしい客人じゃな。が、その人はよしなされ。前科者じゃぞ。前科九十八犯《くじゅうはっぱん》じゃぞ。」

清作《せいさく》が怒ってどなりました。

「うそをつけ、前科者だと。おら正直だぞ。」

大王もごつごつの胸を張って怒りました。

「なにを。証拠はちゃんとあるじゃ。また帳面にも載っとるじゃ。貴《き》さまの悪い斧《おの》のあとのついた九十八の足さきがいまでもこの林の中にちゃんと残っているじゃ。」

「あっはっは。おかしなはなしだ。九十八の足さきというのは、九十八の切株《きりかぶ》だろう。それがどうしたというんだ。おれはちゃんと、山主《やまぬし》の藤助《とうすけ》に酒を二升《しょう》買ってあるんだ。」

「そんならおれにはなぜ酒を買わんか。」

「買ういわれがない」

「いや、ある、沢山ある。買え。」

「買ういわれがない」

画《え》かきは顔をしかめて、しょんぼり立ってこの喧嘩《けんか》をきいていましたがこのとき、俄《にわ》かに林の木の間から、東の方を指さして叫びました。

「おいおい、喧嘩はよせ。まん円《まる》い大将に笑われるぞ。」

見ると東のとっぷりとした青い山脈の上に、大きなやさしい桃いろの月がのぼったのでした。お月さまのちかくはうすい緑いろになって、柏《かしわ》の若い木はみな、まるで飛びあがるように両手をそっちへ出して叫びました。

「おつきさん、おつきさん、おっつきさん、
ついお見外《みそ》れして　すみません
あんまりおなりが　ちがうので
ついお見外れして　すみません。」

柏の木大王も白いひげをひねって、しばらくうむうむと云《い》いながら、じっとお月さまを眺めてから、しずかに歌いだしました。

「こよいあなたは　ときいろの*
むかしのきもの　つけなさる
かしわばやしの　このよいは
なつのおどりの　だいさんや

やがてあなたは　みずいろの
きょうのきものを　つけなさる

*ときいろ――トキの羽のような、わずかにピンク色をおびた白。

かしわばやしの　よろこびは
あなたのそらに　かかるまま。」

画《え》かきがよろこんで手を叩《たた》きました。

「うまいうまい。よしよし。夏のおどりの第三夜。みんな順々にここに出て歌うんだ。じぶんの文句でじぶんのふしで歌うんだ。一等賞から九等《くとう》賞まではぼくが大きなメタルを書いて、明日枝にぶらさげてやる。」

清作《せいさく》もすっかり浮かれて云《い》いました。

「さあ来い。へたな方の一等から九等までは、あしたおれがスポンと切って、こわいとこへ連れてってやるぞ。」

すると柏《かしわ》の木大王が怒りました。

「何を云うか。無礼者。」

「何が無礼だ。もう九本《くほん》切るだけは、とうに山主《やまぬし》の藤助《とうすけ》に酒を買ってあるんだ。」

「そんならおれにはなぜ買わんか。」

「買ういわれがない。」

「いやある、沢山ある。」

「ない。」

画かきが顔をしかめて手をせわしく振って云いました。

「またはじまった。まあぼくがいいようにするから歌をはじめよう。だんだん星も出てきた。いいか、ぼくがうたうよ。賞品のうただよ。
一とうしょうは　白金《はっきん》メタル
二とうしょうは　きんいろメタル
三とうしょうは　すいぎんメタル
四とうしょうは　ニッケルメタル
五とうしょうは　とたんのメタル
六とうしょうは　にせがねメタル
七とうしょうは　なまりのメタル
八とうしょうは　ぶりきのメタル
九とうしょうは　マッチのメタル
十とうしょうから百とうしょうまで
あるやらないやらわからぬメタル。」

柏の木大王が機嫌を直してわははははと笑いました。

柏の木どもは大王を正面に大きな環《わ》をつくりました。

お月さまは、いまちょうど、水いろの着ものと取りかえたところでしたから、そこらは浅い水の底のよう、木のかげはうすく網になって地に落ちました。

画かきは、赤いしゃっぽもゆらゆら燃えて見え、まっすぐに立って手帳をもち鉛筆をなめました。

「さあ、早くはじめるんだ。早いのは点がいいよ。」

そこで小さな柏《かしわ》の木が、一本ひょいっと環《わ》のなかから飛びだして大王に礼をしました。

月のあかりがぱっと青くなりました。

「おまえのうたは題はなんだ。」画《え》かきは尤《もっと》もらしく顔をしかめて云《い》いました。

「馬と兎《うさ》です。」

「よし、はじめ、」画かきは手帳に書いて云いました。

「兎《うさぎ》のみみはなが……。」

「ちょっと待った。」画かきはとめました。「鉛筆が折れたんだ。ちょっと削るうち待ってくれ。」

そして画かきはじぶんの右足の靴をぬいでその中に鉛筆を削りはじめました。柏の木は、遠くからみな感心して、ひそひそ談《はな》し合いながら見て居りました。そこで大王もとうとう言いました。

「いや、客人、ありがとう。林をきたなくせまいとの、そのおこころざしはじつに辱《かたじ》けない。」

ところが画かきは平気で

「いいえ、あとでこのけずり屑《くず》で酢をつくりますからな。」

と返事したものですからさすがの大王も、すこし工合《ぐあい》が悪そうに横を向き、柏の木もみな興《きょう》をさまし、月のあかりもなんだか白っぽくなりました。

ところが画かきは、削るのがすんで立ちあがり、愉快そうに、

「さあ、はじめてくれ。」と云いました。

柏はざわめき、月光も青くすきとおり、大王も機嫌を直してふんふんと云いました。

若い木は胸をはってあたらしく歌いました。

「うさぎのみみはながいけど

うまのみみよりながくない。」

「わあ、うまいうまい。ああはは、ああはは。」みんなはわらったりはやしたりしました。

「一とうしょう、白金《はっきん》メタル。」と画かきが手帳につけながら高く叫びました。

「ぼくのは狐のうたです。」

また一本の若い柏の木がでてきました。月光はすこし緑いろになりました。

「よろしいはじめっ。」

「きつね、こんこん、きつねのこ、

月よにしっぽが燃えだした。」

「わあ、うまいうまい。わっはは、わっはは。」

「第二とうしょう、きんいろメタル。」

「こんどはぼくやります。ぼくのは猫のうたです。」
「よろしいはじめっ。」
「やまねこ、にゃあご、ごろごろ
さとねこ、たっこ、ごろごろ。」
「わあ、うまいうまい。わっはは、わっはは。」
「第三とうしょう、水銀メタル。おい、みんな、大きいやつも出るんだよ。どうしてそんなにぐずぐずしてるんだ。」画《え》かきが少し意地わるい顔つきをしました。
「わたしのはくるみの木のうたです。」
すこし大きな柏《かしわ》の木がはずかしそうに出てきました。
「よろしい、みんなしずかにするんだ。」
柏の木はうたいました。
「くるみはみどりのきんいろ、な、
風にふかれて　すいすいすい、
くるみはみどりの天狗《てんぐ》のおうぎ、
風にふかれて　ばらんばらんばらん、
くるみはみどりのきんいろ、な、
風にふかれて　さんさんさん。」

「いいテノールだねえ。うまいねえ、わあわあ。」

「第四《し》とうしょう、ニッケルメタル。」

「ぼくのはさるのこしかけです。」

「よし、はじめ。」

柏の木は手を腰にあてました。

「こざる、こざる、
おまえのこしかけぬれてるぞ、
霧、ぽっしゃん　ぽっしゃん　ぽっしゃん、
おまえのこしかけくされるぞ。」

「いいテノールだねえ、いいテノールだねえ、うまいねえ、うまいねえ、わあわあ。」

「第五とうしょう、とたんのメタル。」

「わたしのはしゃっぽのうたです。」それはあの入口から三ばん目の木でした。

「よろしい。はじめ。」

「うこんしゃっぽのカンカラカンのカアン
あかいしゃっぽのカンカラカンのカアン。」

「うまいうまい。すてきだ。わあわあ。」

「第六とうしょう、にせがねメタル。」

このときまで、しかたなくおとなしくきいていた清作《せいさく》が、いきなり叫びだしました。

「なんだ、この歌にせものだぞ。さっきひとのうたったのまねしたんだぞ。」

「だまれ、無礼もの、その方などの口を出すところでない。」柏《かしわ》の木大王がぶりぶりしてどなりました。

「なんだと、にせものだからにせものと云《い》ったんだ。生意気いうと、あした斧《おの》をもってきて、片っぱしから伐ってしまうぞ。」

「なにを、こしゃくな。その方などの分際《ぶんざい》でない。」

「ばかを云え、おれはあした、山主《やまぬし》の藤助《とうすけ》にちゃんと二升酒を買ってくるんだ。」

「そんならなぜおれには買わんか。」

「買ういわれがない。」

「買え。」

「いわれがない。」

「よせ、よせ、にせものだからにせがねのメタルをやるんだ。あんまりそう喧嘩《けんか》するなよ。さあ、そのつぎはどうだ。出るんだ出るんだ。」

お月さまの光が青くすきとおってそこらは湖の底のようになりました。

「わたしのは清作のうたです。」

またひとりの若い頑丈《がんじょう》そうな柏の木が出ました。

「何だと、」清作が前へ出てなぐりつけようとしましたら画《え》かきがとめました。

「まあ、待ちたまえ。君のうただって悪口ともかぎらない。よろしい。はじめ。」柏の木は足をぐらぐらしながらうたいました。

「清作は、一等卒の服を着て
野原に行って、ぶどうをたくさんとってきた。

とこうだ。だれかあとをつづけてくれ。」

「ホウ、ホウ。」柏の木はみんなあらしのように、清作をひやかして叫びました。

「第七《しち》とうしょう、なまりのメタル。」

「わたしがあとをつけます。」さっきの木のとなりからすぐまた一本の柏の木がとびだしました。

「よろしい、はじめ。」

かしわの木はちらっと清作の方を見て、ちょっとばかにするようにわらいましたが、すぐまじめになってうたいました。

「清作は、葡萄《ぶどう》をみんなしぼりあげ、
砂糖を入れて
瓶にたくさんつめこんだ。

おい、だれかあとをつづけてくれ。」

「ホッホウ、ホッホウ、ホッホウ、」柏の木どもは風のような変な声をだして清作《せいさく》をひやかしました。

清作はもうとびだしてみんなかたっぱしからぶんなぐってやりたくてむずむずしましたが、画《え》かきがちゃんと前へ立ちふさがっていますので、どうしても出られませんでした。

「第八等、ぶりきのメタル。」

「わたしがつぎをやります。」さっきのとなりから、また一本の柏《かしわ》の木がとびだしました。

「よし、はじめっ。」

「清作が　納屋《なや》にしまった葡萄酒《ぶどうしゅ》は、
順序ただしく
みんなはじけてなくなった。」

「わっはっはっは、わっはっはっは、ホッホウ、ホッホウ、ホッホウ。がややがや……。」

「やかましい。きさまら、なんだってひとの酒のことなどおぼえてやがるんだ。」清作が飛び出そうとしましたら、画かきにしっかりつかまりました。

「第九《く》とうしょう。マッチのメタル。さあ、次だ、次だ、出るんだよ。どしどし出るんだ。」

ところがみんなは、もうしんとしてしまって、ひとりもでるものがありませんでした。

「これはいかん。でろ、でろ、みんなでないといかん。でろ。」画かきはどなりましたが、もうどうしても誰も出ませんでした。

仕方なく画かきは、
「こんどはメタルのうんといいやつを出すぞ。早く出ろ。」と云《い》いましたら、柏の木どもははじめてざわっとしました。
そのとき林の奥の方で、さらさらさらさら音がして、それから、
「のろづきおほん、のろづきおほん、
おほん、おほん、
ごぎのごぎのおほん、
おほん、おほん、」とたくさんのふくろうどもが、お月さまのあかりに青じろくはねをひるがえしながら、するするするする出てきて、柏の木の頭の上や手の上、肩やむねにいちめんにとまりました。
立派な金モールをつけたふくろうの大将が、上手に音もたてないで飛んできて、柏の木大王の前に出ました。そのまっ赤な眼《め》のくまが、じつに奇体《きたい》に見えました。よほど年老《としよ》りらしいのでした。
「今晩は、大王どの、また高貴の客人がた、今晩はちょうどわれわれの方でも、飛び方と握《つか》み裂《さ》き術との大試験であったのじゃが、ただいまやっと終りましたじゃ。
ついてはこれから聯合《れんごう》で、大乱舞会をはじめてはどうじゃろう。あまりにもたえなるうたのしらべが、われらのまどいのなかにまで響いて来たによって、このようにまかり出ましたた

のじゃ。」「たえなるうたのしらべだと、畜生《ちくしょう》。」清作《せいさく》が叫びました。
柏《かしわ》の木大王がきこえないふりをして大きくうなずきました。
「よろしゅうござる。しごく結構でござろう。いざ、早速《さっそく》とりはじめるといたそうか。」
「されば、」梟《ふくろう》の大将はみんなの方に向いてまるで黒砂糖のような甘ったるい声でうたいました。
「からすかんざえもんは
くろいあたまをくうらりくらり、
とんびとうざえもんは
あぶら一升《しょう》でとうろりとろり、
そのくらやみはふくろうの
いさみにいさむもののふが
みみずをつかむときなるぞ
ねとりを襲うときなるぞ。」
ふくろうどもはもうみんなばかのようになってどなりました。
「のろづきおほん、
おほん、おほん、
ごぎのごぎおほん、

おほん、おほん。」
かしわの木大王が眉をひそめて云《い》いました。
「どうもきみたちのうたは下等じゃ。君子のきくべきものではない。」ふくろうの大将はへんな顔をしてしまいました。すると赤と白の綬《じゅ》をかけたふくろうの副官が笑って云いました。
「まあ、こんやはあんまり怒らないようにいたしましょう。うたもこんどは上等のをやりますから。みんな一しょにおどりましょう。さあ木の方も鳥の方も用意いいか。
おつきさんおつきさん　まんまるまるるるん
おほしさんおほしさん　ぴかりぴりるるん
かしわはかんかの　かんからからららん
ふくろはのろづき　おっほほほほほほん。」
かしわの木は両手をあげてそりかえったり、頭や足をまるで天上に投げあげるようにしたり、一生けん命踊りました。それにあわせてふくろうどもは、さっさっと銀いろのはねを、ひらいたりとじたりしました。じつにそれがうまく合ったのでした。月の光は真珠のように、すこしおぼろになり、柏の木大王もよろこんですぐうたいました。
「雨はざあざあ　ざっざざざざざあ
風はどうどう　どっどどどどどう
あられぱらぱらぱらぱらぱらったたあ

雨はざあざあ　ざっざざざざざあ」

「あっだめだ、霧が落ちてきた。」とふくろうの副官が高く叫びました。

なるほど月はもう青白い霧にかくされてしまってぼおっと円《まる》く見えるだけ、その霧はまるで矢のように林の中に降りてくるのでした。

柏《かしわ》の木はみんな度《ど》をうしなって、片脚《かたあし》をあげたり両手をそっちへのばしたり、眼《め》をつりあげたりしたまま化石したようにつっ立ってしまいました。

冷たい霧がさっと清作《せいさく》の顔にかかりました。画《え》かきはもうどこへ行ったか赤いしゃっぽだけがほうり出してあって、自分はかげもかたちもありませんでした。

霧の中を飛ぶ術のまだできていないふくろうの、ばたばた遁《に》げて行《ゆ》く音がしました。

清作はそこで林を出ました。柏の木はみんな踊りのままの形で残念そうに横眼で清作を見送りました。

林を出てから空を見ますと、さっきまでお月さまのあったあたりはやっとぼんやりあかるくて、そこを黒い犬のような形の雲がかけて行き、林のずうっと向うの沼森のあたりから、「赤いしゃっぽのカンカランカンのカアン。」と画かきが力いっぱい叫んでいる声がかすかにきこえました。

ざしき童子《ぼっこ》のはなし

ぼくらの方の、ざしき童子のはなしです。

あかるいひるま、みんなが山へはたらきに出て、こどもがふたり、庭であそんで居りました。大きな家にたれも居ませんでしたから、そこらはしんとしています。

ところが家の、どこかのざしきで、ざわっざわっと箒《ほうき》の音がしたのです。

ふたりのこどもは、おたがい肩にしっかりと手を組みあって、こっそり行ってみましたが、どのざしきにもたれも居ず、刀の箱もひっそりとして、かきねの檜《ひのき》が、いよいよ青く見えるきり、たれもどこにも居ませんでした。

ざわっざわっと箒の音がきこえます。

とおくの百舌《もず》の声なのか、北上《きたかみ》川の瀬の音か、どこかで豆を箕《み》にかけるのか、ふたりでいろいろ考えながら、だまって聴いてみましたが、やっぱりどれでもないようでした。

たしかにどこかで、ざわっざわっと箒の音がきこえたのです。

も一どこっそり、ざしきをのぞいてみましたが、どのざしきにもたれも居ず、ただお日さまの光ばかり、そこらいちめん、あかるく降って居りました。

こんなのがざしき童子《ぼっこ》です。


「大道《だいどう》めぐり、大道めぐり」

一生けん命、こう叫びながら、ちょうど十人の子供らが、両手をつないで円《まる》くなり、ぐるぐるぐるぐる座敷のなかをまわっていました。どの子もみんな、そのうちのお振舞《ふるまい》によばれて来たのです。

ぐるぐるぐるぐる、まわってあそんで居りました。

そしたらいつか、十一人になりました。

ひとりも知らない顔がなく、ひとりもおんなじ顔がなく、それでもやっぱり、どう数えても十一人だけ居りました。その増えた一人がざしきぼっこなのだぞと、大人が出てきて云《い》いました。

けれどもたれがふえたのか、とにかくみんな、自分だけは、何だってざしき童子だないと、一生けん命眼《め》を張って、きちんと座って居りました。

こんなのがざしきぼっこです。


それからまたこういうのです。

ある大きな本家では、いつも旧の八月のはじめに、如来《にょらい》さまのおまつりで分家の子供らをよぶのでしたが、ある年その中の一人の子が、はしかにかかってやすんでいました。

「如来さんの祭へ行くたい。如来さんの祭へ行くたい。」と、その子は寝ていて、毎日毎日云いました。

「祭延ばすから早くよくなれ」本家のおばあさんが見舞に行って、その子の頭をなでて云いました。

その子は九月によくなりました。

そこでみんなはよばれました。ところがほかの子供らは、いままで祭を延ばされたり、鉛の兎《うさぎ》を見舞にとられたりしたので、何ともおもしろくなくてたまりませんでした。あいつのためにめにあった。もう今日は来ても、何たってあそばないで、と約束しました。

「おお、来たぞ、来たぞ」みんながざしきであそんでいたとき、にわかに一人が叫びました。

「ようし、かくれろ」みんなは次の、小さなざしきへかけ込みました。

そしたらどうです、そのざしきのまん中に、今やっと来たばかりの筈《はず》の、あのはしかをやんだ子が、まるっきり瘠《や》せて青ざめて、泣きだしそうな顔をして、新らしい熊のおもちゃを持って、きちんと座っていたのです。

「ざしきぼっこだ」一人が叫んで遁《に》げだしました。みんなもわあっと遁げました。ざしきぼ

＊大道めぐり—かごめかごめのような、子どもたちの遊び。どうどうめぐり。

っこは泣きました。

こんなのがざしきぼっこです。

また、北上川《きたかみ》の*朗明寺《ろうみようじ》の淵《ふち》の渡し守《もり》が、ある日わたしに云《い》いました。

「旧暦八月十七日の晩に、おらは酒のんで早く寝た。おおい、おおいと向うで呼んだ。起きて小屋から出てみたら、お月さまはちょうどおそらのてっぺんだ。おらは急いで舟だして、向うの岸に行ってみたらば、紋付《もんつき》を着て刀をさし、袴《はかま》をはいたきれいな子供だ。たった一人で、白緒《しらお》のぞうりもはいていた。渡るかと云ったら、たのむと云った。子どもは乗った。舟がまん中ごろに来たとき、おらは見ないふりしてよく子供を見た。きちんと膝《ひざ》に手を置いて、そらを見ながら座っていた。

お前さん今からどこへ行く、どこから来たってきいたらば、子供はかあいい声で答えた。そこの笹田《ささだ》のうちにずいぶんながく居たけれど、もうあきたから外《ほか》へ行くよ。なぜあきたねってきいたらば、子供はだまってわらっていた。どこへ行くねってまたきいたらば、更木《さらき》の斎藤へ行くよと云った。岸に着いたら子供はもう居ず、おらは小屋の入口にこしかけていた。夢だかなんだかわからない。けれどもきっと本統《ほんとう》だ。それから笹田がおちぶれて、更木の斎藤では病気もすっかり直ったし、むすこも大学を終ったし、めきめき立派になったから」

こんなのがざしき童子《ぼっこ》です。

グスコーブドリの伝記

一　森

グスコーブドリは、イーハトーブの大きな森のなかに生れました。お父さんは、グスコーナドリという名高い木樵《きこ》りで、どんな巨《おお》きな木でも、まるで赤ん坊を寝かしつけるように訳なく伐《き》ってしまう人でした。

ブドリにはネリという妹があって、二人は毎日森で遊びました。ごしっごしっとお父さんの樹を鋸《ひ》く音が、やっと聴えるくらいな遠くへも行きました。二人はそこで木苺の実をとって湧水に漬けたり、空を向いてかわるがわる山鳩《やまばと》の啼《な》くまねをしたりしました。するとあちらでもこちらでも、ぽう、ぽう、と鳥が睡《ねむ》そうに鳴き出すのでした。

お母さんが、家《うち》の前の小さな畑に麦を播《ま》いているときは、二人はみちにむしろをしいて座って、ブリキ缶で蘭《らん》の花を煮たりしました。するとこんどは、もういろいろの鳥が、二人のぱさぱさした頭の上を、まるで挨拶《あいさつ》するように啼きながらざあざあざあざあ通りすぎるのでした。

ブドリが学校へ行くようになりますと、森はひるの間大へんさびしくなりました。そのかわりひるすぎには、ブドリはネリといっしょに、森じゅうの樹《き》の幹に、赤い粘土や消し炭で、樹の名を書いてあるいたり、高く歌ったりしました。

ホップの蔓《つる》が、両方からのびて、門のようになっている白樺《しらかば》の樹には、「カッコウドリ、トオルベカラズ」と書いたりもしました。

そして、ブドリは十になり、ネリは七つになりました。ところがどういうわけですか、その年は、お日さまが春から変に白くて、いつもなら雪がとけると間もなく、まっしろな花をつけるこぶしの樹もまるで咲かず、五月になってもたびたび霙《みぞれ》がぐしゃぐしゃ降り、七月の末になっても一向に暑さが来ないために去年播《ま》いた麦も粒の入らない白い穂しかできず、大抵の果物も、花が咲いただけで落ちてしまったのでした。

そしてとうとう秋になりましたが、やっぱり栗の木は青いからのいがばかりでしたし、みんなでふだんたべるいちばんたいせつなオリザ*という穀物も、一つぶもできませんでした。野原ではもうひどいさわぎになってしまいました。

ブドリのお父さんもお母さんも、たびたび薪《たきぎ》を野原のほうへ持って行ったり、冬になってからは何べんも巨《おお》きな樹を町へそりで運んだりしたのでしたが、いつもがっかりしたようにして、わずかの麦の粉などもって帰ってくるのでした。それでもどうにかその冬は過ぎて次の春になり、畑にはたいせつにしまっておいた種も播かれましたが、その年もまたすっかり前の年の通りでした。そして秋になると、とうとうほんとうの饑饉《ききん》になってしまいました。もうそのころは学校へ来るこどももまるでありませんでした。ブドリのお父さんもお母さんも、すっかり仕事をやめていました。そしてたびたび心配そうに相談しては、かわるがわる町へ出て行って、やっとすこしばかりの黍《きび》の粒など持って帰ることもあれば、なんにも持たずに顔いろを悪くして帰ってくることもありました。そしてみんなは、こならの実や、葛《くず》やわらびの根や、木の柔らかな皮やいろんなものをたべて、その冬をすごしました。けれども春が来たころは、お父さんもお母さんも、何かひどい病気のようでした。

ある日お父さんは、じっと頭をかかえて、いつまでもいつまでも考えていましたが、俄《にわ》かに起きあがって、

「おれは森へ行って遊んでくるぞ」と云《い》いながら、よろよろ家を出て行きましたが、まっくらになっても帰って来ませんでした。二人がお母さんにお父さんはどうしたろうときいても、お母さんはだまって二人の顔を見ているばかりでした。

次の日の晩方《ばんがた》になって、森がもう黒く見えるころ、お母さんは俄かに立って、炉に榾《ほだ》をたくさんくべて家じゅうすっかり明るくしました。それから、わたしはお父さんをさがしに行くから、お前たちはうちに居てあの戸棚にある粉を二人ですこしずつたべなさいと云って、やっぱりよろよろ家を出て行きました。二人が泣いてあとから追って行きますと、お母さん

＊オリザ――ラテン語で稲のことで、稲の学名でもある。

＊榾――木の根や樹木の切れはし。たきぎ。

はふり向いて、「何たらいうことをきかないこどもらだ。」と叱るように云《い》いました。そして まるで足早に、つまずきながら森へ入ってしまいました。二人は何べんも行ったり来たりして、そこらを泣いて廻《まわ》りました。とうとうこらえ切れなくなって、まっくらな森の中へ入って、いつかのホップの門のあたりや、湧水のあるあたりをあちこちうろうろ歩きながら、お母さんを一晩呼びました。森の樹《き》の間からは、星がちらちら何か云うようにひかり、鳥はたびたびおどろいたように暗《やみ》の中を飛びましたけれども、どこからも人の声はしませんでした。とうとう二人はぼんやり家へ帰って中へはいりますと、まるで死んだように睡《ねむ》ってしまいました。

ブドリが眼《め》をさましたのは、その日のひるすぎでした。お母さんの云った粉のことを思いだして戸棚を開《あ》けて見ますと、なかには、袋に入れたそば粉やこならの実がまだたくさん入っていました。ブドリはネリをゆり起して二人でその粉をなめ、お父さんたちがいたときのように炉に火をたきました。

それから、二十日《はつか》ばかりぼんやり過ぎましたら、ある日戸口で、

「今日は、誰か居るかね。」と言うものがありました。お父さんが帰って来たのかと思ってブドリがはね出して見ますと、それは籠をしょった目の鋭い男でした。その男は籠の中から丸い餅《もち》をとり出してぽんと投げながら言いました。

「私はこの地方の飢饉《ききん》を救《たす》けに来たものだ。さあ何でも喰《た》べなさい。」二人はしばらく呆《あき》れ

ていましたら、「さあ喰べるんだ、食べるんだ。」とまた云いました。二人がこわごわたべはじめますと、男はじっと見ていましたが、

「お前たちはいい子供だ。けれどもいい子供だというだけでは何にもならん。わしと一緒についておいで。尤《もっと》も男の子は強いし、わしも二人はつれて行けない。おい女の子、おまえはここにいても、もうたべるものがないんだ。おじさんと一緒に町へ行こう。毎日パンを食べさしてやるよ。」そしてぷいっとネリを抱きあげて、せなかの籠へ入れて、そのまま「おおほいほい。おおほいほい。」とどなりながら、風のように家《うち》を出て行きました。ネリはおもてではじめてわっと泣き出し、ブドリは、「どろぼう、どろぼう。」と泣きながら叫んで追いかけましたが、男はもう森の横を通ってずうっと向うの草原を走っていて、そこからネリの泣き声が、かすかにふるえて聞えるだけでした。

ブドリは、泣いてどなって森のはずれまで追いかけて行きましたが、とうとう疲れてばったり倒れてしまいました。

二　てぐす*工場

ブドリがふっと眼をひらいたとき、いきなり頭の上で、いやに平べったい声がしました。

＊てぐす──テグスサン・カイコなどの幼虫の体内からとった絹糸腺で作った糸。透明で、釣り糸などに使う。

「やっと眼《め》がさめたな。まだお前は飢饉《ききん》のつもりかい。起きておれに手伝わないか。」見るとそれは茶いろなきのこしゃっぽをかぶって外套《がいとう》にすぐシャツを着た男で、何か針金でこさえたものをぶらぶら持っているのでした。

「もう飢饉は過ぎたの？　手伝いって何を手伝うの？」ブドリがききました。

「網掛けさ。」「ここへ網を掛けるの？」「掛けるのさ。」「網をかけて何にするの？」「てぐすを飼うのさ。」見るとすぐブドリの前の栗の木に、二人の男がはしごをかけてのぼっていて一生けん命何か網を投げたり、それを繰《く》ったりしているようでしたが、網も糸も一向見えませんでした。

「あれでてぐすが飼えるの？」

「飼えるのさ。うるさいこどもだな。おい、縁起でもないぞ。てぐすも飼えないところにどうして工場《こうば》なんか建てるんだ。飼えるともさ。現におれはじめ沢山のものが、それでくらしを立てているんだ。」ブドリはかすれた声で、やっと、「そうですか。」と云《い》いました。

「それにこの森は、すっかりおれが買ってあるんだから、ここで手伝うならいいが、そうでもなければどこかへ行って貰《もら》いたいな。もっともお前はどこへ行ったって食うものもなかろうぜ。」ブドリは泣き出しそうになりましたが、やっとこらえて云いました。

「そんなら手伝うよ。けれどもどうして網をかけるの？」

「それは勿論《もちろん》教えてやる。こいつをね。」男は、手にもった針金の籠のようなものを両手で引き伸ばしました。「いいか。こういう工合《ぐあい》にやるとはしごになるんだ。」

男は大股に右手の栗の木に歩いて行って、下の枝に引っ掛けました。

「さあ、今度はおまえが、この網をもって上へのぼって行くんだ。さあ、のぼってごらん。」

男は変なまりのようなものをブドリに渡しました。ブドリは仕方なくそれをもってはしごにとりついて登って行きましたが、はしごの段々がまるで細くて手や足に喰いこんでちぎれてしまいそうでした。「もっと登るんだ。もっと。もっとさ。そしたらさっきのまりを投げてごらん。栗の木を越すようにさ。そいつを空へ投げるんだよ。何だい。ふるえてるのかい。意気地なしだなあ。投げるんだよ。投げるんだよ。そら、投げるんだよ。」ブドリは仕方なく力一杯にそれを青空に投げたと思いましたら俄《にわ》かにお日さまがまっ黒に見えて逆《さかさ》まに下へ落ちました。そしていつか、その男に受けとめられていたのでした。男はブドリを地面におろしながらぶりぶり憤《おこ》り出しました。

「お前もいくじのないやつだ。なんというふにゃふにゃだ。俺が受け止めてやらなかったらお前は今ごろは頭がはじけていたろう。おれはお前の命の恩人だぞ。これからは、失礼なことを云ってはならん。ところで、さあ、こんどはあっちの木へ登れ。も少したったらごはんもたべさせてやるよ。」男はまたブドリへ新しいまりを渡しました。ブドリははしごをもって次の樹《き》へ行ってまりを投げました。

「よし、なかなか上手になった。さあまりは沢山あるぞ。なまけるな。樹も栗の木ならどれでもいいんだ。」

男はポケットから、まりを十ばかり出してブドリに渡すと、すたすた向うへ行ってしまいました。ブドリはまた三つばかりそれを投げましたが、どうしても息がはあはあしてからだがだるくてたまらなくなりました。もう家《うち》へ帰ろうと思って、そっちへ行って見ますと愕《おどろ》いたことには、家にはいつか赤い土管の煙突がついて、戸口には「イーハトーブてぐす工場」という看板がかかっているのでした。そして中からたばこをふかしながら、さっきの男が出て来ました。

「さあこども、たべものをもってきてやったぞ。これを食べて暗くならないうちにもう少し稼ぐんだ。」「ぼくはもういやだよ。うちへ帰るよ。」「うちっていうのはあすこか。あすこはおまえのうちじゃない。おれのてぐす工場《こうば》だよ。あの家もこの辺の森もみんなおれが買ってあるんだからな。」ブドリはもうやけになって、だまってその男のよこした蒸しパンをむしゃむしゃたべて、またまりを十ばかり投げました。

その晩ブドリは、昔のじぶんのうち、いまはてぐす工場になっている建物の隅に、小さくなってねむりました。さっきの男は、三四人の知らない人たちと遅くまで炉ばたで火をたいて、何か呑《の》んだりしゃべったりして居ました。次の朝早くから、ブドリは森に出て、昨日《きのう》のようにはたらきました。

それから一月ばかりたって、森じゅうの栗の木に網がかかってしまいますと、てぐす飼いの男は、こんどは栗《あわ》のようなものがいっぱいついた板きれを、どの木にも五六枚ずつ吊させました。そのうちに木は芽を出して森はまっ青《さお》になりました。すると、樹《き》につるした板きれから、たくさんの小さな青じろい虫が、糸をつたわって列になって枝へ這いあがって行きました。ブドリたちはこんどは毎日薪《たきぎ》とりをさせられました。その薪が、家のまわりに小山のように積み重なり、栗の木が青じろい紐のかたちの花を枝いちめんにつけるころになりますと、あの板から這いあがって行った虫も、ちょうど栗の花のような色とかたちになりました。そして森じゅうの栗の葉は、まるで形もなくその虫に食い荒らされてしまいました。それから間もなく虫は、大きな黄いろな繭《まゆ》を、網の目ごとにかけはじめました。

するとてぐす飼いの男は、狂気のようになって、ブドリたちを叱りとばして、その繭を籠に集めさせました。それをこんどは片っぱしから鍋に入れてぐらぐら煮て、手で車をまわしながら糸をとりました。夜も昼もがらがらがらがら三つの糸車をまわして糸をとりました。こうしてこしらえた黄いろな糸が小屋に半分ばかりたまったころ、外に置いた繭からは、大きな白い蛾《が》がぽろぽろぽろぽろ飛びだしはじめました。てぐす飼いの男は、まるで鬼みたいな顔つきになって、じぶんも一生けん命糸をとりましたし、野原の方からも四人人を連れてきて働かせました。けれども蛾の方は日ましに多く出るようになって、しまいには森じゅうまるで雪でも飛んでいるようになりました。するとある日、六七台の荷馬車が来て、いままでにできた糸をみんなつけて、町の方へ帰りはじめました。みんなも一人ずつ荷馬車につい

て行きました。いちばんしまいの荷馬車がたつとき、てぐす飼いの男が、ブドリに、

「おい、お前の来春《らいはる》まで食うくらいのものは家の中に置いてやるからな、それまでここで森と工場《こうば》の番をしているんだぞ。」

と云《い》って、変ににやにやしながら、荷馬車についてさっさと行ってしまいました。

ブドリはぼんやりあとへ残りました。うちの中はまるで汚くて、嵐のあとのようでしたし森は荒れはてて山火事にでもあったようでした。ブドリが次の日、家のなかやまわりを片附けはじめましたらてぐす飼いの男がいつも座っていた所から古いボール紙の函《はこ》を見附けました。中には十冊ばかりの本がぎっしり入って居りました。開いて見ると、てぐすの絵や機械の図がたくさんある、まるで読めない本もありましたし、いろいろな樹《き》や草の図と名前の書いてあるものもありました。

ブドリは一生けん命その本のまねをして字を書いたり図をうつしたりしてその冬を暮しました。

春になりますと亦《また》またあの男が六七人のあたらしい手下を連れて、大へん立派ななりをしてやって来ました。そして次の日からすっかり去年のような仕事がはじまりました。

そして網はみんなかかり、黄いろな板もつるされ、虫は枝に這い上《のぼ》り、ブドリたちはまた、薪《たきぎ》作りにかかるころになりました。ある朝、ブドリたちが薪をつくっていましたら俄《にわ》かにぐらぐらっと地震がはじまりました。それからずうっと遠くでどーんという音がしました。

しばらくたつと日が変にくらくなり、こまかな灰がばさばさばさばさ降って来て、森はいちめんにまっ白になりました。ブドリたちが呆《あき》れて樹の下にしゃがんでいましたら、てぐす飼いの男が大へんあわててやって来ました。

「おい、みんな、もうだめだぞ。噴火だ。噴火がはじまったんだ。てぐすはみんな灰をかぶって死んでしまった。みんな早く引き揚げてくれ。おい、ブドリ、お前ここに居たかったら居てもいいが、こんどはたべ物は置いてやらないぞ。それにここに居ても危いからお前も野原へ出て何か稼ぐ方がいいぜ。」そう云ったかと思うと、もうどんどん走って行ってしまいました。ブドリが工場へ行って見たときはもう誰も居りませんでした。そこでブドリは、しょんぼりとみんなの足痕《あしあと》のついた白い灰をふんで野原のほうへ出て行きました。

三　沼ばたけ

ブドリは、いっぱいに灰をかぶった森の間を、町の方へ半日歩きつづけました。灰は風の吹くたびに樹からばさばさ落ちて、まるでけむりか吹雪のようでした。けれどもそれは野原へ近づくほど、だんだん浅く少くなって、ついには樹も緑に見え、みちの足痕も見えないくらいになりました。

とうとう森を出切ったとき、ブドリは思わず眼《め》をみはりました。野原は眼の前から、遠くのまっしろな雲まで、美しい桃いろと緑と灰いろのカードでできているようでした。そばへ寄って見ると、その桃いろなのには、いちめんにせいの低い花が咲いていて、蜜蜂《みつばち》がいそがしく花から花をわたってあるいていましたし、緑いろなのには小さな穂を出して草がぎっしりはえ、灰いろなのは浅い泥の沼でした。そしてどれも、低い幅のせまい土手でくぎられ、人は馬を使ってそれを掘り起したり掻《か》き廻《まわ》したりしてはたらいていました。

ブドリがその間を、しばらく歩いて行きますと、道のまん中に二人の人が、大声で何か喧《けん》嘩《か》でもするように云《い》い合っていました。右側の方の鬚《ひげ》の赭《あか》い人が云いました。

「何でもかんでも、おれは山師《やまし》*張るときめた。」するとも一人の白い笠《かさ》をかぶったせいの高いおじいさんがいいました。

「やめろって云ったらやめるもんだ。そんなに肥料《こやし》うんと入れて、藁《わら》はとれるったって、実は一粒もとれるもんでない。」

「うんにゃ。おれの見込みでは、ことしは今までの三年分暑いに相違ない。一年で三年分とって見せる。」

「やめろ。やめろ。やめろったら。」

「うんにゃ、やめない。花はみんな埋《うず》めてしまったから、こんどは豆玉を六十枚入れてそれから鶏《とり》の糞《かえし》、百駄《だん》*入れるんだ。急《いそ》がしったら何のこう忙しくなれば、ささげ*の蔓《つる》でもいいから手伝いに頼みたいもんだ。」

ブドリは思わず近寄っておじぎをしました。「そんならぼくを使ってくれませんか。」するとニ人は、ぎょっとしたように顔をあげて、あごに手をあててしばらくブドリを見ていましたが、赤鬚が俄《にわ》かに笑い出しました。

「よしよし。お前に馬の指竿《させ》とりを頼むからな。すぐおれについて行くんだ。それではまず、のるかそるか、秋まで見ててくれ。さあ行こう。ほんとに、ささげの蔓でもいいから頼みたい時でな。」赤鬚は、ブドリとおじいさんに交《かわ》る交る云いながら、さっさと先に立って歩きました。あとではおじいさんが、

「年寄りの云うこと聞かないで、いまに泣くんだな。」とつぶやきながら、しばらくこっちを見送っているようすでした。

それからブドリは、毎日毎日沼ばたけへ入って馬を使って泥を掻き廻しました。一日ごとに桃いろのカードも緑のカードもだんだん潰《つぶ》されて、泥沼に変るのでした。馬はたびたびぴしゃっと泥水をはねあげて、みんなの顔へ打ちつけました。一つの沼ばたけがすめばすぐ次の沼ばたけへ入るのでした。一日がとても永くて、しまいには歩いているのかどうかわからなくなったり、泥が飴のような、水がスープのような気がしたりするのでした。風が何べんも吹いて来て近くの泥水に魚の鱗のような波をたて、遠くの水をブリキいろにして行きまし

＊山師—山林を売買する人の意から転じて、賭けや冒険をする人。　＊百駄—一駄は馬一頭が背負う量。ふつう三六貫（約一三五キログラム）。　＊ささげ—茎が蔓のようになっているマメ。　＊指竿—さしざおの方言。かじ棒。

た。そらでは、毎日甘くすっぱいような雲が、ゆっくりゆっくりながれていて、それがじつにうらやましそうに見えました。こうして二十日《はつか》ばかりたちますと、やっと沼ばたけはすっかりどろどろになりました。次の朝から主人はまるで気が立って、あちこちから集まって来た人たちといっしょに、その沼ばたけに緑いろの槍《やり》のようなオリザの苗をいちめん植えました。それが十日ばかりで済むと、今度はブドリたちを連れて、今まで手伝って貰《もら》った人たちの家へ毎日働きにでかけました。それもやっと一まわり済むと、こんどはまたじぶんの沼ばたけへ戻って来て、毎日毎日草取りをはじめました。ブドリの主人の苗は大きくなってまるで黒いくらいなのに、となりの沼ばたけはぼんやりしたうすい緑いろでしたから、遠くから見ても、二人の沼ばたけははっきり堺《さかい》まで見わかりました。七日ばかりで草取りが済むとまたほかへ手伝いに行きました。ところがある朝、主人はブドリを連れて、じぶんの沼ばたけを通りながら、俄《にわ》かに「あっ」と叫んで棒立ちになってしまいました。見ると唇のいろまで水いろになって、ぼんやりまっすぐを見つめているのです。「病気が出たんだ。」主人がやっと云《い》いました。「頭でも痛いんですか。」ブドリはききました。「おれでないよ。オリザよ。それ。」主人は前のオリザの株を指さしました。ブドリはしゃがんでしらべて見ますと、なるほどどの葉にも、いままで見たことのない赤い点々がついていました。主人はだまってしおしおと沼ばたけを一まわりしましたが、家へ帰りはじめました。ブドリも心配してついて行きますと、主人はだまって巾《きれ》を水でしぼって、頭にのせると、そのまま板の間に寝てしまいました。すると間もなく、主人のおかみさんが表からかけ込んで来ました。

「オリザへ病気が出たというのはほんとうかい。」

「ああ、もうだめだよ。」

「どうにかならないのかい。」

「だめだろう。すっかり五年前の通りだ。」

「だから、あたしはあんたに山師《やまし》をやめろといったんじゃないか。おじいさんもあんなにとめたんじゃないか。」おかみさんはおろおろ泣きはじめました。すると主人が俄かに元気になってむっくり起きあがりました。

「よし。イーハトーブの野原で、指折り数えられる大百姓のおれが、こんなことで参るか。よし。来年こそやるぞ。ブドリ。おまえおれのうちへ来てから、まだ一晩も寝たいくらい寝たことがないな。さあ、五日でも十日でもいいから、ぐうというくらい寝てしまえ。おれはそのあとで、あすこの沼ばたけでおもしろい手品《てづま》をやって見せるからな。その代り今年の冬は、家じゅうそばばかり食うんだぞ。おまえそばはすきだろうが。」それから主人はさっさと帽子をかぶって外へ出て行ってしまいました。ブドリは主人に云われた通り納屋《なや》へはいって睡《ねむ》ろうと思いましたが、何だかやっぱり沼ばたけが苦になって仕方ないので、またのろのろそっちへ行って見ました。するといつ来ていたのか、主人がたった一人腕組みをして土手に立って居りました。見ると沼ばたけには水がいっぱいで、オリザの株は葉をやっと出しているだけ、上にはぎらぎら石油が浮んでいるのでした。主人が云《い》いました。

「いまおれこの病気を蒸し殺してみるとこだ。」「石油で病気の種が死ぬんですか。」とブドリがききますと、主人は、「頭から石油に漬けられたら人だって死ぬだ。」と云いながら、ほうと息を吸って首をちぢめました。その時、水下《みずしも》の沼ばたけの持主が、肩をいからして息を切ってかけて来て、大きな声でどなりました。

「何だって油など水へ入れるんだ。みんな流れて来て、おれの方へはいってるぞ。」

主人は、やけくそに落ちついて答えました。

「何だって油など水へ入れるったって、オリザへ病気がついたから、油など水へ入れるのだ。」

「何だってそんならおれの方へ流すんだ。」

「何だってそんならおまえの方へ流すったって、水は流れるから油もついて流れるのだ。」

「そんなら何だっておれの方へ水来ないように水口《みなくち》とめないんだ。」

「何だっておまえの方へ水行かないように水口とめないかったって、あすこはおれのみな口でないから水とめないのだ。」となりの男は、かんかん怒ってしまってもう物も云えず、いきなりがぶがぶ水へはいって、自分の水口に泥を積みあげはじめました。主人はにやりと笑いました。

「あの男むずかしい男でな。こっちで水をとめると、とめたといって怒るからわざと向うにとめさせたのだ。あすこさえとめれば今夜中に水はすっかり草の頭までかかるからな、さあ帰ろう。」主人はさきに立ってすたすた家へあるきはじめました。

次の朝ブドリはまた主人と沼ばたけへ行ってみました。主人は水の中から葉を一枚とってしきりにしらべていましたが、やっぱり浮かない顔でした。その次の日もそうでした。その次の日もそうでした。その次の日もそうでした。その次の朝、とうとう主人は決心したように云いました。

「さあブドリ、いよいよここへ蕎麦《そば》播《ま》きだぞ。おまえあすこへ行って、となりの水口こわして来い。」ブドリは、云われた通りこわして来ました。石油のはいった水は、恐ろしい勢いでとなりの田へ流れて行きます。きっとまた怒ってくるなと思っていますと、ひるごろ例のとなりの持主が、大きな鎌《かま》をもってやってきました。

「やあ、何だってひとの田へ石油ながすんだ。」

主人がまた、腹の底から声を出して答えました。

「石油ながれれば何だって悪いんだ。」

「オリザみんな死ぬでないか。」

「オリザみんな死ぬか、オリザみんな死なないか、まずおれの沼ばたけのオリザ見なよ。今日で四日頭から石油かぶせたんだ。それでもちゃんとこの通りでないか。赤くなったのは病気のためで、勢いのいいのは石油のためなんだ。おまえの所など、石油がただオリザの足を通るだけでないか。却《かえ》っていいかもしれないんだ。」

「石油こやしになるのか。」向うの男は少し顔いろをやわらげました。

「石油こやしになるか石油こやしにならないか知らないが、とにかく石油は油でないか。」

「それは石油は油だな。」男はすっかり機嫌を直してわらいました。水はどんどん退《しりぞ》き、オリザの株は見る見る根もとまで出て来ました。すっかり赤い斑《まだら》ができて焼けたようになっています。

「さあおれのところではもうオリザ刈りをやるぞ。」

主人は笑いながら云《い》って、それからブドリといっしょに、片っぱしからオリザの株を刈り、跡へすぐ蕎麦《そば》を播《ま》いて土をかけて歩きました。そしてその年はほんとうに主人の云ったとおり、ブドリの家《うち》では蕎麦ばかり食べました。次の春になりますと主人が云いました。

「ブドリ、今年は沼ばたけは去年よりは三分の一減ったからな、仕事はよほど楽だ。その代りおまえは、おれの死んだ息子の読んだ本をこれから一生けん命勉強して、いままでおれを山師《やまし》だといってわらったやつらを、あっと云わせるような立派なオリザを作る工夫をしてくれ。」そして、いろいろな本を一山ブドリに渡しました。ブドリは仕事のひまに片っぱしからそれを読みました。殊《こと》にその中の、クーボーという人の物の考え方を教えた本は面白かったので何べんも読みました。またその人が、イーハトーブの市で一ケ月の学校をやっているのを知って、大へん行って習いたいと思ったりしました。

そして早くもその夏、ブドリは大きな手柄をたてました。それは去年と同じ頃、またオリザに病気ができかかったのを、ブドリが木の灰と食塩《しお》を使って食いとめたのでした。そして八月のなかばになると、オリザの株はみんなそろって穂を出し、その穂の一枝ごとに小さな白い花が咲き、花はだんだん水いろの籾《もみ》にかわって、風にゆらゆら波をたてるようになりました。主人はもう得意の絶頂でした。来る人ごとに、

「何のおれも、オリザの山師で四年しくじったけれども、ことしは一度に四年前とれる。これもまたなかなかいいもんだ。」などと云って自慢するのでした。

ところがその次の年はそうは行きませんでした。植え付けのころからさっぱり雨が降らなかったために、水路は乾いてしまい、沼にはひびが入って、秋のとりいれはやっと冬じゅう食べるくらいでした。来年こそと思っていましたが次の年もまた同じようなひでりでした。それからも来年こそ来年こそと思いながら、ブドリの主人は、だんだんこやしを入れることができなくなり、馬も売り、沼ばたけもだんだん売ってしまったのでした。

ある秋の日、主人はブドリにつらそうに云いました。

「ブドリ、おれももとはイーハトーブの大百姓だったし、ずいぶん稼いでもきたのだが、たびたびの寒さと旱魃《かんばつ》のために、いまでは沼ばたけも昔の三分の一になってしまったし、来年は、もう入れるこやしもないのだ。おれだけでない、来年こやしを買って入れれる人ったらもうイーハトーブにも何人もないだろう。こういうあんばいでは、いつになっておまえには

たらいて貰《もら》った礼をするというあてもない。おまえも若いはたらき盛りを、おれのとこで暮してしまってはあんまり気の毒だから、済まないがどうかこれを持って、どこへでも行っていい運を見つけてくれ。」そして主人は一ふくろのお金と新らしい紺で染めた麻の服と赤革の靴とをブドリにくれました。ブドリはいままでの仕事のひどかったことも忘れてしまって、もう何もいらないから、ここで働いていたいとも思いましたが、考えてみると、居てもやっぱり仕事もそんなにないので、主人に何べんも何べんも礼を云《い》って、六年の間はたらいた沼ばたけと主人に別れて停車場《ば》をさして歩きだしました。

四　クーボー大博士

ブドリは二時間ばかり歩いて、停車場へ来ました。それから切符を買って、イーハトーブ行きの汽車に乗りました。汽車はいくつもの沼ばたけをどんどんどんどんうしろへ送りながら、もう一散《いっさん》に走りました。その向うには、たくさんの黒い森が、次から次と形を変えて、やっぱりうしろの方へ残されて行くのでした。ブドリはいろいろな思いで胸がいっぱいでした。早くイーハトーブの市に着いて、あの親切な本を書いたクーボーという人に会い、できるなら、働きながら勉強して、みんながあんなにつらい思いをしないで沼ばたけを作れるよう、また火山の灰だのひでりだの寒さだのを除く工夫をしたいと思うと、汽車さえまどろこくってたまらないくらいでした。汽車はその日のひるすぎ、イーハトーブの市に着きました。停車場を一足出ますと、地面の底から何かのんのん湧くようなひびきやどんよりとしたくらい空気、行ったり来たりするたくさんの自働車のあいだに、ブドリはしばらくぼうとしてつっ立ってしまいました。やっと気をとりなおして、そこらの人にクーボー博士の学校へ行くみちをたずねました。すると誰へ訊《き》いても、みんなブドリのあまりまじめな顔を見て、吹き出しそうにしながら、「そんな学校は知らんね。」とか、「もう五六丁*行って訊いて見な。」とかいうのでした。そしてブドリがやっと学校をさがしあてたのはもう夕方近くでした。その大きなこわれかかった白い建物の二階で、誰か大きな声でしゃべっていました。

「今日は。」ブドリは高く叫びました。誰も出てきませんでした。「今日はあ。」ブドリはあらん限り高く叫びました。するとすぐ頭の上の二階の窓から、大きな灰いろの顔が出て、めがねが二つぎらりと光りました。それから、

「今授業中だよ、やかましいやつだ。用があるならはいって来い。」とどなりつけて、すぐ顔を引っ込めますと、中では大勢でどっと笑い、その人は構わずまた何か大声でしゃべっています。ブドリはそこで思い切って、なるべく足音をたてないように二階にあがって行きますと、階段のつき当りの扉《と》があいていて、じつに大きな教室が、ブドリのまっ正面にあらわれました。中にはさまざまの服装をした学生がぎっしりです。向うは大きな黒い壁になって

*丁——一丁は、一〇九メートルほど。

いて、そこにたくさんの白い線が引いてあり、さっきのせいの高い眼がねをかけた人が、大きな櫓《やぐら》の形の模型をあちこち指《ゆびさ》しながら、さっきのままの高い声で、みんなに説明して居りました。

ブドリはそれを一目見ると、ああこれは先生の本に書いてあった歴史の歴史ということの模型だなと思いました。先生は笑いながら、一つのとってを廻《まわ》しました。模型はがちっと鳴って奇体《きたい》な船のような形になりました。またがちっととってを廻すと、模型はこんどは大きなむかでのような形に変りました。

みんなはしきりに首をかたむけて、どうもわからんという風にしていましたが、ブドリにはただ面白かったのです。

「そこでこういう図ができる。」先生は黒い壁へ別の込み入った図をどんどん書きました。左手にもチョークをもって、さっさっと書きました。学生たちもみんな一生けん命そのまねをしました。ブドリもふところから、いままで沼ばたけで持っていた汚ない手帳を出して図を書きとりました。先生はもう書いてしまって、壇の上にまっすぐに立って、じろじろ学生たちの席を見まわしています。ブドリも書いてしまって、その図を縦横から見ていますと、ブドリのとなりで一人の学生が、

「あああ。」とあくびをしました。ブドリはそっとききました。「ね、この先生はなんて云《い》うんですか。」すると学生はばかにしたように鼻でわらいながら答えました。「クーボー大博士

さお前知らなかったのかい。」それからじろじろブドリのようすを見ながら、「はじめから、この図なんか書けるもんか。ぼくでさえ同じ講義をもう六年もきいているんだ。」と云って、じぶんのノートをふところへしまってしまいました。その時教室に、ぱっと電燈がつきました。もう夕方だったのです。大博士が向うで言いました。

「いまや夕《ゆうべ》ははるかに来り、拙講《せつこう》もまた全課を了《お》えた。諸君のうちの希望者は、けだしいつもの例により、そのノートをば拙者に示し、さらに数箇の試問を受けて、所属を決すべきである。」学生たちはわあと叫んで、みんなばたばたノートをとじました。それからそのまま帰ってしまうものが大部分でしたが、五六十人は一列になって大博士の前をとおりながらノートを開いて見せるのでした。すると大博士はそれを一寸《ちよつと》見て、一言か二言質問をして、それから白墨でえりへ、「合」とか、「再来」とか、「奮励」とか書くのでした。学生はその間、いかにも心配そうに首をちぢめているのでしたが、それからそっと肩をすぼめて廊下まで出て、友達にそのしるしを読んで貰《もら》って、よろこんだりしょげたりするのでした。

ぐんぐん試験が済んで、いよいよブドリ一人になりました。ブドリがその小さな汚ない手帳を出したとき、クーボー大博士は大きなあくびをやりながら、屈《かが》んで眼《め》をぐっと手帳につけるようにしましたので、手帳はあぶなく大博士に吸い込まれそうになりました。

ところが大博士は、うまそうにこくっと一つ息をして、「よろしい。この図は非常に正しくできている。そのほかのところは、何だ、ははあ、沼ばたけのこやしのことに、馬のたべ物のことかね。では問題に答えなさい。工場の煙突から出るけむりには、どういう色の種類があるか。」

　ブドリは思わず大声に答えました。

「黒、褐《かつ》、黄、灰、白、無色。それからこれらの混合です。」

　大博士はわらいました。

「無色のけむりはたいへんいい。形について云《い》いたまえ。」

「無風で煙が相当あれば、たての棒にもなりますが、さきはだんだんひろがります。雲の非常に低い日は、棒は雲まで昇って行って、そこから横にひろがります。風のある日は、棒は斜めになりますが、その傾きは風の程度に従います。波や幾つもきれになるのは、風のためにもよりますが、一つはけむりや煙突のもつ癖のためです。あまり煙の少ないときは、コルク抜きの形にもなり、煙も重い瓦斯《ガス》がまじれば、煙突の口から房《ふさ》になって、一方乃至《ないし》四方に落ちることもあります。」大博士はまたわらいました。

「よろしい。きみはどういう仕事をしているのか。」

「仕事をみつけに来たんです。」

「面白い仕事がある。名刺をあげるから、そこへすぐ行きなさい。」博士は名刺をとり出して何かするする書き込んでブドリにくれました。ブドリはおじぎをして、戸口を出て行こうとしますと、大博士はちょっと眼《め》で答えて、

「何だ、ごみを焼いてるのかな。」と低くつぶやきながら、テーブルの上にあった鞄に、白墨《チヨーク》のかけらや、はんけちや本や、みんな一緒に投げ込んで小脇《こわき》にかかえ、さっき顔を出した窓から、プイッと外へ飛び出しました。びっくりしてブドリが窓へかけよって見ますといつか大博士は玩具《おもちや》のような小さな飛行船に乗って、じぶんでハンドルをとりながら、もうう す青いもやのこめた町の上を、まっすぐに向うへ飛んでいるのでした。ブドリがいよいよ呆《あき》れて見ていますと、まもなく大博士は、向うの大きな灰いろの建物の平屋根《ひらやね》に着いて船を何かかぎのようなものにつなぐと、そのままぽろっと建物の中へ入って見えなくなってしまいました。

五　イーハトーブ火山局

ブドリが、クーボー大博士から貰った名刺の宛名《あてな》をたずねて、やっと着いたところは大きな茶いろの建物で、うしろには房のような形をした高い柱が夜のそらにくっきり白く立って居りました。ブドリは玄関に上《あが》って呼鈴を押しますと、すぐ人が出て来て、ブドリの出した名刺を受け取り、一目見ると、すぐブドリを突き当りの大きな室《へや》へ案内しました。そこにはいままでに見たこともないような大きなテーブルがあって、そのまん中に一人の少し髪の白くなった人のよさそうな立派な人が、きちんと座って耳に受話器をあてながら何か書いていました。そしてブドリの入って来たのを見ると、すぐ横の椅子を指《ゆびさ》しながらまた続けて何か書きつけています。

その室《へや》の右手の壁いっぱいに、イーハトーブ全体の地図が、美しく色どった巨《おお》きな模型に作ってあって、鉄道も町も川も野原もみんな一目でわかるようになって居り、そのまん中を走るせぼねのような山脈と、海岸に沿って縁《へり》をとったようになっている山脈、またそれから枝を出して海の中に点々の島をつくっている一列の山山には、みんな赤や橙《だいだい》や黄のあかりがついていて、それが代る代る色が変ったりジーと蟬のように鳴ったり、数字が現われたり消えたりしているのです。下の壁に添った棚には、黒いタイプライターのようなものが三列に百でもきかないくらい並んで、みんなしずかに動いたり鳴ったりしているのでした。ブドリがわれを忘れて見とれて居りますと、その人が受話器をことっと置いてふところから名刺入れを出して、一枚の名刺をブドリに出しながら、

「あなたが、グスコーブドリ君ですか。私はこう云《い》うものです。」と云いました。見ると、イーハトーブ火山局技師ペンネンナームと書いてありました。その人はブドリの挨拶《あいさつ》になれないでもじもじしているのを見ると、重ねて親切に云いました。「さっきクーボー博士から電話があったのでお待ちしていました。まあこれから、ここで仕事をしながらしっかり勉強してごらんなさい。ここの仕事は、去年はじまったばかりですが、じつに責任のあるもので、それに半分はいつ噴火するかわからない火山の上で仕事するものなのです。それに火山の癖

というものは、なかなか学問でわかることではないのです。われわれはこれからよほどしっかりやらなければならんのです。では今晩はあっちにあなたの泊るところがありますから、そこでゆっくりお休みなさい。あしたこの建物中をすっかり案内しますから。」

次の朝、ブドリはペンネン老技師に連れられて、建物のなかを一一つれて歩いて貰《もら》いさまざまの器械やしかけを詳しく教わりました。その建物のなかのすべての器械はみんなイーハトーブ中の三百幾つかの活火山や休火山に続いていて、それらの火山の煙や灰を噴《ふ》いたり、鎔岩《ようがん》を流したりしているようすは勿論《もちろん》、みかけはじっとしている古い火山でも、その中の鎔岩や瓦斯《ガス》のもようから、山の形の変りようまで、みんな数字になったり図になったりして、あらわれてくるのでした。そして烈しい変化のある度に、模型はみんな別々の音で鳴るのでした。

ブドリはその日からペンネン老技師について、すべての器械の扱い方や観測のしかたを習い、夜も昼も一心に働いたり勉強したりしました。そして二年ばかりたちますとブドリはほかの人たちと一緒に、あちこちの火山へ器械を据《す》え付けに出されたり、据え付けてある器械の悪くなったのを修繕にやられたりもするようになりましたので、もうブドリにはイーハトーブの三百幾つの火山と、その働き工合《ぐあい》は掌《てのひら》の中にあるようにわかって来ました。じつにイーハトーブには七十幾つの火山が毎日煙をあげたり、鎔岩を流したりしているのでしたし、五十幾つかの休火山は、いろいろな瓦斯を噴いたり、熱い湯を出したりしていました。そして残りの百六七十の死火山のうちにもいつまた何をはじめるかわからないものもあるのでした。

ある日ブドリが老技師とならんで仕事をして居りますと、俄《にわ》かにサンムトリという南の方の海岸にある火山が、むくむく器械に感じ出して来ました。老技師が叫びました。「ブドリ君。サンムトリは、今朝《けさ》まで何もなかったね。」「はい、いままでサンムトリのはたらいたのを見たことがありません。」

「ああ、これはもう噴火が近い。けさの地震が刺戟《しげき》したのだ。この山の北十キロのところにはサンムトリの市がある。今度爆発すれば、多分山は三分の一、北側をはねとばして、牛や卓子《テーブル》ぐらいの岩は熱い灰や瓦斯《ガス》といっしょに、どしどしサンムトリ市に落ちてくる。どうでも今のうちにこの海に向いた方へボーリングを入れて傷口をこさえて、瓦斯を抜くか鎔岩《ようがん》を出させるかしなければならない。今すぐ二人で見に行こう。」二人はすぐに支度して、サンムトリ行きの汽車に乗りました。

六　サンムトリ火山

二人は次の朝、サンムトリの市に着き、ひるころサンムトリ火山の頂《いただき》近く、観測器械を置いてある小屋に登りました。そこは、サンムトリ山の古い噴火口の外輪山が、海の方へ向いて欠けた所で、その小屋の窓からながめますと、海は青や灰いろの幾つもの縞《しま》になって見え、その中を汽船は黒いけむりを吐き、銀いろの水脈《みお》を引いていくつも滑って居るのでした。

老技師はしずかにすべての観測機を調べ、それからブドリに云《い》いました。

「きみはこの山はあと何日ぐらいで噴火すると思うか。」

「一月はもたないと思います。」

「一月はもたない。もう十日ももたない。早く工作してしまわないと、取り返しのつかないことになる。私はこの山の海に向いた方では、あすこが一番弱いと思う。」老技師は山腹の谷の上のうす緑の草地を指さしました。そこを雲の影がしずかに青くすべっているのでした。

「あすこには鎔岩の層が二つしかない。あとは柔らかな火山灰と火山礫《れき》の層だ。それにあすこまでは牧場の道も立派にあるから、材料を運ぶことも造作《ぞうさ》ない。ぼくは工作隊を申請しよう。」老技師は忙《せわ》しく局へ発信をはじめました。その時脚の下では、つぶやくような微《かす》かな音がして、観測小屋はしばらくぎしぎし軋《きし》みました。老技師は器械をはなれました。

「局からすぐ工作隊を出すそうだ。工作隊といっても半分決死隊だ。私はいままでに、こんな危険に迫った仕事をしたことがない。」

「十日のうちにできるでしょうか。」

「きっとできる。装置には三日、サンムトリ市の発電所から、電線を引いてくるには五日かかるな。」

技師はしばらく指を折って考えていましたが、やがて安心したようにまたしずかに云《い》いました。

「とにかくブドリ君。一つ茶をわかして呑《の》もうではないか。あんまりいい景色だから。」ブドリは持って来たアルコールランプに火を入れて茶をわかしはじめました。空にはだんだん雲が出て、それに日ももう落ちたのか、海はさびしい灰いろに変り、たくさんの白い波がしらは、一せいに火山の裾《すそ》に寄せて来ました。

ふとブドリはすぐ眼《め》の前にいつか見たことのあるおかしな形の小さな飛行船が飛んでいるのを見つけました。老技師もはねあがりました。

「あ、クーボー君がやって来た。」ブドリも続いて小屋をとび出しました。飛行船はもう小屋の左側の大きな岩の壁の上にとまって中からせいの高いクーボー大博士がひらりと飛び下りていました。博士はしばらくその辺の岩の大きなさけ目をさがしていましたが、やっとそれを見つけたと見えて、手早くねじをしめて飛行船をつなぎました。

「お茶をよばれに来たよ。ゆれるかい。」大博士はにやにやわらって云いました。老技師が答えました。

「まだそんなでない。けれどもどうも岩がぽろぽろ上から落ちているらしいんだ。」

ちょうどその時、山は俄《にわ》かに怒ったように鳴り出し、ブドリは眼の前が青くなったように思いました。山はぐらぐら続けてゆれました。見るとクーボー大博士も老技師もしゃがんで岩へしがみついていましたし、飛行船も大きな波に乗った船のようにゆっくりゆれて居りました。地震はやっとやみクーボー大博士は起きあがってすたすたと小屋へはいって行きました。中ではお茶がひっくり返って、アルコールが青くぽかぽか燃えていました。クーボー大博士は機械をすっかり調べて、それから老技師といろいろ談《はな》しました。そしてしまいに云いました。

「もうどうしても来年は潮汐《ちようせき》発電所を全部作ってしまわなければならない。それができれば今度のような場合にもその日のうちに仕事ができるし、ブドリ君が云っている沼ばたけの肥料も降らせられるんだ。」「旱魃《かんばつ》だってちっともこわくなくなるからな。」ペンネン技師も云いました。ブドリは胸がわくわくしました。山まで踊りあがっているように思いました。じっさい山は、その時烈《はげ》しくゆれ出して、ブドリは床へ投げ出されていたのです。大博士が云いました。

「やるぞ、やるぞ。いまのはサンムトリの市へも可成《かなり》感じたにちがいない。」

老技師が云いました。

「今のはぼくらの足もとから、北へ一キロばかり、地表下七百米《メートル》ぐらいの所で、この小屋の六七十倍ぐらいの岩の塊《かたまり》が鎔岩《ようがん》の中へ落ち込んだらしいのだ。ところが瓦斯《ガス》がいよいよ最後

＊潮汐発電所―潮の干満の差から生まれるエネルギーによって発電する発電所。

ならない。」

大博士はしばらく考えていましたが、「そうだ、僕はこれで失敬しよう。」と云《い》って小屋を出て、いつかひらりと船に乗ってしまいました。老技師とブドリは、大博士があかりを二三度振って挨拶《あいさつ》しながら山をまわって向うへ行くのを見送ってまた小屋に入り、かわるがわる眠ったり観測したりしました。そして暁方麓《あけがたふもと》へ工作隊がつきますと、老技師はブドリを一人小屋に残して、昨日《きのう》指さしたあの草地まで降りて行きました。みんなの声や、鉄の材料の触れ合う音は、下から風が吹き上げるときは、手にとるように聴えました。ペンネン技師からはひっきりなしに、向うの仕事の進み工合《ぐあい》も知らせてよこし、瓦斯《ガス》の圧力や山の形の変りようも尋ねて来ました。それから三日の間は、はげしい地震や地鳴りのなかでブドリの方も、麓の方も、ほとんど眠るひまさえありませんでした。その四日目の午后、老技師からの発信が云って来ました。

「ブドリ君だな。すっかり支度ができた。急いで降りてきたまえ。観測の器械は一ぺん調べてそのままにして、表は全部持ってくるのだ。もうその小屋は今日の午后にはなくなるんだから。」ブドリはすっかり云われた通りにして山を下りて行きました。そこにはいままで局の倉庫にあった大きな鉄材が、すっかり櫓《やぐら》に組み立っていて、いろいろな機械はもう電流さえ来ればすぐに働き出すばかりになっていました。ペンネン技師の頰《ほほ》はげっそり落ち、工作隊の人たちも青ざめて眼《め》ばかり光らせながら、それでもみんな笑ってブドリに挨拶《あいさつ》しました。

老技師が云いました。

「では引き上げよう。みんな支度して車に乗り給《たま》え。」みんなは大急ぎで二十台の自働車に乗りました。車は列になって山の裾《すそ》を一散《いっさん》にサンムトリの市に走りました。丁度山と市とのまん中ごろで技師は自働車をとめさせました。「ここへ天幕《テント》を張り給え。そしてみんなで眠るんだ。」みんなは、物を一言《ひとこと》も云えずに、その通りにして倒れるように睡《ねむ》ってしまいました。

その午后、老技師は受話器を置いて叫びました。「さあ電線は届いたぞ。ブドリ君、初めるよ。」老技師はスイッチを入れました。ブドリたちは、天幕の外に出て、サンムトリの中腹を見つめました。野原には、白百合《しらゆり》がいちめん咲き、その向うにサンムトリが青くひっそり立っていました。

俄《にわ》かにサンムトリの左の裾がぐらぐらぐらっとゆれまっ黒なけむりがぱっと立ったと思うとまっすぐに天にのぼって行って、おかしなきのこの形になり、その足もとから黄金色《きんいろ》の鎔岩《ようがん》がきらきらきら流れ出して、見るまにずうっと扇形にひろがりながら海へ入りました。と思うと地面は烈しくぐらぐらゆれ、百合の花もいちめんゆれ、それからごうっというような大きな音が、みんなを倒すくらい強くやってきました。それから風がどうっと吹いて行きました。

「やったやった。」とみんなはそっちに手を延して高く叫びました。この時サンムトリの煙は、崩れるようにそらいっぱいひろがって来ましたが、忽《たちま》ちそらはまっ暗になって、熱いこいしがぱらぱらぱらぱら降ってきました。みんなは天幕の中にはいって心配そうにしていましたが、ペンネン技師は、時計を見ながら、

「ブドリ君、うまく行った。危険はもう全くない。市の方へは灰をすこし降らせるだけだろう。」と云《い》いました。こいしはだんだん灰にかわりました。それもまもなく薄くなってみんなはまた天幕の外へ飛び出しました。野原はまるで一めん鼠《ねずみ》いろになって、灰は一寸ばかり積り、百合《ゆり》の花はみんな折れて灰に埋《うず》まり、空は変に緑いろでした。そしてサンムトリの裾《すそ》には小さな瘤《こぶ》ができて、そこから灰いろの煙が、まだどんどん登って居りました。

その夕方みんなは、灰やこいしを踏んで、もう一度山へのぼって、新らしい観測の機械を据《す》え着けて帰りました。

七　雲の海

それから四年の間に、クーボー大博士の計画通り、潮汐《ちょうせき》発電所は、イーハトーブの海岸に沿って、二百も配置されました。イーハトーブをめぐる火山には、観測小屋といっしょに、白く塗られた鉄の櫓《やぐら》が順々に建ちました。

ブドリは技師心得になって、一年の大部分は火山から火山と廻《まわ》ってあるいたり、危くなっ

た火山を工作したりしていました。

次の年の春、イーハトーブの火山局では、次のようなポスターを村や町へ張りました。

「窒素肥料を降らせます。

今年の夏、雨といっしょに、硝酸アムモニア*をみなさんの沼ばたけや蔬菜《そさい》ばたけに降らせますから、肥料を使う方は、その分を入れて計算してください。分量は百メートル四方につき百二十キログラムです。

雨もすこしは降らせます。

旱魃《かんばつ》の際には、とにかく作物の枯れないぐらいの雨は降らせることができますから、いままで水が来なくなって作付《さくづけ》しなかった沼ばたけも、今年は心配せずに植え付けてください。」

その年の六月、ブドリはイーハトーブのまん中にあたるイーハトーブ火山の頂上の小屋に居りました。下はいちめん灰いろをした雲の海でした。そのあちこちからイーハトーブ中の火山のいただきが、ちょうど島のように黒く出て居りました。その雲のすぐ上を一隻《せき》の飛行船が、船尾からまっ白な煙を噴《ふ》いて一つの峯から一つの峯へちょうど橋をかけるように飛びまわっていました。そのけむりは、時間がたつほどだんだん太くはっきりなってしずかに下の雲の海に落ちかぶさり、まもなく、いちめんの雲の海にはうす白く光る大きな網が、山か

＊硝酸アムモニア—肥料などとして使われる化合物。

ら山へ張り亘されました。いつか飛行船はけむりを納めて、しばらく挨拶するように輪を描いていましたが、やがて船首を垂れてしずかに雲の中へ沈んで行ってしまいました。受話器がジーと鳴りました。ペンネン技師の声でした。

「船はいま帰って来た。下のほうの支度はすっかりいい。雨はざあざあ降っている。もうよかろうと思う。はじめてくれ給《たま》え。」

ブドリはぼたんを押しました。見る見るさっきのけむりの網は、美しい桃いろや青や紫に、パッパッと目もさめるようにかがやきながら、点《つ》いたり消えたりしました。ブドリはまるでうっとりとしてそれに見とれました。そのうちにだんだん日は暮れて、雲の海もあかりが消えたときは、灰いろか鼠《ねずみ》いろかわからないようになりました。

受話器が鳴りました。

「硝酸アムモニアはもう雨の中へでてきている。量もこれぐらいならちょうどいい。移動のぐあいもいいらしい。あと四時間やれば、もうこの地方は今月中は沢山だろう。つづけてやってくれたまえ。」

ブドリはもううれしくってはね上《あが》りたいくらいでした。この雲の下で昔の赤鬚《ひげ》の主人も、となりの石油がこやしになるかと云《い》った人も、みんなよろこんで雨の音を聞いている。そしてあすの朝は、見違えるように緑いろになったオリザの株を手で撫《な》でたりするだろう、まるで夢のようだと思いながら雲のまっくらになったり、また美しく輝いたりするのを眺めて居りました。ところが短い夏の夜はもう明けるらしかったのです。電光の合間に、東の雲の海のはてがぼんやり黄ばんでいるのでした。

ところがそれは月が出るのでした。大きな黄いろな月がしずかに登ってくるのでした。そして雲が青く光るときは変に白っぽく見え、桃いろに光るときは何かわらっているように見えるのでした。ブドリは、もうじぶんが誰なのか何をしているのか忘れてしまって、ただぼんやりそれをみつめていました。受話器がジーと鳴りました。

「こっちでは大分《だいぶん》雷が鳴りだして来た。網があちこちちぎれたらしい。あんまり鳴らすとあしたの新聞が悪口を云うからもう十分ばかりでやめよう。」

ブドリは受話器を置いて耳をすましました。雲の海はあっちでもこっちでもぶつぶつぶつぶつ呟《つぶや》いているのです。よく気をつけて聞くとやっぱりそれはきれぎれの雷の音でした。ブドリはスイッチを切りました。俄《にわ》かに月のあかりだけになった雲の海は、やっぱりしずかに北へ流れています。ブドリは毛布をからだに巻いてぐっすり睡《ねむ》りました。

八　秋

その年の農作物の収穫は、気候のせいもありましたが、十年の間にもなかったほど、よく出来ましたので、火山局にはあっちからもこっちからも感謝状や激励の手紙が届きました。

ブドリははじめてほんとうに生きた甲斐があるように思いました。

ところがある日、ブドリがタチナという火山へ行った帰り、とりいれの済んでがらんとした沼ばたけの中の小さな村を通りかかりました。ちょうどひるころなので、パンを買おうと思って、一軒の雑貨や菓子を売っている店へ寄って、

「パンはありませんか。」とききました。するとそこには三人のはだしの人たちが、眼《め》をまっ赤にして酒を呑《の》んで居りましたが、一人が立ち上って、「パンはあるが、どうも食われないパンでな。*石盤《セキバン》だもな。」とおかしなことを云《い》いますと、みんなは面白そうにブドリの顔を見てどっと笑いました。ブドリはいやになって、ぷいっと表へ出ましたら、向うから髪を角刈りにしたせいの高い男が来て、いきなり、

「おい、お前、今年の夏、電気でこやし降らせたブドリだな。」と云いました。

「そうだ。」ブドリは何気なく答えました。その男は高く叫びました。

「火山局のブドリ来たぞ。みんな集れ。」

すると今の家の中やそこらの畑から、七八人の百姓たちが、げらげらわらってかけて来ました。

「この野郎、きさまの電気のお蔭で、おいらのオリザ、みんな倒れてしまったぞ。何してあんなまねしたんだ。」一人が云いました。

ブドリはしずかに言いました。

「倒れるなんて、きみらは春に出したポスターを見なかったのか。」「何この野郎。」いきなり一人がブドリの帽子を叩き落しました。それからみんなは寄ってたかってブドリをなぐったりふんだりしました。ブドリはとうとう何が何だかわからなくなって倒れてしまいました。

気がついてみるとブドリはどこか病院らしい室《へや》の白いベッドに寝ていました。枕もとには見舞の電報や、たくさんの手紙がありました。ブドリのからだ中は痛くて熱く、動くことができませんでした。けれどもそれから一週間ばかりたちますと、もうブドリはもとの元気になっていました。そして新聞で、あのときの出来事は、肥料の入れようをまちがって教えた農業技師が、オリザの倒れたのをみんな火山局のせいにして、ごまかしていたためだということを読んで、大きな声で一人で笑いました。その次の日の午后、病院の小使《こづかい》が入って来て、「ネリというご婦人のお方が訪ねておいでになりました。」と云いました。ブドリは夢ではないかと思いましたら、まもなく一人の日に焼けた百姓のおかみさんのような人が、おずおずと入って来ました。それはまるで変ってはいましたが、あの森の中から誰かにつれて行かれたネリだったのです。二人はしばらく物も言えませんでしたが、やっとブドリが、その後《のち》のことをたずねますと、ネリもぼつぼつとイーハトーブの百姓のことばで、今までのことを談《はな》しました。ネリを連れて行ったあの男は、三日ばかりの後、面倒臭くなったのかある小さ

＊石盤―石の板に石筆で文字などを書く学用品。

な牧場の近くへネリを残してどこかへ行ってしまったのでした。

ネリがそこらを泣いて歩いていますと、その牧場の主人が可哀そうに思って家《うち》へ入れて赤ん坊のお守《もり》をさせたりしていましたが、だんだんネリは何でも働けるようになったのでとうとう三四年前にその小さな牧場の一番上の息子と結婚したというのでした。そして今年は肥料も降ったので、いつもなら厩肥《うまやごえ》を遠くの畑まで運び出さなければならず、大へん難儀したのを、近くのかぶら畑へみんな入れたし、遠くの玉蜀黍《とうもろこし》もよくできたので、家じゅうみんな悦《よろこ》んでいるというようなことも云《い》いました。またあの森の中へ主人の息子といっしょに何べんも行って見たけれども、家はすっかり壊れていたし、ブドリはどこへ行ったかわからないのでいつもがっかりして帰っていたら、昨日《きのう》新聞で主人がブドリのけがをしたことを読んだのでやっとこっちへ訪ねて来たということも云いました。ブドリは、直ったらきっとその家へ訪ねて行ってお礼を云う約束をしてネリを帰しました。

九　カルボナード島

それからの五年は、ブドリにはほんとうに楽しいものでした。赤鬚《ひげ》の主人の家にも何べんもお礼に行きました。

もうよほど年は老《と》っていましたが、やはり非常な元気で、こんどは毛の長い兎を千疋《びき》以上飼ったり、赤い甘藍《かんらん》ばかり畑に作ったり、相変らずの山師《やまし》はやっていましたが、暮しはずうっといいようでした。

ネリには、可愛らしい男の子が生れました。冬に仕事がひまになると、ネリはその子にすっかりこどもの百姓のようなかたちをさせて、主人といっしょに、ブドリの家に訪ねて来て、泊って行ったりするのでした。

ある日、ブドリのところへ、昔てぐす飼いの男にブドリといっしょに使われていた人が訪ねて来て、ブドリたちのお父さんのお墓が森のいちばんはずれの大きな榧《かや》の木の下にあるということを教えて行きました。それは、はじめ、てぐす飼いの男が森に来て、森じゅうの樹《き》を見てあるいたとき、ブドリのお父さんたちの冷《つめた》くなったからだを見附けて、ブドリに知らせないように、そっと土に埋《うず》めて、上へ一本の樺《かば》の枝をたてておいたというのでした。ブドリは、すぐネリたちをつれてそこへ行って、白い石灰岩の墓をたてて、それからもその辺を通るたびにいつも寄ってくるのでした。

そしてちょうどブドリが二十七の年でした。どうもあの恐ろしい寒い気候がまた来るような模様でした。測候所では、太陽の調子や北の方の海の氷の様子からその年の二月にみんなへそれを予報しました。それが一足ずつだんだん本統《ほんとう》になってこぶしの花が咲かなかったり、五月に十日もみぞれが降ったりしますと、みんなはもう、この前の凶作を思い出して生きた

＊甘藍——キャベツの異名。

そらもありませんでした。クーボー大博士も、たびたび気象や農業の技師たちと相談したり、意見を新聞へ出したりしましたが、やっぱりこの烈しい寒さだけはどうともできないようすでした。

ところが六月もはじめになって、まだ黄いろなオリザの苗や、芽を出さない樹《き》を見ますと、ブドリはもう居ても立ってもいられませんでした。このままで過ぎるなら、森にも野原にも、ちょうどあの年のブドリの家族のようになる人がたくさんできるのです。ブドリはまるで物も食べずに幾晩も幾晩も考えました。ある晩ブドリは、クーボー大博士のうちを訪ねました。

「先生、気層のなかに炭酸瓦斯《ガス》が増えて来れば暖くなるのですか。」

「それはなるだろう。地球ができてからいままでの気温は、大抵《たいてい》空気中の炭酸瓦斯の量できまっていたと云《い》われるくらいだからね。」

「カルボナード火山島が、いま爆発したら、この気候を変えるくらいの炭酸瓦斯を噴《ふ》くでしょうか。」

「それは僕も計算した。あれがいま爆発すれば、瓦斯はすぐ大循環の上層の風にまじって地球ぜんたいを包むだろう。そして下層の空気や地表からの熱の放散を防ぎ、地球全体を平均で五度ぐらい温《あたたか》にするだろうと思う。」

「先生、あれを今すぐ噴かせられないでしょうか。」

「それはできるだろう。けれども、その仕事に行ったもののうち、最後の一人はどうしても

お許しの出るよう詞《ことば》を下さい。」

遁《に》げられないのでね。」

「先生、私にそれをやらしてください。どうか先生からペンネン先生へお許しの出るよう詞《ことば》を下さい。」

「それはいけない。きみはまだ若いし、いまのきみの仕事に代れるものはそうはない。」

「私のようなものは、これから沢山できます。私よりもっともっと何でもできる人が、私よりもっと立派にもっと美しく、仕事をしたり笑ったりして行くのですから。」

「その相談は僕はいかん。ペンネン技師に談《はな》したまえ。」

ブドリは帰って来て、ペンネン技師に相談しました。技師はうなずきました。

「それはいい。けれども僕がやろう。僕は今年もう六十三なのだ。ここで死ぬなら全く本望というものだ。」

「先生、けれどもこの仕事はまだあんまり不確かです。一ぺんうまく爆発しても間もなく瓦斯が雨にとられてしまうかもしれませんし、また何もかも思った通りいかないかもしれません。先生が今度お出《い》でになってしまっては、あと何とも工夫がつかなくなると存じます。」

老技師はだまって首を垂れてしまいました。

それから三日の後、火山局の船が、カルボナード島へ急いで行きました。そこへいくつものやぐらは建ち、電線は連結されました。

すっかり仕度《したく》ができると、ブドリはみんなを船で帰してしまって、じぶんは一人島に残りました。

　そしてその次の日、イーハトーブの人たちは、青ぞらが緑いろに濁り、日や月が銅《あかがね》いろになったのを見ました。けれどもそれから三四日たちますと、気候はぐんぐん暖くなってきて、その秋はほぼ普通の作柄《さくがら》になりました。そしてちょうど、このお話のはじまりのようになる筈《はず》の、たくさんのブドリのお父さんやお母さんは、たくさんのブドリやネリといっしょに、その冬を暖いたべものと、明るい薪《たきぎ》で楽しく暮すことができたのでした。

風の又三郎《またさぶろう》

九月一日

どっどどどどうど　どどうど　どどう、
青いくるみも吹きとばせ
すっぱいかりんも吹きとばせ
どっどどどどうど　どどうど　どどう

谷川の岸に小さな学校がありました。

教室はたった一つでしたが生徒は三年生がないだけであとは一年から六年までみんなありました。運動場もテニスコートのくらいでしたがすぐうしろは栗の木のあるきれいな草の山でしたし運動場の隅にはごぼごぼつめたい水を噴《ふ》く岩穴もあったのです。

さわやかな九月一日の朝でした。青ぞらで風がどうと鳴り、日光は運動場いっぱいでした。

黒い雪袴《ゆきばかま》をはいた二人の一年生の子がどてをまわって運動場にはいって来て、まだほかに誰も来ていないのを見て
「ほう、おら一等だぞ。一等だぞ。」とかわるがわる叫びながら大悦《よろこ》びで門をはいって来たのでしたが、ちょっと教室の中を見ますと、二人ともまるでびっくりして棒立ちになり、それから顔を見合せてぶるぶるふるえました。がひとりはとうとう泣き出してしまいました。というわけは、そのしんとした朝の教室のなかにどこから来たのか、まるで顔も知らないおかしな赤い髪の子供がひとり一番前の机にちゃんと座っていたのです。そしてその机といったらまったくこの泣いた子の自分の机だったのです。もひとりの子ももう半分泣きかけていましたが、それでもむりやり眼《め》をりんと張ってそっちのほうをにらめていましたら、ちょうどそのとき、川上から
「ちょうはあかぐり　ちょうはあかぐり」と高く叫ぶ声がしてそれからまるで大きな烏のように嘉助《かすけ》が、かばんをかかえてわらって運動場へかけて来ました。と思ったらすぐそのあとから佐太郎だの耕助だのどやどややってきました。
「なして泣いでら、うなかもたのが。」嘉助が泣かないこどもの肩をつかまえて云《い》いました。するとその子もわあと泣いてしまいました。おかしいとおもってみんながあたりを見ると教室の中にあの赤毛のおかしな子がすましてしゃんとすわっているのが目につきました。みんなはしんとなってしまいました。だんだんみんな女の子たちも集って来ましたが誰も何とも

云えませんでした。

　赤毛の子どもはいっこうこわがる風もなくやっぱりちゃんと座ってじっと黒板を見ています。

　すると六年生の一郎が来ました。一郎はまるでおとなのようにゆっくり大股にやってきてみんなを見て「何した」とききました。みんなははじめてがやがや声をたててその教室の中の変な子を指しました。一郎はしばらくそっちを見ていましたがやがて鞄をしっかりかかえてさっさと窓の下へ行きました。

　みんなもすっかり元気になってついて行きました。

「誰だ、時間にならないに教室へはいってるのは。」一郎は窓へはいのぼって教室の中へ顔をつき出して云いました。

「お天気のいい時教室さ入ってるづど先生にうんと叱らえるぞ。」窓の下の耕助が云いました。

「叱らえでもおら知らないよ。」嘉助が云いました。

「*早ぐ出はって来　出はって来《こ》」一郎が云いました。けれどもそのこどもはきょろきょろ室《へや》の中やみんなの方を見るばかりでやっぱりちゃんとひざに手をおいて腰掛に座っていました。

＊雪袴―膝から下が細く仕立てられた男子の袴。　＊なして泣いでら、うなかもたのが―どうして泣いているんだ、おまえいじめたのか。　＊早ぐ出はって来―早く出て来い。

ぜんたいその形からが実におかしいのでした。変てこな鼠《ねずみ》いろのだぶだぶの上着を着て白い半ずぼんをはいてそれに赤い革の半靴《はんぐつ》をはいていたのです。それに顔と云《い》ったらまるで熟した苹果《りんご》のよう殊《こと》に眼《め》はまん円《まる》でまっくろなのでした。一向語《はなし》が通じないようなので一郎も全く困ってしまいました。

「あいつは外国人だな。」「学校さ入るのだな。」みんなはがやがやがやがや云いました。ところが五年生の嘉助《かすけ》がいきなり

「ああ三年生さ入るのだ。」と叫びましたので、「ああそうだ。」と小さいこどもらは思いましたが一郎はだまってくびをまげました。

変なこどもはやはりきょろきょろこっちを見るだけきちんと腰掛けています。

そのとき風がどうと吹いて来て教室のガラス戸はみんながたがた鳴り、学校のうしろの山の萱《かや》や栗の木はみんな変に青じろくなってゆれ、教室のなかのこどもは何だかにやっとわらってすこしうごいたようでした。すると嘉助がすぐ叫びました。「ああわかった、あいつは風の又三郎《またさぶろう》だぞ。」そうだっとみんなもおもったとき俄《にわ》かにうしろのほうで五郎が「わあ、痛ぃじゃあ。」と叫びました。みんなそっちへ振り向きますと五郎が耕助に足のゆびをふまれてまるで怒って耕助をなぐりつけていたのです。すると耕助も怒って「わあ、われ悪くてでひと撲《はだ》ぃだなあ。」と云ってまた五郎をなぐろうとしました。五郎はまるで顔中涙だらけにして耕助に組み付こうとしました。そこで一郎が間へはいって嘉助が耕助を押えてしまい

ました。「わあい、喧嘩《けんか》するなったら、先生ぁちゃんと職員室に来てらぞ。」と一郎が云いながらまた教室の方を見ましたら一郎は俄かにまるでぽかんとしてしまいました。たったいままで教室にいたあの変な子が影もかたちもないのです。みんなもまるでせっかく友達になった子うまが遠くへやられたよう、せっかく捕《と》った*山雀《やまがら》に遁げられたように思いました。

風がまたどうと吹いて来て窓ガラスをがたがた云わせうしろの山の萱《かや》をだんだん上流《かみ》の方へ青じろく波だてて行きました。

「わあうなだ喧嘩したんだがら又三郎居なぐなったな。」嘉助が怒って云いました。みんなもほんとうにそう思いました。五郎はじつに申し訳けないと思って足の痛いのも忘れてしょんぼり肩をすぼめて立ったのです。

「やっぱりあいつは風の又三郎だったな。」

「*二百十日で来たのだな。」「靴はいでだたぞ。」

「服も着でだたぞ。」「髪赤くておかしやづだったな。」

「ありやありや、又三郎おれの机の上さ石かげ乗せでったぞ。」二年生の子が云いました。見るとその子の机の上には汚ない石かけが乗っていたのです。

「そうだ、ありや。あそごのガラスもぶっかしたぞ。」

＊われ悪くてでひと撲ぃだなあ―おまえ自分が悪いくせに人をはたいたな。　＊山雀―シジュウカラ科の小鳥。　＊二百十日―立春から数えて二百十日め、だいたい九月一日にあたる。しばしば台風が来る。

「そだなぃでぁ。あいづぁ休み前に嘉一石ぶっつけだのだな。」「わあい。そだなぃでぁ。」と云《い》っていたときこれはまた何という訳でしょう。先生が玄関から出て来たのです。先生はぴかぴか光る呼子《よぶこ》を右手にもってもう集まれの仕度《したく》をしているのでしたが、そのすぐうしろから、さっきの赤い髪の子が、まるで*権現《ごんげん》さまの尾《お》っぱ持ちのようにすまし込んで白いシャッポをかぶって先生についてすぱすぱとあるいて来たのです。

みんなはしいんとなってしまいました。やっと一郎が「先生お早うございます。」と云いましたのでみんなもついて「先生お早うございます。」と云っただけでした。「みなさん。お早う。どなたも元気ですね。では並んで。」先生は呼子をビルルと吹きました。それはすぐ谷の向うの山へひびいてまたピルルルと低く戻ってきました。

すっかりやすみの前の通りだとみんなが思いながら六年生は一人、五年生は七人、四年生は六人、三年生は十二人、組ごとに一列に縦にならびました。

二年生は八人一年生は四人前へならえをしてならんだのです。するとその間あのおかしな子は何かおかしいのかおもしろいのか奥歯で横っちょに舌を噛むようにしてじろじろみんなを見ながら先生のうしろに立っていたのです。すると先生は高田さんこっちへおはいりなさいと云いながら四年生の列のところへ連れて行って丈を嘉助《かすけ》とくらべてから嘉助とそのうしろのきよの間へ立たせました。みんなはふりかえってじっとそれを見ていました。

先生はまた玄関の前に戻って、

前へならえと号令をかけました。

みんなはもう一ぺん前へならえをしてすっかり列をつくりましたがじつはあの変な子がどういう風にしているのか見たくてかわるがわるそっちをふりむいたり横眼でにらんだりしたのでした。するとその子はちゃんと前へならえでもなんでも知ってるらしく平気で両腕を前へ出して指さきを嘉助のせなかへやっと届くくらいにしていたものですから嘉助は何だかせなかがかゆいかくすぐったいかという風にもじもじしていました。「直れ。」先生がまた号令をかけました。

「一年から順に前へおい。」そこで一年生はあるき出しまもなく二年三年もあるき出してみんなの前をぐるっと通って右手の下駄箱のある入口にはいって行きました。四年生があるき出すとさっきの子も嘉助のあとへついて大威張りであるいて行きました。前へ行った子もときどきふりかえって見、あとのものもじっと見ていたのです。

まもなくみんなははきものを下駄函に入れて教室へ入って、ちょうど外へならんだときのように組ごとに一列に机に座りました。さっきの子もすまし込んで嘉助のうしろに座りました。ところがもう大さわぎです。

「わあ、おらの机代ってるぞ。」

＊権現さまの尾っぱ持ち──権現さまは、方言で獅子舞の頭のこと。尾っぱは、やはり方言で尾っぽのことだから、獅子舞の頭の幕の尾っぽを持つ人のこと。

「わあ、おらの机さ石かけ入ってるぞ。」

「キッコ、キッコ、うな通信簿持って来たが。おら忘れで来たじゃあ。」

「わあい、さの、木《き》ペン貸せ、木ペン貸せったら。」

「わぁがない。ひとの雑記帳とってって。」

そのとき先生が入って来ましたので、みんなもさわぎながらとにかく立ちあがり一郎がいちばんうしろで「礼」と云《い》いました。

みんなはおじぎをする間はちょっとしんとなりましたがそれから又がやがやがやがや云いました。

「しずかに、みなさん。しずかにするのです。」先生が云いました。

「叱《し》っ、悦治、やがましったら、嘉助《かすけ》ぇ、喜《き》っこう。わあい。」と一郎が一番うしろからあまりさわぐものを一人ずつ叱りました。

みんなはしんとなりました。先生が云いました。「みなさん長い夏のお休みは面白かったですね。みなさんは朝から水泳ぎもできたし林の中で鷹《たか》にも負けないくらい高く叫んだりまた兄さんの草刈りについて上《うえ》の野原へ行ったりしたでしょう。けれどももう昨日《きのう》で休みは終りました。これからは第二学期で秋です。むかしから秋は一番からだもこころもひきしまって勉強のできる時だといってあるのです。ですから、みなさんも今日から又いっしょにしっかり勉強しましょう。それからこのお休みの間にみなさんのお友達が一人ふえました。それはそこに居る高田さんです。その方のおとうさんはこんど会社のご用で上の野原の入り口へおいでになっていられるのです。高田さんはいままでは北海道の学校に居られたのですが今日からみなさんのお友達になるのですから、みなさんは学校で勉強のときも、また栗拾いや魚とりに行くときも高田さんをさそうようにしなければなりません。わかりましたか。わかった人は手をあげてごらんなさい。」

すぐみんなは手をあげました。その高田とよばれた子も勢《いきおい》よく手をあげましたので、ちょっと先生はわらいましたがすぐ、

「わかりましたね、ではよし。」と云いましたのでみんなは火の消えたように一ぺんに手をおろしました。

ところが嘉助がすぐ「先生。」といってまた手をあげました。

「はい。」先生は嘉助を指さしました。

「高田さん名はなんて云うべな。」「高田三郎さんです。」

「わあ、うまい、そりゃ、やっぱり又三郎《またさぶろう》だな。」嘉助はまるで手を叩いて机の中で踊るようにしましたので、大きな方の子どもらはどっと笑いましたが下の子どもらは何か怖いという風にしいんとして三郎の方を見ていたのです。先生はまた云いました。

「今日はみなさんは通信簿と宿題をもってくるのでしたね。持って来た人は机の上へ出して

*木ペン―鉛筆の方言。

ください。私がいま集めに行きますから。」

みんなはばたばた鞄をあけたり風呂敷をといたりして通信簿と宿題帖を机の上に出しました。

そして先生が一年生のほうから順にそれを集めはじめました。そのときみんなはぎょっとしました。という訳はみんなのうしろのところにいつか一人の大人が立っていたのです。その人は白いだぶだぶの麻服を着て黒いてかてかした半巾《ハンケチ》をネクタイの代りに首に巻いて手には白い扇をもって軽くじぶんの顔を扇《あお》ぎながら少し笑ってみんなを見おろしていたのです。さあみんなはだんだんしぃんとなってまるで堅くなってしまいました。ところが先生は別にその人を気にかける風もなく順々に通信簿を集めて三郎の席まで行きますと三郎は通信簿も宿題帖もない代りに両手をにぎりこぶしにして二つ机の上にのせていたのです。先生はだまってそこを通りすぎ、みんなのを集めてしまうとそれを両手でそろえながらまた教壇に戻りました。

「では宿題帖はこの次の土曜日に直して渡しますから、きょう持って来なかった人は、あしたきっと忘れないで持って来てください。それは悦治さんとコージさんとリョウサクさんとですね。では今日はここまでです。あしたからちゃんといつもの通りの仕度《したく》をしてお出でなさい。それから五年生と六年生の人は、先生といっしょに教室のお掃除をしましょう。ではここまで。」

一郎が気を付けと云《い》いみんなは一ぺんに立ちました。うしろの大人も扇を下にさげて立ちました。

「礼。」先生もみんなも礼をしました。うしろの大人も軽く頭を下げました。それからずうっと下の組の子どもらは一目散に教室を飛び出しましたが四年生の子どもらはまだもじもじしていました。

　すると三郎はさっきのだぶだぶの白い服の人のところへ行きました。先生も教壇をおりてその人のところへ行きました。

「いやどうもご苦労さまでございます。」その大人はていねいに先生に礼をしました。

「じきみんなとお友達になりますから。」先生も礼を返しながら云いました。

「何分どうかよろしくおねがいいたします。それでは。」その人はまたていねいに礼をして眼《め》で三郎に合図すると自分は玄関の方へまわって外へ出て待っていますと三郎はみんなの見ている中を眼をりんとはってだまって昇降口から出て行って追いつき二人は運動場を通って川下のほうへ歩いて行きました。

　運動場を出るときその子はこっちをふりむいてじっと学校やみんなのほうをにらむようにするとまたすたすた白服の大人について歩いて行きました。

「先生、あの人は高田さんのお父さんすか。」一郎が箒《ほうき》をもちながら先生にききました。

「そうです。」

「なんの用で来たべ。」

「上の野原の入口にモリブデン*という鉱石ができるので、それをだんだん掘るようにする為だそうです。」

「どこらあだりだべな。」

「私もまだよくわかりませんが、いつもみなさんが馬をつれて行くみちから少し川下へ寄った方なようです。」

「モリブデン何にするべな。」

「それは鉄とまぜたり、薬をつくったりするのだそうです。」

「そだら又三郎《またさぶろう》も掘るべが。」嘉助《かすけ》が云《い》いました。

「又三郎だなぃ。高田三郎だじゃ。」佐太郎が云いました。

「又三郎だ又三郎だ。」嘉助が顔をまっ赤にしてがん張りました。

「嘉助、うなも残ってらば掃除*してすけろ。」一郎が云いました。

「わぁい。やんたじゃ。今日五年生ど六年生だな。」

嘉助は大急ぎで教室をはねだして遁《に》げてしまいました。

風がまた吹いて来て窓ガラスはまたがたがた鳴り雑布を入れたバケツにも小さな黒い波をたてました。

九月二日

次の日孝一*はあのおかしな子供が今日からほんとうに学校へ来て本を読んだりするかどうか早く見たいような気がしていつもより早く嘉助をさそいました。ところが嘉助の方は孝一よりもっとそう考えていたと見えてとうにごはんもたべふろしきに包んだ本ももって家の前へ出て孝一を待っていたのでした。二人は途中もいろいろその子のことを談《はな》しながら学校へ来ました。すると運動場には小さな子供らがもう七八人集まっていて棒かくしをしていましたがその子はまだ来ていませんでした。また昨日《きのう》のように教室の中に居るのかと思って中をのぞいて見ましたが教室の中はしいんとして誰も居ず黒板の上には昨日掃除のとき雑巾で拭いた痕《あと》が乾いてぼんやり白い縞《しま》になっていました。

「昨日のやつまだ来てないな。」孝一が云いました。

「うん。」嘉助も云ってそこらを見まわしました。

孝一はそこで鉄棒の下へ行ってじゃみ上り*というやり方で無理やりに鉄棒の上にのぼり両腕をだんだん寄せて右の腕木に行くとそこへ腰掛けて昨日又三郎の行った方をじっと見おろして待っていました。谷川はそっちの方へきらきら光ってながれて行きその下の山の上の方

＊モリブデン―銀白色の金属。鋼などに加えて特殊鋼を作るのに用い、軍需用として重要だった。　＊掃除してすけろ―掃除を手伝え。　＊孝一―一郎のこと。この作品は、賢治がまだ推敲中だった。　＊じゃみ上り―無理やり上がること。

では風も吹いているらしくときどき萱《かや》が白く波立っていました。嘉助《かすけ》もやっぱりその柱の下じっとそっちを見て待っていました。ところが二人はそんなに永く待つこともありませんでした。それは突然又三郎《またさぶろう》がその下手のみちから灰いろの鞄を右手にかかえて走るようにして出て来たのです。
「来たぞ」と孝一が思わず下に居る嘉助へ叫ぼうとしていますと早くも又三郎はどてをぐるっとまわってどんどん正門を入って来ると
「お早う。」とはっきり云《い》いました。みんなはいっしょにそっちをふり向きましたが一人も返事をしたものがありませんでした。それはみんなは先生にはいつでも「お早うございます」というように習っていたのですがお互《たがい》に「お早う」なんて云ったことがなかったのに又三郎にそう云われても孝一や嘉助はあんまりにわかで又勢《いきおい》がいいのでとうとう臆《おく》せてしまって孝一も嘉助も口の中でお早うというかわりにもにゃもにゃっと云ってしまったのでした。ところが又三郎の方はべつだんそれを苦にする風もなく、二三歩又前へ進むとじっと立ってそのまっ黒な眼《め》でぐるっと運動場じゅうを見まわしました。そしてしばらく誰か遊ぶ相手がないかさがしているようでした。けれどもみんなきろきろ又三郎の方は見ていてももじもじしてやはり忙しそうに棒かくしをしたり又三郎の方へ行くものがありませんでした。又三郎はちょっと工合《ぐあい》が悪いようにそこにつっ立っていましたが又運動場をもう一度見まわしました。それからぜんたいこの運動場は何間《なんげん》あるかというように正門から玄関まで大股に歩数を数えながら歩きはじめました。孝一は急いで鉄棒をはねおりて嘉助とならんで息をこらしてそれを見ていました。

そのうち又三郎は向うの玄関の前まで行ってしまうとこっちへ向いてしばらく諳算《あんざん》をするように少し首をまげて立っていました。

みんなはやはりきろきろそっちを見ています。又三郎は少し困ったように両手をうしろへ組むと向う側の土手の方へ職員室の前を通って歩きだしました。

その時風がざあっと吹いて来て土手の草はざわざわ波になり運動場のまん中でさあっと塵《ちり》があがりそれが玄関の前まで行くときりきりとまわって小さなつむじ風になって黄いろな塵は瓶をさかさまにしたような形になって屋根より高くのぼりました。すると嘉助が突然高く云いました。「そうだ。やっぱりあいづ又三郎だぞ。あいつ何かするときっと風吹いてくるぞ。」「うん。」孝一はどうだかわからないと思いながらもだまってそっちを見ていました。又三郎はそんなことにはかまわず土手の方へやはりすたすたと歩いて行きます。

そのとき先生がいつものように呼子《よぶこ》をもって玄関を出て来たのです。

「お早うございます。」小さな子どもらははせ集りました。「お早う。」先生はちらっと運動場中を見まわしてから「ではならんで。」と云いながらプルルッと笛を吹きました。

みんなは集まってきて昨日のとおりきちんとならびました。又三郎も昨日云われた所へちゃんと立っています。先生はお日さまがまっ正面なのですこしまぶしそうにしながら号令をだんだんかけてとうとうみんなは昇降口から教室へ入りました。そして礼がすむと先生は「ではみなさん今日から勉強をはじめましょう。みなさんはちゃんとお道具をもってきましたね。では一年生と二年生の人はお習字のお手本と硯《すずり》と紙を出して、三年生と四年生の人は算術帳と雑記帳と鉛筆を出して五年生と六年生の人は国語の本を出してください。」

さあするとあっちでもこっちでも大さわぎがはじまりました。中にも又三郎《またさぶろう》のすぐ横の四年生の机の佐太郎がいきなり手をのばして三年生のかよの鉛筆をひらりととってしまったのです。かよは佐太郎の妹でした。するとかよは「うわあ兄《あい》な木《き》ペン取《と》ってわかんないな。」*と云《い》いながら取り返そうとしますと佐太郎が「わあこいつおれのだなあ。」と云いながら鉛筆をふところの中へ入れてあとは支那人がおじぎするときのように両手を袖へ入れて机へぴったり胸をくっつけました。するとかよは立って来て、「兄な、兄なの木ペンは一昨日《おととい》小屋で無くしてしまったけなあ。よこせったら。」と云いながら一生けん命とり返そうとしましたがどうしてもう佐太郎は机にくっついた大きな蟹《かに》の化石みたいになっているのでとうとうかよは立ったまま口を大きくまげて泣きだしそうになりました。すると又三郎は国語の本をちゃんと机にのせて困ったようにしてこれを見ていましたがかよがとうとうぼろぼろ涙をこぼしたのを見るとだまって右手に持っていた半分ばかりになった鉛筆を佐太郎の眼《め》の前の机に置きました。すると佐太郎はにわかに元気になってむっくり起き上りました。そして「くれる?」と又三郎にききました。又三郎はちょっとまごついたようでしたが覚悟したように

「うん」と云いました。すると佐太郎はいきなりわらい出してふところの鉛筆をかよの小さな赤い手に持たせました。

先生は向うで一年生の子の硯に水をついでやったりしていましたし嘉助《かすけ》は又三郎の前ですから知りませんでしたが幸一はこれをいちばんうしろでちゃんと見ていました。

そしてまるで何と云ったらいいかわからない変な気持ちがして歯をきりきり云わせました。

「では三年生のひとはお休みの前にならった引き算をもう一ぺん習ってみましょう。これを勘定してごらんなさい。」先生は黒板に $\begin{array}{r}25\\-12\\\hline\end{array}$ と書きました。三年生のこどもらはみんな一生けん命にそれを雑記帖にうつしました。かよも頭を雑記帖へくっつけるようにして書いています。「四年生の人はこれを置いて。」$\begin{array}{r}17\\\times\ 4\\\hline\end{array}$ と書きました。四年生は佐太郎をはじめ喜蔵《きぞう》も甲助《こうすけ》もみんなそれをうつしました。「五年生の人は読本《とくほん》の〔一字空白〕頁《ページ》の〔一字不明〕課をひらいて声をたてないで読めるだけ読んでごらんなさい。わからない字は雑記帖へ拾っておくのです。」五年生もみんな云われたとおりしはじめました。「幸一さんは読本の〔一字空白〕頁をしらべてやはり知らない字を書き抜いてください。」

それがすむと先生はまた教壇を下りて一年生と二年生の習字を一人一人見てあるきました。又三郎は両手で本をちゃんと机の上へもって云われたところを息もつかずじっと読んでいました。けれども雑記帖へは字を一つも書き抜いていませんでした。それはほんとうに知らな

＊わかんないな―よくないな。

い字が一つもないのかたった一本の鉛筆を佐太郎にやってしまったためかどっちともわかりませんでした。

そのうち先生は教壇へ戻って三年生と四年生の算術の計算をして見せてまた新らしい問題を出すと今度は五年生の生徒の雑記帖へ書いた知らない字を黒板へ書いてそれにかなとわけをつけました。そして、「では嘉助《かすけ》さんここを読んで」と云《い》いました。嘉助は二三度ひっかかりながら先生に教えられて読みました。又三郎《またさぶろう》もだまって聞いていました。先生も本をとってじっと聞いていましたが十行ばかり読むと「そこまで。」と云ってこんどは先生が読みました。

そうして一まわり済むと先生はだんだんみんなの道具をしまわせました。それから「ではここまで」と云って教壇に立ちますと孝一がうしろで「気を付けい」と云いました。そして礼がすむとみんな順に外へ出てこんどは外へならばずにみんな別れ別れになって遊びました。

二時間目は一年生から六年生までみんな唱歌でした。そして先生がマンドリンをもって出て来てみんなはいままでに唱《うた》ったのを先生のマンドリンについて五つもうたいました。

又三郎もみんな知っていてみんなどんどん歌いました。そしてこの時間は大へん早くたってしまいました。

三時間目になるとこんどは三年生と四年生が国語で五年生と六年生が数学でした。先生はまた黒板へ問題を書いて五年生と六年生に計算させました。しばらくたって孝一が答えを書いてしまうと又三郎のほうをちょっと見ました。すると又三郎はどこから出したか小さな消し炭で雑記帖の上へがりがりと大きく運算していたのです。

九月四日　日曜

次の朝空はよく晴れて谷川はさらさら鳴りました。一郎は途中で嘉助と佐太郎と悦治をさそって一緒に三郎のうちの方へ行きました。学校の少し下流で谷川をわたって、それから岸で楊《やなぎ》の枝をみんなで一本ずつ折って青い皮をくるくる剝《は》いで鞭《むち》を拵《こしら》えて手でひゅうひゅう振りながら上の野原への路《みち》をだんだんのぼって行きました。みんなは早くも登りながら息をはあはあしました。

「又三郎ほんとにあそごの湧水まで来て待ぢでるべが。」

「待ぢでるんだ。又三郎為《うそ》こがなぃもな。」

「ああ暑う、風吹げばいいな。」

「どごがらだが風吹いでるぞ。」

「又三郎吹がせだらべも。」

「何だがお日さんぼゃっとして来たな。」空に少しばかりの白い雲が出ました。そしてもう大分のぼっていました。谷のみんなの家がずうっと下に見え、一郎のうちの木小屋の屋根が白く光っています。

路《みち》が林の中に入り、しばらく路はじめじめして、あたりは見えなくなりました。そして間もなくみんなは約束の湧水の近くに来ました。するとそこから、「おうい。みんな来たかい。」と三郎の高く叫ぶ声がしました。

みんなはまるでせかせかと走ってのぼりました。向うの曲がり角の処《ところ》に又三郎《またさぶろう》が小さな唇をきっと結んだまま三人のかけ上って来るのを見ていました。三人はやっと又三郎の前まで来ました。けれどもあんまり息がはあはあしてすぐには何も云《い》えませんでした。嘉助《かすけ》などはあんまりもどかしいもんですから、空へ向いて「ホッホウ。」と叫んで早く息を吐いてしまおうとしました。すると三郎は大きな声で笑いました。「ずいぶん待ったぞ。それに今日は雨が降るかもしれないそうだよ。」

「そだら早ぐ行ぐべすさ。おらまんつ水呑《の》んでぐ。」

三人は汗をふいてしゃがんでまっ白な岩からこぼこぼ噴きだす冷たい水を何べんも掬《すく》ってのみました。

「ぼくのうちはここからすぐなんだ。ちょうどあの谷の上あたりなんだ。みんなで帰りに寄ろうねえ。」

「うん。まんつ野原さ行ぐべすさ。」

みんなが又あるきはじめたとき湧水は何かを知らせるようにぐうっと鳴り、そこらの樹《き》もなんだかざあっと鳴ったようでした。

四人は林の裾の藪《やぶ》の間を行ったり岩かけの小さく崩れる所を何べんも通ったりしてもう上の原の入口に近くなりました。

みんなはそこまで来ると来た方からまた西の方をながめました。光ったり陰ったり幾通りにも重なったたくさんの丘の向うに川に沿ったほんとうの野原がぼんやり碧《あお》くひろがっているのでした。

「ありゃ、あいづ川だぞ。」

「＊春日明神《かすがみようじん》さんの帯のようだな。」又三郎が云いました。

「何のようだど。」一郎がききました。

「春日明神さんの帯のようだ。」「うな神さんの帯見だごとあるが。」「ぼく北海道で見たよ。」

みんなは何のことだかわからずだまってしまいました。

ほんとうにそこはもう上の野原の入口で、きれいに刈られた草の中に一本の巨《おお》きな栗の木が立ってその幹は根もとの所がまっ黒に焦げて大きな洞《ほら》のようになり、その枝には古い縄や、切れたわらじなどがつるしてありました。

「もう少し行ぐづどみんなして草刈ってるぞ。それがら馬のいるどごもあるぞ。」一郎は云

＊春日明神さんの帯—春日明神は奈良春日大社の祭神。万葉集のいくつかの歌にも見られる、細谷川を春日大社のある三笠山の帯に見立てる発想から来ている。

いながら先に立って刈った草のなかの一ぽんみちをぐんぐん歩きました。三郎はその次に立って、「ここには熊居ないから馬をはなしておいてもいいなあ。」と云《い》って歩きました。

しばらく行くとみちばたの大きな楢《なら》の木の下に、縄で編んだ袋が投げ出してあって、沢山の草たばがあっちにもこっちにもころがっていました。

せなかに〔約二字分空白〕をしょった二匹の馬が、一郎を見て、鼻をぷるぷる鳴らしました。

「兄《あい》な。いるが。兄な。来たぞ。」一郎は汗を拭いながら叫びました。

「おおい。ああい。其処《そこ》に居ろ。今行ぐぞ。」

ずうっと向うの窪《くぼ》みで、一郎の兄さんの声がしました。

陽《ひ》がぱっと明るくなり、兄さんがそっちの草の中から笑って出て来ました。

「善《ゆ》ぐ来たな。みんなも連れで来たのが。善ぐ来た。戻りに馬こ連れでてけろな。今日ぁ午《ひる》まがらきっと曇る。俺《おら》もう少し草集めて仕舞《しむ》がらな、うなだ遊ばばあの土手の中さ入ってろ。まだ牧馬の馬二十疋《ぴき》ばかり居るがらな。」

兄さんは向うへ行こうとして、振り向いて又云いました。

「土手がら外さ出はるなよ。迷ってしまうづど危なぃがらな。午まになったら又来るがら。」

「うん。土手の中に居るがら。」

そして一郎の兄さんは、行ってしまいました。空にはうすい雲がすっかりかかり、太陽は白い鏡のようになって、雲と反対に馳《は》せました。風が出て来てまだ刈っていない草は一面に波を立てます。一郎はさきにたって小さなみちをまっすぐに行くとまもなくどてになりました。

その土手の一とこちぎれたところに二本の丸太の棒を横にわたしてありました。耕助がそれをくぐろうとしますと、嘉助《かすけ》が「おらこったなもの外せだだど」と云いながら片っ方のはじをぬいて下におろしましたのでみんなはそれをはね越えて中へ入りました。向うの少し小高いところにてかてか光る茶いろの馬が七疋ばかり集ってしっぽをゆるやかにばしゃばしゃふっているのです。

「この馬みんな千円以上するづもな。来年がらみんな競馬さも出はるのだづじゃい。」一郎はそばへ行きながら云いました。

馬はみんないままでさびしくって仕様なかったというように一郎だちの方へ寄ってきました。

そして鼻づらをずうっとのばして何かほしそうにするのです。

「ははあ、塩をけろづのだな。」みんなは云いながら手を出して馬になめさせたりしましたが三郎だけは馬になれていないらしく気味悪そうに手をポケットへ入れてしまいました。

「わあ又三郎《またさぶろう》馬怖《おつか》ながるじゃい。」と悦治が云いました。

すると三郎は「怖くなんかないやい。」と云いながらすぐポケットの手を馬の鼻づらへのばしましたが馬が首をのばして舌をべろりと出すとさあっと顔いろを変えてすばやくまた手をポケットへ入れてしまいました。

「わあい、又三郎《またさぶろう》馬怖ながるじゃい。」悦治が又云《い》いました。すると三郎はすっかり顔を赤くしてしばらくもじもじしていましたが
「そんなら、みんなで競馬やるか。」と云いました。

競馬ってどうするのかとみんな思いました。

すると三郎は、「ぼく競馬何べんも見たぞ。けれどもこの馬みんな鞍《くら》がないから乗れないや。みんなで一疋《ぴき》ずつ馬を追ってはじめに向うの、そら、あの巨《おお》きな樹《き》のところに着いたものを一等にしよう。」

「そいづ面白な。」嘉助《かすけ》が云いました。

「叱らえるぞ。牧夫《ぼくふ》に見っ附《け》らえでがら。」

「大丈夫だよ。競馬に出る馬なんか練習をしていないといけないんだい。」三郎が云いました。

「よしおらこの馬だぞ。」「おらこの馬だ。」

「そんならぼくはこの馬でもいいや。」みんなは楊《やなぎ》の枝や萱《かや》の穂でしゅうと云いながら馬を軽く打ちました。ところが馬はちっともびくともしませんでした。やはり下へ首を垂れて草をかいだり首をのばしてそこらのけしきをもっとよく見るというようにしているのです。

一郎がそこで両手をぴしゃんと打ち合せて、だあと云いました。すると俄《にわ》かに七疋ともまるでたてがみをそろえてかけ出したのです。

「うまぁい。」嘉助ははね上って走りました。けれどもそれはどうも競馬にはならないのでした。第一馬はどこまでも顔をならべて走るのでしたしそれにそんなに競争するくらい早く走るのでもなかったのです。それでもみんなは面白がってだあだと云いながら一生けん命そのあとを追いました。

馬はすこし行くと立ちどまりそうになりました。みんなもすこしはあはあしましたがこらえてまた馬を追いました。するといつか馬はぐるっとさっきの小高いところをまわってさっき四人ではいって来たどての切れた所へ来たのです。

「あ、馬出はる、馬出はる。押えろ、押えろ。」

一郎はまっ青《さお》になって叫びました。じっさい馬はどての外へ出たのらしいのでした。どんどん走ってもうさっきの丸太の棒を越えそうになりました。一郎はまるであわてて「どうどうどうどう。」と云いながら一生けん命走って行ってやっとそこへ着いてまるでころぶようにしながら手をひろげたときはもう二疋は外へ出ていたのでした。

「早ぐ来て押えろ。早ぐ来て。」一郎は息も切れるように叫びながら丸太棒をもとのようにしました。三人は走って行って急いで丸太をくぐって外へ出ますと二疋の馬はもう走るでもなくどての外に立って草を口で引っぱって抜くようにしています。「そろそろど押えろよ。

そろそろど。」と云《い》いながら一郎は一ぴきのくつわについた札のところをしっかり押えました。嘉助《かすけ》と三郎がもう一疋《ぴき》を押えようとそばへ寄りますと馬はまるで愕《おどろ》いたようにどてへ沿って一目散に南のほうへ走ってしまいました。

「兄《あい》な馬ぁ逃げる、馬ぁ逃げる。兄な。馬逃げる。」とうしろで一郎が一生けん命叫んでいます。三郎と嘉助は一生けん命馬を追いました。

ところが馬はもう今度こそほんとうに遁《に》げるつもりらしかったのです。まるで丈《たけ》ぐらいある草をわけて高みになったり低くなったりどこまでも走りました。

嘉助はもう足がしびれてしまってどこをどう走っているのかわからなくなりました。それからまわりがまっ蒼《さお》になって、ぐるぐる廻《まわ》り、とうとう深い草の中に倒れてしまいました。馬の赤いたてがみとあとを追って行く三郎の白いシャッポが終りにちらっと見えました。

嘉助は、仰向けになって空を見ました。空がまっ白に光って、ぐるぐる廻り、そのこちらを薄い鼠《ねずみ》色の雲が、速く速く走っています。そしてカンカン鳴っています。

嘉助はやっと起き上って、せかせか息しながら馬の行った方に歩き出しました。草の中には、今馬と三郎が通った痕《あと》らしく、かすかな路《みち》のようなものがありました。嘉助は笑いました。そして、（ふん。なあに、馬何処《どこ》かでこわくなってのっこり立ってるさ。）と思いました。

そこで嘉助は、一生懸命それを跡《つ》けて行きました。ところがその路のようなものは、まだ百歩も行かないうちに、*おとこえしや、すてきに背の高い薊《あざみ》の中で、二つにも三つにも分れてしまって、どれがどれやら一向わからなくなってしまいました。嘉助はおういと叫びました。

おうとどこかで三郎が叫んでいるようです。思い切って、そのまん中のを進みました。けれどもそれも、時々断《き》れたり、馬の歩かないような急な所を横様に過ぎたりするのでした。

空はたいへん暗く重くなり、まわりがぼうっと霞んで来ました。冷たい風が、草を渡りはじめ、もう雲や霧が、切れ切れになって眼《め》の前をぐんぐん通り過ぎて行きました。

(ああ、こいつは悪くなって来た。みんな悪いことはこれから集《たか》ってやって来るのだ。)と嘉助は思いました。全くその通り、俄《にわか》に馬の通った痕は、草の中で無くなってしまいました。

(ああ、悪くなった、悪くなった。)嘉助は胸をどきどきさせました。

草がからだを曲げて、パチパチ云ったり、さらさら鳴ったりしました。霧が殊《こと》に滋《しげ》くなって、着物はすっかりしめってしまいました。

嘉助は咽喉《のど》一杯叫びました。

「一郎、一郎こっちさ来《こ》う。」

ところが何の返事も聞えません。黒板から降る白墨の粉のような、暗い冷たい霧の粒が、そこら一面踊りまわり、あたりが俄にシインとして、陰気に陰気になりました。草からは、もう雫《しずく》の音がポタリポタリと聞えて来ます。

*おとこえし—オミナエシ科の草。オミナエシは黄色い花だが、オトコエシは白い花。

嘉助《かすけ》はもう早く、一郎たちの所へ戻ろうとして急いで引っ返しました。けれどもどうも、それは前に来た所とは違っていたようでした。第一、薊《あざみ》があんまり沢山ありましたし、それに草の底にさっき無かった岩かけが、度々ころがっていました。そしてとうとう聞いたこともない大きな谷が、いきなり眼《め》の前に現われました。すすきが、ざわざわざわっと鳴り、向う方は底知れずの谷のように、霧の中に消えているではありませんか。

風が来ると、芒《すすき》の穂は細い沢山の手を一ぱいのばして、忙しく振って、

「あ、西さん、あ、東さん、あ西さん、あ南さん。あ、西さん。」なんて云《い》っているようでした。

嘉助はあんまり見っともなかったので、目を瞑《つぶ》って横を向きました。そして急いで引っ返しました。小さな黒い道が、いきなり草の中に出て来ました。それは沢山の馬の蹄《ひづめ》の痕《あと》で出来上っていたのです。嘉助は、夢中で、短い笑い声をあげて、その道をぐんぐん歩きました。

けれども、たよりのないことは、みちのはばが五寸ぐらいになったり、又三尺ぐらいに変ったり、おまけに何だかぐるっと廻《まわ》っているように思われました。そして、とうとう、大きなてっぺんの焼けた栗の木の前まで来た時、ぼんやり幾つにも岐《わか》れてしまいました。

其処《そこ》は多分は、野馬の集まり場所であったでしょう。霧の中に円《まる》い広場のように見えたのです。

嘉助はがっかりして、黒い道を又戻りはじめました。知らない草穂《くさぼ》が静かにゆらぎ、少し

強い風が来る時は、どこかで何かが合図をしてでも居るように、一面の草が、それ来たっとみなからだを伏せて避けました。

　空が光ってキインキインと鳴っています。それからすぐ眼の前の霧の中に、家の形の大きな黒いものがあらわれました。嘉助はしばらく自分の眼を疑って立ちどまっていましたが、やはりどうしても家らしかったので、こわごわもっと近寄って見ますと、それは冷たい大きな黒い岩でした。

　空がくるくるくるっと白く揺らぎ、草がバラッと一度に雫《しずく》を払いました。

「間違って原を向う側へ下りれば、又三郎《またさぶろう》もおれももう死ぬばかりだ。」と嘉助は、半分思うように半分つぶやくようにしました。それから叫びました。

「一郎、一郎、居るが。一郎。」

　又明るくなりました。草がみな一斉《いっせい》に悦《よろこ》びの息をします。

「伊佐戸《いさど》の町の、電気工夫の童《わらす》ぁ、山男に手足ぃ縄《しば》らえてたふうだ。」といつか誰かの話した語《ことば》が、はっきり耳に聞えて来ます。

　そして、黒い路《みち》が、俄《にわか》に消えてしまいました。あたりがほんのしばらくしいんとなりました。それから非常に強い風が吹いて来ました。

　空が旗のようにぱたぱた光って翻えり、火花がパチパチパチッと燃えました。嘉助はとうとう草の中に倒れてねむってしまいました。

そんなことはみんなどこかの遠いできごとのようでした。

もう又三郎《またさぶろう》がすぐ眼《め》の前に足を投げだしてだまって空を見あげているのです。いつかいつもの鼠《ねずみ》いろの上着の上にガラスのマントを着ているのです。それから光るガラスの靴をはいているのです。

又三郎の肩には栗の木の影が青く落ちています。又三郎の影はまた青く草に落ちています。そして風がどんどんどんどん吹いているのです。又三郎は笑いもしなければ物を云《い》いません。ただ小さな唇を強そうにきっと結んだまま黙ってそらを見ています。いきなり又三郎はひらっとそらへ飛びあがりました。ガラスのマントがギラギラ光りました。ふと嘉助《かすけ》は眼をひらきました。灰いろの霧が速く速く飛んでいます。

そして馬がすぐ眼の前にのっそりと立っていたのです。その眼は嘉助を怖れて横の方を向いていました。

嘉助ははね上って馬の名札を押えました。そのうしろから三郎がまるで色のなくなった唇をきっと結んでこっちへ出てきました。嘉助はぶるぶるふるえました。「おうい。」霧の中から一郎の兄さんの声がしました。雷もごろごろ鳴っています。

「おおい、嘉助。いるが。嘉助。」一郎の声もしました。嘉助はよろこんでとびあがりました。

「おおい。居る、居る。一郎。おおい。」

一郎の兄さんと一郎が、とつぜん、眼の前に立ちました。嘉助は俄《にわ》かに泣き出しました。

「探したぞ。危ながったぞ。すっかりぬれだな。どう。」一郎の兄さんはなれた手付きで馬の首を抱いてもってきたくつわをすばやく馬のくちにはめました。「さあ、あべさ。*」「又三郎びっくりしたべぁ。」一郎が三郎に云いました。三郎がだまってやっぱりきっと口を結んでうなずきました。

みんなは一郎の兄さんについて緩い傾斜を、二つ程の昇り降りしました。それから、黒い大きな路について、しばらく歩きました。

稲光が二度ばかり、かすかに白くひらめきました。草を焼く匂《におい》がして、霧の中を煙がぼうっと流れています。

一郎の兄さんが叫びました。

「おじいさん。居だ、居だ。みんな居だ。」

おじいさんは霧の中に立っていて、

「ああ心配した、心配した。ああ好《え》がった。おお嘉助。寒がべぁ、さあ入れ。」と云いました。嘉助は一郎と同じようにやはりこのおじいさんの孫なようでした。

半分に焼けた大きな栗の木の根もとに、草で作った小さな囲いがあって、チョロチョロ赤い火が燃えていました。

＊あべさ――いっしょに行こう。

一郎の兄さんは馬を楢《なら》の木につなぎました。

馬もひひんと鳴いています。

「*おおむぞやな。な。なんぼが泣いだがな。そのわろは金山掘りのわろだな。さあさあみんな、団子たべろ。食べろ。な。今こっちを焼ぐがらな。全体何処《どこ》迄行ってだった。」

「笹長根《ささながね》の下り口だ。」と一郎の兄さんが答えました。

「危ぃがった。危ぃがった。向うさ降りだら馬も人もそれっ切りだったぞ。さあ嘉助《かすけ》、団子喰べろ。このわろもたべろ。さあさあ、こいづも食べろ。」

「おじいさん。馬置いでくるが。」と一郎の兄さんが云《い》いました。

「うんうん。牧夫《ぼくふ》来るどまだやがましがらな。したどもも少し待で。又すぐ晴れる。ああ心配した。俺も虎こ山《とらこやま》の下まで行って見で来た。はあ、まんつ好《え》がった。雨も晴れる。」

「今朝ほんとに天気好がったのにな。」

「うん。又好ぐなるさ、あ、雨漏って来たな。」

一郎の兄さんが出て行きました。天井がガサガサガサガサ云《い》います。おじいさんが笑いながらそれを見上げました。

兄さんが又はいって来ました。

「おじいさん。明るぐなった。雨ぁ霽《は》れだ。」

「うんうん、そうが。さあみんなよっく火にあだれ、おら又草刈るがらな」

霧がふっと切れました。陽の光がさっと流れて入りました。その太陽は、少し西の方に寄ってかかり、幾片かの蠟《ろう》のような霧が、逃げおくれて仕方なしに光りました。

草からは雫《しずく》がきらきら落ち、総ての葉も茎も花も、今年の終りの陽の光を吸っています。はるかな西の碧《あお》い野原は、今泣きやんだようにまぶしく笑い、向うの栗の木は青い後光を放ちました。みんなはもう疲れて一郎をさきに野原をおりました。湧水のところで三郎はやっぱりだまってきっと口を結んだままみんなに別れてじぶんだけお父さんの小屋の方へ帰って行きました。

帰りながら嘉助が云いました。

「あいづやっぱり風の神だぞ。風の神の子っ子だぞ。あそごさ二人して巣食ってるんだぞ。」

「そだないよ。」一郎が高く云いました。

九月六日

次の日は朝のうちは雨でしたが、二時間目からだんだん明るくなって三時間目の終りの十分休みにはとうとうすっかりやみ、あちこちに削ったような青ぞらもできて、その下をまっ白な鱗雲《うろこ》がどんどん東へ走り、山の萱《かや》からも栗の木からも残りの雲が湯気のように立ちまし

＊おおむぞやな――とてもかわいそうだな。

た。

「下ったら葡萄《ぶどう》蔓とりに行がないが。」耕助が嘉助《かすけ》にそっと云《い》いました。

「行ぐ行ぐ。又三郎《またさぶろう》も行がないが。」嘉助がさそいました。耕助は、

「わあい、あそご又三郎さ教えるやないじゃ。」と云いましたが又三郎は知らないで、

「行くよ。ぼくは北海道でもとったぞ。ぼくのお母さんは樽《たる》へ二つつ漬けたよ。」と云いました。

「葡萄とりにおらも連でがないが。」二年生の承吉《しょうきち》も云いました。

「わがないじゃ。うなどさ教えるやないじゃ。おら去年な新らしいどご目附だじゃ。」

みんなは学校の済むのが待ち遠しかったのでした。五時間目が終ると、一郎と嘉助が佐太郎と耕助と悦治と又三郎と六人で学校から上流《かみ》の方へ登って行きました。少し行くと一けんの藁《わら》やねの家があって、その前に小さなたばこ畑がありました。たばこの木はもう下の方の葉をつんであるので、その青い茎が林のようにきれいにならんでいかにも面白そうでした。

するとと又三郎はいきなり、

「何だい、此の葉は。」と云いながら葉を一枚むしって一郎に見せました。すると一郎はびっくりして、

「わあ、又三郎、たばごの葉とるづど専売局にうんと叱られるぞ。わあ、又三郎何《な》してとった。」と少し顔いろを悪くして云いました。みんなも口々に云いました。

「わあい。専売局でぁ、この葉一枚ずつ数えて帖面さつけでるだ。おら知らないぞ。」

「おらも知らないぞ。」

「おらも知らないぞ。」みんな口をそろえてはやしました。

するとテ又三郎は顔をまっ赤《か》にして、しばらくそれを振り廻《ま》わして何か云おうと考えていましたが、

「おら知らないでとったんだい。」と怒ったように云いました。

みんなは怖そうに、誰か見ていないかというように向うの家を見ました。たばこばたけからもうもうとあがる湯気の向うで、その家はしいんとして誰も居たようではありませんでした。

「あの家一年生の小助《こすけ》の家だじゃい。」嘉助が少しなだめるように云いました。ところが耕助ははじめからじぶんの見附けた葡萄藪《ぶどうやぶ》へ、三郎だのみんなあんまり来て面白くなかったもんですから、意地悪くもいちど又三郎に云いました。

「わあ、又三郎なんぼ知らないたってわがないんだじゃ。わあい、又三郎もどの通りにしてまゆんだであ。」

又三郎は困ったようにしてまたしばらくだまっていましたが、

「そんなら、おいら此処《ここ》へ置いてくからいいや。」と云いながらさっきの木の根もとへそっとその葉を置きました。すると一郎は、

「早くあべ。」と云《い》って先にたってあるきだしましたのでみんなもついて行きましたが、耕《こう》助《すけ》だけはまだ残って、

「ほう、おら知らないぞ。ありゃ、又三郎《またさぶろう》の置いた葉、あすごにあるじゃい。」なんて云っているのでしたがみんながどんどん歩きだしたので耕助もやっとついて来ました。

みんなは萱《かや》の間の小さなみちを山の方へ少しのぼりますと、その南側に向いた窪《くぼ》みに栗の木があちこち立って、下には葡萄がもくもくした大きな藪になっていました。

「こごおれ見っ附《つけ》だのだがらみんなあんまりとるやないぞ。」耕助が云いました。

すると三郎は、

「おいら栗の方をとるんだい。」といって石を拾って一つの枝へ投げました。青いいがが一つ落ちました。

又三郎はそれを棒きれで剥《む》いて、まだ白い栗を二つとりました。みんなは葡萄の方へ一生けん命でした。

そのうち耕助がも一つの藪へ行こうと一本の栗の木の下を通りますと、いきなり上から雫《しずく》が一ぺんにざっと落ちてきましたので、耕助は肩からせなかから水へ入ったようになりました。耕助は愕《おど》いて口をあいて上を見ましたら、いつか木の上に又三郎がのぼっていて、なんだか少しわらいながらじぶんも袖ぐちで顔をふいていたのです。

「わあい、又三郎何する。」耕助はうらめしそうに木を見あげました。

「風が吹いたんだい。」三郎は上でくつくつわらいながら云いました。

耕助は樹《き》の下をはなれてまた別の藪で葡萄をとりはじめました。もう耕助はじぶんでも持てないくらいあちこちへためていて、口も紫いろになってまるで大きく見えました。

「さあ、このくらい持って戻らないが。」一郎が云いました。

「おら、もっと取ってぐじゃ。」耕助が云いました。

そのとき耕助はまた頭からつめたい雫をざあっとかぶりました。耕助はまたびっくりしたように木を見上げましたが今度は三郎は樹の上には居ませんでした。

けれども樹の向う側に又三郎の鼠《ねずみ》いろのひじも見えていましたし、くつくつ笑う声もしましたから、耕助はもうすっかり怒ってしまいました。

「わあい又三郎、まだひとさ水掛げだな。」

「風が吹いたんだい。」

みんなはどっと笑いました。

「わあい又三郎、うなそごで木ゆすったけぁなあ。」

みんなはどっとまた笑いました。

すると耕助はうらめしそうにしばらくだまって三郎の顔を見ながら、

「うあい又三郎汝《うな》などあ世界になくてもいなあぃ」すると又三郎はずるそうに笑いました。

「やあ耕助君失敬したねえ。」耕助は何かもっと別のことを云おうと思いましたがあんまり怒ってしまって考え出すことができませんでしたので又同じように叫びました。「うあい、うあいだが、又三郎《またさぶろう》、うなみだぃな風など世界中になくてもいいなあ、うわあい」「失敬したよ。だってあんまりきみもぼくへ意地悪をするもんだから。」又三郎は少し眼《め》をパチパチさせて気の毒そうに云《い》いました。けれども耕助のいかりは仲々解けませんでした。そして三度同じことをくりかえしたのです。「うわい、又三郎風などあ世界中に無くてもいいな、うわい」すると又三郎は少し面白くなったようでまたくつくつ笑いだしてたずねました。「風が世界中に無くってもいいってどう云うんだい。いいと箇条をたてていってごらん、そら」又三郎は先生みたいな顔つきをして指を一本だしました。耕助は試験のようだしつまらないことになったと思って大へん口惜《くや》しかったのですが仕方なくしばらく考えてから云いました。「汝《うな》など悪戯《いたずら》ばりさな、傘ぶっ壊《か》したり」「それからそれから」又三郎は面白そうに一足進んで云いました。「それがら樹《き》折ったり転覆《おつけあ》したりさな」「それから、それからどうだい」「家もぶっ壊さな」「それからそれから、あとはどうだい」「あかしも消さな、」*

「それからあとは？　それからあとは？　どうだい」「シャップもとばさな」

「それから？　それからあとは？　あとはどうだい。」「笠もとばさな。」「それからそれから」「それがらうう電信ばしらも倒さな」「それから？　それから？　それから？」

「それがら屋根もとばさな」「アアハハハ屋根は家のうちだい。どうだいまだあるかい。それからそれからそれから？」「それだがら、うう、それだがらランプも消さな。」

「アアハハハ、ランプはあかしのうちだい。けれどそれだけかい。え、おい。それから？それからそれから。」

耕助はつまってしまいました。大抵もう云ってしまったのですからいくら考えてももう出ませんのでした。又三郎はいよいよ面白そうに指を一本立てながら「それから？それから？ええ？それから」と云うのでした。

耕助は顔を赤くしてしばらく考えてからやっと答えました。「風車もぶっ壊さな」すると又三郎はこんどこそはまるで飛び上って笑ってしまいました。みんなも笑いました。笑って笑って笑いました。

又三郎はやっと笑うのをやめて云いました。

「そらごらんとうとう風車などを云っちゃったろう。風車なら風を悪く思っちゃいないんだよ、勿論《もちろん》時々こわすこともあるけれども廻《まわ》してやる時の方がずっと多いんだ。風車ならちっとも風を悪く思っていないんだ。それに第一お前のさっきからの数えようはあんまりおかしいや。うう、うう、でばかりいたんだろう。おしまいにとうとう風車なんか数えちゃった、ああおかしい」又三郎は又泪の出るほど笑いました。耕助もさっきからあんまり困ったために怒っていたのもだんだん忘れて来ました、そしてつい又三郎といっしょに笑い出してしまったのです、すると又三郎もすっかりきげんを直して、「耕助君、いたずらをして済まなか

＊あかし—明かり。

ったよ」と云《い》いました。
「さあそれでぁ行ぐべな。」と一郎は云いながら又三郎《またさぶろう》にぶどうを五ふさばかりくれました。又三郎は白い栗をみんなに二つずつ分けました。そしてみんなは下のみちまでいっしょにおりてあとはめいめいのうちへ帰ったのです。

九月七日

次の朝は霧がじめじめ降って学校のうしろの山もぼんやりしか見えませんでした。ところが今日も二時間目ころからだんだん晴れて間もなく空はまっ青《さお》になり日はかんかん照って午《ひる》になって三年から下が下ってしまうとまるで夏のように暑くなってしまいました。

ひるすぎは先生もたびたび教壇で汗を拭き四年生の習字も五年生六年生の図画もまるでむし暑くて書きながらうとうとするのでした。

授業が済むとみんなはすぐ川下の方へそろって出掛けました。嘉助《かすけ》が「又三郎水泳《みずあ》びに行がないが。小さいやづど今ころみんな行ってるぞ。」と云いましたので又三郎もついて行きました。

そこはこの前上の野原へ行ったところよりもも少し下流で右の方からも一つの谷川がはいって来て少し広い河原になりそのすぐ下流は巨《おお》きなさいかち*の樹《き》の生えた崖《がけ》になっているの

でした。「おおい。」とさきに来ているこどもらがはだかで両手をあげて叫びました。一郎やみんなは、河原のねむの木の間をまるで徒競走のように走っていきなりきものをぬぐとすぐどぶんどぶんと水に飛び込んで両足をかわるがわる曲げてだぁんだぁんと水をたたくようにしながら斜めにならんで向う岸へ泳ぎはじめました。

前に居たこどもらもあとから追い付いて泳ぎはじめました。

又三郎もきものをぬいでみんなのあとから泳ぎはじめましたが、途中で声をあげてわらいました。

すると向う岸についた一郎が、髪をあざらしのようにして唇を紫にしてわくわくふるえながら、「わあ又三郎、何《な》してわらった。」と云いました。又三郎はやはりふるえながら水からあがって「この川冷たいなあ。」と云いました。

「又三郎何してわらった?」一郎はまたききました。

「おまえたちの泳ぎ方はおかしいや。なぜ足をだぶだぶ鳴らすんだい。」と云いながらまた笑いました。

「うわあい、」と一郎は云いましたが何だかきまりが悪くなったように

「石取りさなぃが。」と云いながら白い円《まる》い石をひろいました。

「するする」こどもらがみんな叫びました。

＊さいかち——マメ科の落葉高木で野山や河原に自生する。茎や枝にとげがある。

おれそれでぁあの木の上から落すがらな。と一郎は云《い》いながら崖《がけ》の中ごろから出ているさいかちの木へするする昇って行きました。そして「さあ落すぞ。一二三。」と云《い》いながら、その白い石をどぶーんと淵《ふち》へ落しました。みんなはわれ勝に岸からまっさかさまに水にとび込んで青白いらっこのような形をして底へ潜ってその石をとろうとしました。けれどもみんな底まで行かないに息がつまって浮びだして来て、かわるがわるふうとそらへ霧をふきました。

又三郎《またさぶろう》はじっとみんなのするのを見ていましたが、みんなが浮んできてからじぶんもどぶんとはいって行きました。けれどもやっぱり底まで届かずに浮いてきたのでみんなはどっと笑いました。そのとき向うの河原のねむの木のところを大人が四人、肌《はだ》ぬぎになったり網をもったりしてこっちへ来るのでした。

すると一郎は木の上でまるで声をひくくしてみんなに叫びました。

「おお、*発破《はっぱ》だぞ。知らないふりしてろ。石とりやめで早ぐみんな下流《しも》さ流さがれ。」そこでみんなは、なるべくそっちを見ないふりをしながらいっしょに下流の方へ泳ぎました。一郎は、木の上で手を額にあてて、もう一度よく見きわめてから、どぶんと逆《さかさ》まに淵へ飛びこみました。それから水を潜《くぐ》って、一ぺんにみんなへ追いついたのです。

みんなは、淵の下流《しも》の、瀬になったところに立ちました。「知らないふりして遊んでろ。みんな。」一郎が云いました。みんなは、砥石《といし》をひろったり、*せきれいを追ったりして、発破のことなぞ、すこしも気がつかないふりをしていました。

　すると向うの淵の岸では、下流の坑夫をしていた庄助が、しばらくあちこち見まわしてから、いきなりあぐらをかいて、砂利《じゃり》の上へ座ってしまいました。それからゆっくり、腰からたばこ入れをとって、きせるをくわいて、ぱくぱく煙をふきだしました。奇体だと思っていましたら、また腹かけから、何か出しました。「発破だぞ、発破だぞ。」とみんな叫びました。一郎は、手をふってそれをとめました。庄助は、きせるの火を、しずかにそれへうつしました。うしろに居た一人は、すぐ水に入って、網をかまえました。庄助は、まるで落ちついて、立って一あし水にはいると、すぐその持ったものを、さいかちの木の下のところへ投げこみました。するとまもなく、ぼぉというようなひどい音がして、水はむくっと盛りあがり、それからしばらく、そこらあたりがきぃんと鳴りました。向うの大人たちは、みんな水へ入りました。

「さあ、流れて来るぞ。みんなとれ。」と一郎が云いました。まもなく、耕助は小指ぐらいの茶いろなかじかが、横向きになって流れて来たのをつかみましたしそのうしろでは嘉助《かすけ》が、まるで瓜《うり》をすするときのような声を出しました。それは六寸ぐらいある鮒《ふな》をとって、顔をまっ赤《か》にしてよろこんでいたのです。それからみんなとってわあわあよろこびました。「だまってろ、だまってろ。」一郎が云いました。

＊発破—火薬で爆破すること。　＊せきれい—セキレイ科の鳥。

そのとき、向うの白い河原を、肌《はだ》ぬぎになったり、シャツだけ着たりした大人が、五六人かけて来ました。そのうしろからは、ちょうど活動写真のように、一人の網シャツを着た人が、はだか馬に乗って、まっしぐらに走って来ました。みんな発破の音を聞いて見に来たのです。

庄助は、しばらく腕を組んでみんなのとるのを見ていましたが、「さっぱり居なぃな。」と云《い》いました。すると又三郎《またさぶろう》がいつのまにか庄助のそばへ行っていました。そして中くらいの鮒《ふな》を二疋《ひき》「魚返すよ。」といって河原へ投げるように置きました。するど庄助が

「何だこの童《わらす》ぁ、きたいなやづだな。」と云《い》いながらじろじろ又三郎を見ました。又三郎はだまってこっちへ帰ってきました。庄助は変な顔をしてみています。みんなはどっとわらいました。

庄助はだまって、また上流《かみ》へ歩きだしました。ほかのおとなたちもついて行き網シャツの人は、馬に乗って、またかけて行きました。耕助が泳いで行って三郎の置いて来た魚を持ってきました。みんなはそこでまたわらいました。

「発破《はっぱ》かけだら、雑魚《ざこ》撒《ま》かせ。」嘉助《かすけ》が、河原の砂っぱの上で、ぴょんぴょんはねながら、高く叫びました。

みんなは、とった魚を、石で囲んで、小さな生洲をこしらえて、生き返っても、もう遁《に》げ

て行かないようにして、また上流のさいかちの樹《き》へのぼりはじめました。ほんとうに暑くなって、ねむの木もまるで夏のようにぐったり見えましたし、空もまるで底なしの淵《ふち》のようになりました。

そのころ誰かが、

「あ、生洲、打壊《ぶっこわ》すとこだぞ。」と叫びました。見ると、一人の変に鼻の尖《とが》った、洋服を着てわらじをはいた人が、手にはステッキみたいなものをもって、みんなの魚を、ぐちゃぐちゃ掻《か》きまわしているのでした。

「あ、あいづ専売局だぞ。専売局だぞ。」佐太郎が云いました。

「又三郎、うなのとった煙草《たばこ》の葉めっけだんだぞ。うな、連れでぐさ来たぞ。」嘉助が云いました。

「何だい。こわくないや。」又三郎はきっと口をかんで云いました。

「みんな又三郎のごと囲んでろ囲んでろ。」と一郎が云いました。

そこでみんなは又三郎をさいかちの樹のいちばん中の枝に置いてまわりの枝にすっかり腰かけました。

その男はこっちへびちゃびちゃ岸をあるいて来ました。

「来た来た来た来た来たっ。」とみんなは息をころしました。ところがその男は、別に又三郎をつかまえる風でもなくみんなの前を通りこしてそれから淵のすぐ上流の浅瀬をわたろうとしました。それもすぐに河をわたるでもなく、いかにもわらじや脚絆《きゃはん》の汚なくなったのを、そのまま洗うというふうに、もう何べんも行ったり来たりするもんですから、みんなはだんだん怖くなくなりましたがその代り気持ちが悪くなってきました。そこで、とうとう、一郎が云《い》いました。

「お、おれ先に叫ぶから、みんなあとから、一二三で叫ぶこだ。いいか。

あんまり川を濁すなよ、

いつでも先生《せんせ》云うでなぃか。一、二ぃ、三。」

「あんまり川を濁すなよ、

いつでも先生云うでなぃか。」その人は、びっくりしてこっちを見ましたけれども、何を云ったのかよくわからないというようすでした。そこでみんなはまた云いました。

「あんまり川を濁すなよ、

いつでも先生、云うでなぃか。」鼻の尖《とが》った人は、すぱすぱと、煙草《たばこ》を吸うときのような口つきで云いました。

「この水呑《の》むのか、ここらでは。」

「あんまり川をにごすなよ、

いつでも先生云うでなぃか。」鼻の尖った人は、少し困ったようにして、また云いました。

「川をあるいてわるいのか。」

「あんまり川をにごすなよ、

いつでも先生云うでないか。」その人は、あわてたのをごまかすように、わざとゆっくり、川をわたって、それから、アルプスの探検みたいな姿勢をとりながら、青い粘土と赤砂利《あかじゃり》の崖《がけ》をななめにのぼって、崖の上のたばこ畠へはいってしまいました。すると又三郎《またさぶろう》は「何だいぼくを連れにきたんじゃないや」と云いながらまっ先にどぶんと淵《ふち》へとび込みました。

みんなも何だかその男も又三郎も気の毒なような、おかしいながらんとした気持ちになりながら、一人ずつ木からはね下りて、河原に泳ぎついて、魚を手拭につつんだり、手にもったりして、家に帰りました。

九月八日

次の朝授業の前みんなが運動場で鉄棒にぶら下ったり棒かくしをしたりしていますと少し遅れて佐太郎が何かを入れた笊《ざる》をそっと抱えてやって来ました。「何だ、何なんだ。何だ。」とすぐみんな走って行ってのぞき込みました。すると佐太郎は袖でそれをかくすようにして急いで学校の裏の岩穴のところへ行きました。みんなはいよいよあとを追って行きました。一郎がそれをのぞくと思わず顔いろを変えました。それは魚の毒もみ*につかう山椒《さんしょう》の粉で、

＊毒もみ―川へ毒をもみ出し、浮かび上がってきた魚をとること。

それを使うと発破《はっぱ》と同じように巡査に押えられるのでした。ところが佐太郎はそれを岩穴の横の萱《かや》の中へかくして、知らない顔をして運動場へ帰りました。そこでみんなはひそひそ時間になるまでひそひそその話ばかりしていました。

その日も十時ごろからやっぱり昨日のように暑くなりました。みんなはもう授業の済むのばかり待っていました。二時になって五時間目が終ると、もうみんな一目散に飛びだしました。佐太郎も又笊《ざる》をそっと袖でかくして耕助だのみんなに囲まれて河原へ行きました。又三《またさぶ》郎《ろう》は嘉助《かすけ》と行きました。みんなは町の祭のときの瓦斯《ガス》のような匂《におい》のむっとする、ねむの河原を急いで抜けて、いつものさいかち淵《ぶち》に着きました。すっかり夏のような立派な雲の峰が、東でむくむく盛りあがり、さいかちの木は青く光って見えました。みんな急いで着物をぬいで、淵の岸に立つと、佐太郎が一郎の顔を見ながら云《い》いました。

「ちゃんと一列にならべ。いいか、魚浮いて来たら、泳いで行ってとれ。とったくらい与《や》るぞ。いいか。」小さなこどもらは、よろこんで顔を赤くして、押しあったりしながら、ぞろっと淵を囲みました。ぺ吉だの三四人は、もう泳いで、さいかちの木の下まで行って待っていました。

佐太郎、大威張りで、上流の瀬に行って笊をじゃぶじゃぶ水で洗いました。みんなしぃんとして、水をみつめて立っていました。又三郎は水を見ないで、向うの雲の峰の上を通る黒い鳥を見ていました。一郎も河原に座って石をこちこち叩《たた》いていました。ところがそれからよほどたっても、魚は浮いて来ませんでした。

佐太郎はたいへんまじめな顔で、きちんと立って水を見ていました。昨日発破をかけたときなら、もう十疋《ぴき》もとっていたんだ、とみんなは思いました。またずいぶんしばらくみんなしぃんとして待ちました。けれどもやっぱり、魚は一ぴきも浮いて来ませんでした。

「さっぱり魚、浮ばないな。」耕助が叫びました。佐太郎はびくっとしましたけれども、まだ一心に水を見ていました。

「魚さっぱり浮ばないな。」ぺ吉がまた向うの木の下で云いました。するともうみんなは、がやがや云い出して、みんな水に飛び込んでしまいました。

佐太郎は、しばらくきまり悪そうに、しゃがんで水を見ていましたけれど、とうとう立って、

「鬼っこしないか。」と云った。「する、する。」みんなは叫んで、じゃんけんをするために、水の中から手を出しました。泳いでいたものは、急いでせいの立つところまで行って手を出しました。一郎も河原から来て手を出しました。そして一郎は、はじめに、昨日あの変な鼻の尖《とが》った人の上って行った崖《がけ》の下の、青いぬるぬるした粘土のところを根っこにきめました。そこに取りついていれば、鬼は押えることができないというのでした。それから、はさみ無しの一人まけかちで、じゃんけんをしました。ところが、悦治はひとりはさみを出したので、みんなにうんとはやされたほかに鬼になった。悦治は、唇を紫いろにして、河原を走って、

喜作《きさく》を押えたので、鬼は二人になりました。それからみんなは、砂っぱの上や淵《ふち》を、あっちへ行ったり、こっちへ来たり、押えたり押えられたり、何べんも鬼っこをしました。

しまいにとうとう、又三郎《またさぶろう》一人が鬼になりました。又三郎はまもなく吉郎《きちろう》をつかまえました。みんなは、さいかちの木の下に居てそれを見ていました。すると又三郎が、「吉郎君、きみは上流《かみ》から追って来るんだよ、いいか。」と云《い》いながら、じぶんはだまって立って見ていました。吉郎は、口をあいて手をひろげて、上流から粘土の上を追って来ました。みんなは淵へ飛び込む仕度《したく》をしました。一郎は楊《やなぎ》の木にのぼりました。そのとき吉郎が、あの上流の粘土が、足についていたためにみんなの前ですべってころんでしまいました。みんなは、わあわあ叫んで、吉郎をはねこえたり、水に入ったりして、上流の青い粘土の根に上ってしまいました。

「又三郎、来《こ》。」嘉助《かすけ》は立って、口を大きくあいて、手をひろげて、又三郎をばかにしました。すると又三郎は、さっきからよっぽど怒っていたとみえて、「ようし、見ていろよ。」と云いながら、本気になって、ざぶんと水に飛び込んで、一生けん命、そっちの方へ泳いで行きました。又三郎の髪の毛が赤くてばしゃばしゃしているのにあんまり永く水につかって唇もすこし紫いろなので子どもらは、すっかり恐がってしまいました。第一、その粘土のところはせまくて、みんながはいれなかったのにそれに大へんつるつるすべる坂になっていましたから、下の方の四五人などは、上の人につかまるようにして、やっと川へすべり落ちるのをふせいでいたのでした。一郎だけが、いちばん上で落ち着いて、さあ、みんな、とか何とか相談らしいことをはじめました。みんなもそこで、頭をあつめて聞いています。又三郎は、ぼちゃぼちゃ、もう近くまで行きました。みんなは、ひそひそはなしています。すると又三郎は、いきなり両手で、みんなへ水をかけ出した。みんながばたばた防いでいましたら、だんだん粘土がすべって来て、なんだかすこうし下へずれたようになりました。又三郎はよろこんで、いよいよ水をはねとばしました。するとみんなは、ぼちゃんぼちゃんと一度に水にすべって落ちました。又三郎は、それを片っぱしからつかまえました。一郎もつかまりました。嘉助がひとり、上をまわって泳いで遁《に》げましたら、又三郎はすぐに追い付いて、押えたほかに、腕をつかんで四五へんぐるぐる引っぱりまわしました。嘉助は、水を呑《の》んだと見えて、霧をふいて、ごぼごぼむせて、

「おいらもうやめた。こんな鬼っこもうしない。」と云いました。小さな子どもらはみんな砂利《じゃり》に上ってしまいました。又三郎は、ひとりさいかちの樹《き》の下に立ちました。

ところが、そのときはもう、そらがいっぱいの黒い雲で、楊も変に白っぽくなり、山の草はしんしんとくらくなりそこらは何とも云われない、恐ろしい景色にかわっていました。

そのうちに、いきなり上の野原のあたりで、ごろごろごろと雷が鳴り出しました。と思うと、まるで山つなみのような音がして、一ぺんに夕立がやって来ました。風までひゅうひゅう吹きだしました。淵の水には、大きなぶちぶちがたくさんできて、水だか石だかわからな

くなってしまいました。みんなは河原から着物をかかえて、ねむの木の下へ遁《に》げこみました。するとまた又三郎《またさぶろう》も何だかはじめて怖くなったと見えてさいかちの木の下からどぼんと水へはいってみんなの方へ泳ぎだしました。すると、誰ともなく、
「雨はざっこざっこ雨三郎
風はどっこどっこ又三郎」と叫んだものがありました。みんなもすぐ声をそろえて叫びました。
「雨はざっこざっこ雨三郎
風はどっこどっこ又三郎」
すると又三郎はまるであわてて、何かに足をひっぱられるように淵《ふち》からとびあがって一目散にみんなのところに走ってきてがたがたふるえながら
「いま叫んだのはおまえらだちかい。」とききました。
「そでない、そでない。」みんないっしょに叫びました。ぺ吉がまた一人出て来て、「そでない。」と云《い》いました。又三郎は、気味悪そうに川のほうを見ましたが色のあせた唇をいつものようにきっと噛んで「何だい。」と云いましたが、からだはやはりがくがくふるっていました。
そしてみんなは雨のはれ間を待ってめいめいのうちへ帰ったのです。

九月十二日　第十二日

「どっどど　どどうど　どどうど　どどう
青いくるみも、吹きとばせ
すっぱいかりんも吹きとばせ
どっどど　どどうど　どどうど　どどう
どっどど　どどうど　どどうど　どどう」

先頃又三郎から聞いたばかりのあの歌を一郎は夢の中で又きいたのです。

びっくりして跳ね起きて見ると外ではほんとうにひどく風が吹いて林はまるで咆《ほ》えるよう、あけがた近くの青ぐろい、うすあかりが障子や棚の上の提灯《ちょうちん》箱や家中一っぱいでした。一郎はすばやく帯をしてそして下駄《げた》をはいて土間を下り馬屋の前を通って潜《くぐ》りをあけましたら風がつめたい雨の粒と一緒にどうっと入って来ました。

馬屋のうしろの方で何か戸がばたっと倒れ馬はぶるるっと鼻を鳴らしました。一郎は風が胸の底まで滲《し》み込んだように思ってはあと強く息を吐きました。そして外へかけだしました。外はもうよほど明るく土はぬれて居りました。家の前の栗の木の列は変に青く白く見えてそれがまるで風と雨とで今洗濯をするとでも云うように烈しくもまれていました。青い葉も幾枚も吹き飛ばされちぎられた青い栗のいがは黒い地面にたくさん落ちていました。空では雲がけわしい灰色に光りどんどんどんどんどん北の方へ吹きとばされていました。遠くの方の林はまるで海が荒れているようにごとんごとんと鳴ったりざっと聞えたりするのでした。一郎は顔いっぱいに冷たい雨の粒を投げつけられ風に着物をもって行かれそうになりながらだまってその音をききすましじっと空を見上げました。

　すると胸がさらさらと波をたてるように思いました。けれども又じっとその鳴って吠えてうなってかけて行く風をみていますと今度は胸がどかどかなってくるのでした。昨日まで丘や野原の空の底に澄みきってしんとしていた風が今朝《けさ》夜あけ方俄《にわ》かに一斉《いっせい》にこう動き出してどんどんどんどん*タスカロラ海床《かいしょう》の北のはじをめがけて行くことを考えますともう一郎は顔がほてり息もはあ、はあ、なって自分までが一緒に空を翔《か》けて行くような気持ちになって胸を一ぱいはって息をふっと吹きました。

「ああひで風だ。今日はたばこも粟《あわ》もすっかりやらえる。」と一郎のおじいさんが潜《くぐ》りのところに立ってじっと空を見ています。一郎は急いで井戸からバケツに水を一ぱい汲んで台所をぐんぐん拭きました。それから金《かな》だらいを出して顔をぶるぶる洗うと戸棚《とだな》から冷たいごはんと味噌《みそ》をだしてまるで夢中でざくざく喰《た》べました。

「一郎、いまお汁《つけ》できるから少し待ってだらよ。何《な》して今朝そったに早く学校へ行がなぃやなぃがべ。」

　お母さんは馬にやる〔一字空白〕を煮るかまどに木を入れながらききました。

「うん。又三郎《またさぶろう》は飛んでったがも知れないもや。」

「又三郎って何だてや。鳥こだてが。」

「うん又三郎っていうやづよ。」一郎は急いでごはんをしまうと椀をこちこち洗って、それから台所の釘《くぎ》にかけてある油合羽《あぶらがつぱ》を着て下駄はもってはだしで嘉助《かすけ》をさそいに行きました。嘉助はまだ起きたばかりで「いまごはんだべて行ぐがら。」と云《い》いましたので一郎はしばらくうまやの前で待っていました。

まもなく嘉助は小さい簑《みの》を着て出てきました。

烈《はげ》しい風と雨にぐしょぬれになりながら二人はやっと学校へ来ました。昇降口からはいって行きますと教室はまだしいんとしていましたがところどころの窓のすきまから雨が板にはいって板はまるでざぶざぶしていました。一郎はしばらく教室を見まわしてから「嘉助、二人して水掃ぐべな。」と云ってしゅろ箒《ぼうき》をもって来て水を窓の下の孔《あな》へはき寄せていました。

するともう誰か来たのかというように奥から先生が出てきましたがふしぎなことは先生があたり前の単衣《ひとえ》をきて赤いうちわをもっているのです。「たいへん早いですね。あなた方二人で教室の掃除をしているのですか。」先生がききました。

「先生お早うございます。」一郎が云いました。

「先生お早うございます。」と嘉助も云いましたが、すぐ

＊タスカロラ海床――千島・カムチャツカ海溝の真ん中あたりの特に深いところ。

「先生、又三郎《またさぶろう》今日来るのすか。」とききました。先生はちょっと考えて「又三郎って高田さんですか。ええ、高田さんは昨日《きのう》お父さんといっしょにもう外《ほか》へ行きました。日曜なのでみなさんにご挨拶《あいさつ》するひまがなかったのです。」「先生飛んで行ったのすか。」嘉助《かすけ》がききました。「いいえ、お父さんが会社から電報で呼ばれたのです。お父さんはもいちどちょっとこっちへ戻られるそうですが高田さんはやっぱり向うの学校に入るのだそうです。向うにはお母さんも居られるのですから。」

「何《な》して会社で呼ばったべす。」一郎がききました。

「ここのモリブデンの鉱脈《こうみやく》は当分手をつけないことになった為なそうです。」

「そうだなぃな。やっぱりあいづは風の又三郎だったな。」

嘉助が高く叫びました。宿直室の方で何かごとごと鳴る音がしました。先生は赤いうちわをもって急いでそっちへ行きました。

二人はしばらくだまったまま相手がほんとうにどう思っているか探るように顔を見合せたまま立ちました。

風はまだやまず、窓がらすは雨つぶのために曇りながらまだがたがた鳴りました。

セロ弾きのゴーシュ

ゴーシュ*は町の活動写真館でセロを弾く係りでした。けれどもあんまり上手でないという評判でした。上手でないどころではなく実は仲間の楽手のなかではいちばん下手でしたから、いつでも楽長にいじめられるのでした。

ひるすぎみんなは楽屋に円《まる》くならんで今度の町の音楽会へ出す第六交響曲*の練習をしていました。

トランペットは一生けん命歌っています。

ヴァイオリンも二いろ風のように鳴っています。

クラリネットもボーボーとそれに手伝っています。

ゴーシュも口をりんと結んで眼《め》を皿のようにして楽譜を見つめながらもう一心に弾いています。

にわかにぱたっと楽長が両手を鳴らしました。みんなぴたりと曲をやめてしんとしました。

*ゴーシュ―フランス語では、左の意味から、不器用な、などの意味がある。

*第六交響曲―ベートーベンの第六交響曲「田園」のこと。

楽長がどなりました。

「セロがおくれた。トォテテ、テテテイ、ここからやり直し。はいっ。」みんなは今の所の少し前の所からやり直しました。ゴーシュは顔をまっ赤にして額に汗を出しながらやっといま云《い》われたところを通りました。ほっと安心しながら、つづけて弾いていますと楽長がまた手をぱっと拍《う》ちました。

「セロっ。糸が合わない。困るなあ。ぼくはきみにドレミファを教えてまでいるひまはないんだがなあ。」みんなは気の毒そうにしてわざとじぶんの譜をのぞき込んだりじぶんの楽器をはじいて見たりしています。ゴーシュはあわてて糸を直しました。これはじつはゴーシュも悪いのですがセロもずいぶん悪いのでした。

「今の前の小節から。はいっ。」

みんなはまたはじめました。ゴーシュも口をまげて一生けん命です。そしてこんどはかなり進みました。いいあんばいだと思っていると楽長がおどすような形をしてまたぱたっと手を拍ちました。またかとゴーシュはどきっとしましたがありがたいことにはこんどは別の人でした。ゴーシュはそこでさっきじぶんのときみんながしたようにわざとじぶんの譜へ眼《め》を近づけて何か考えるふりをしていました。「ではすぐ今の次。はいっ。」

そらと思って弾き出したかと思うといきなり楽長が足をどんと踏んでどなり出しました。

「だめだ。まるでなっていない。このへんは曲の心臓なんだ。それがこんながさがさしたことで。諸君。演奏までもうあと十日しかないんだよ。音楽を専門にやっているぼくらがあの*金沓鍛冶《かなぐつかじ》だの砂糖屋の*丁稚《でっち》なんかの寄り集りに負けてしまったらいったいわれわれの面目《めんぼく》はどうなるんだ。おいゴーシュ君。君には困るんだがなあ。表情ということがまるでできてない。怒るも喜ぶも感情というものがさっぱり出ないんだ。それにどうしてもぴたっと外の楽器と合わないもなあ。いつでもきみだけとけた靴のひもを引きずってみんなのあとをついてあるくようなんだ、困るよ、しっかりしてくれないとねえ。光輝《こうき》あるわが金星音楽団がきみ一人のために悪評をとるようなことでは、みんなへもまったく気の毒だからな。では今日は練習はここまで、休んで六時にはかっきりボックスへ入ってくれ給《たま》え。」みんなはおじぎをして、それからたばこをくわえてマッチをすったりどこかへ出て行ったりしました。ゴーシュはその粗末な箱みたいなセロをかかえて壁の方へ向いて口をまげてぼろぼろ泪《なみだ》をこぼしましたが、気をとり直してじぶんだけたったひとりいまやったところをはじめからしずかにもいちど弾きはじめました。

その晩遅くゴーシュは何か巨《おお》きな黒いものをしょってじぶんの家へ帰ってきました。家といってもそれは町はずれの川ばたにあるこわれた水車小屋で、ゴーシュはそこにたった一人ですんでいて午前は小屋のまわりの小さな畑でトマトの枝をきったり甘藍《キャベジ》の虫をひろったり

＊金沓鍛冶――馬の蹄鉄を打つ鍛冶屋。

＊丁稚――商人や職人の家に奉公する少年。小僧。

してひるすぎになるといつも出て行っていたのです。ゴーシュがうちへ入ってあかりをつけるとさっきの黒い包みをあけました。それは何でもない。あの夕方のごつごつしたセロでした。ゴーシュはそれを床の上にそっと置くと、いきなり棚からコップをとってバケツの水をごくごくのみました。

それから頭を一つふって椅子へかけるとまるで虎みたいな勢《いきおい》でひるの譜を弾きはじめました。譜をめくりながら弾いては考え考えては弾き一生けん命しまいまで行くとまたはじめからなんべんもなんべんもごうごうごうごう弾きつづけました。

夜中もとうにすぎてしまいはもうじぶんが弾いているのかもわからないようになって顔もまっ赤になり眼《め》もまるで血走ってとても物凄《ものすご》い顔つきになりいまにも倒れるかと思うように見えました。

そのとき誰かうしろの扉《と》をとんとんと叩《たた》くものがありました。

「ホーシュ君か。」ゴーシュはねぼけたように叫びました。ところがすうと扉を押してはいって来たのはいままで五六ぺん見たことのある大きな三毛猫《みけねこ》でした。ゴーシュの畑からとった半分熟したトマトをさも重そうに持って来てゴーシュの前におろして云《い》いました。

「ああくたびれた。なかなか運搬はひどいやな。」

「何だと」ゴーシュがききました。

「これおみやです。たべてください。」三毛猫が云いました。

ゴーシュはひるからのむしゃくしゃを一ぺんにどなりつけました。

「誰がきさまにトマトなど持ってこいと云った。第一おれがきさまらのもってきたものなど食うか。それからそのトマトだっておれの畑のやつだ。何だ。赤くもならないやつをむしって。いままでもトマトの茎をかじったりけちらしたりしたのはおまえだろう。行ってしまえ。ねこめ。」

すると猫は肩をまるくして眼をすぼめてはいましたが口のあたりでにやにやわらって云いました。

「先生、そうお怒りになっちゃ、おからだにさわります。それよりシューマンのトロメライをひいてごらんなさい。きいてあげますから。」

「生意気なことを云うな。ねこのくせに。」

セロ弾きはしゃくにさわってこのねこのやつどうしてくれようとしばらく考えました。

「いやご遠慮はありません。どうぞ。わたしはどうも先生の音楽をきかないとねむられないんです。」

「生意気だ。生意気だ。生意気だ。」

ゴーシュはすっかりまっ赤になってひるま楽長のしたように足ぶみしてどなりましたがにわかに気を変えて云いました。

「では弾くよ。」ゴーシュは何と思ったか扉《と》にかぎをかって窓もみんなしめてしまい、それからセロをとりだしてあかしを消しました。すると外から二十日過ぎの月のひかりが室《へや》のなかへ半分ほどはいってきました。

「何をひけと。」

「トロメライ、ロマチックシューマン作曲。」猫は口を拭《ふ》いて済まして云《い》いました。

「そうか。トロメライというのはこういうのか。」

セロ弾きは何と思ったかまずはんけちを引きさいてじぶんの耳の穴へぎっしりつめました。それからまるで嵐のような勢《いきおい》で「*印度《インド》の虎狩《とらがり》」という譜を弾きはじめました。

すると猫はしばらく首をまげて聞いていましたがいきなりパチパチパチッと眼《め》をしたかと思うとぱっと扉の方へ飛びのきました。そしていきなりどんと扉へからだをぶっつけましたが扉はあきませんでした。猫はさあこれはもう一生一代の失敗をしたという風にあわてだして眼や額からぱちぱち火花を出しました。するとこんどは口のひげからも鼻からも出ましたから猫はくすぐったがってしばらくくしゃみをするような顔をしてそれからまたさあこうしてはいられないぞというようにはせあるきだしました。ゴーシュはすっかり面白くなってますます勢よくやり出しました。

「先生もうたくさんです。たくさんですよ。ご生《しょう》ですからやめてください。これからもう先生のタクトなんかとりませんから。」

「だまれ。これから虎をつかまえる所だ。」

猫はくるしがってはねあがってまわったり壁にからだをくっつけたりしましたが壁についたあとはしばらく青くひかるのでした。しまいは猫はまるで風車のようにぐるぐるぐるぐるゴーシュをまわりました。

ゴーシュもすこしぐるぐるして来ましたので、「さあこれで許してやるぞ」と云いながらようようやめました。

するとか猫もけろりとして

「先生、こんやの演奏はどうかしてますね。」と云いました。

セロ弾きはまたぐっとしゃくにさわりましたが何気ない風で巻たばこを一本だして口にくわいそれからマッチを一本とって

「どうだい。工合《ぐあい》をわるくしないかい。舌を出してごらん。」

猫はばかにしたように尖《とが》った長い舌をベロリと出しました。

「ははあ、少し荒れたね。」セロ弾きは云いながらいきなりマッチを舌でシュッとすってじぶんのたばこへつけました。さあ猫は愕《おどろ》いたの何の舌を風車のようにふりまわしながら入口の扉へ行って頭でどんとぶっつかってはよろよろとしてまた戻って来てどんとぶっつかってはよろよろまた戻って来てまたぶっつかってはよろよろにげみちをこさえようとしました。

＊印度の虎狩——「印度へ虎狩りにですって」というダンス音楽が実在する。

ゴーシュはしばらく面白そうに見ていましたが
「出してやるよ。もう来るなよ。ばか。」
セロ弾きは扉《と》をあけて猫が風のように萱《かや》のなかを走って行くのを見てちょっとわらいました。それから、やっとせいせいしたというようにぐっすりねむりました。

次の晩もゴーシュがまた黒いセロの包みをかついで帰ってきました。そして水をごくごくのむとそっくりゆうべのとおりぐんぐんセロを弾きはじめました。十二時は間もなく過ぎ一時もすぎ二時もすぎてもゴーシュはまだやめませんでした。それからもう何時だかもわからず弾いているかもわからずごうごうやっていますと誰か屋根裏をこっこっと叩《たた》くものがあります。

「猫、まだこりないのか。」

ゴーシュが叫びますといきなり天井の穴からぽろんと音がして一疋《ぴき》の灰いろの鳥が降りて来ました。床へとまったのを見るとそれはかっこうでした。

「鳥まで来るなんて。何の用だ。」ゴーシュが云《い》いました。

「音楽を教わりたいのです。」

かっこう鳥はすまして云いました。

ゴーシュは笑って

「音楽だと。おまえの歌は、かっこう、かっこうというだけじゃあないか。」

するとかっこうが大へんまじめに
「ええ、それなんです。けれどもむずかしいですからねえ。」と云いました。

「むずかしいもんか。おまえたちのはたくさん啼《な》くのがひどいだけで、なきようは何でもないじゃないか。」

「ところがそれがひどいんです。たとえばかっこうとこうなくのとかっこうとこうなくのとでは聞いていてもよほどちがうでしょう。」

「ちがわないね。」

「ではあなたにはわからないんです。わたしらのなかまならかっこうと一万云えば一万みんなちがうんです。」

「勝手だよ。そんなにわかってるなら何もおれの処《ところ》へ来なくてもいいではないか。」

「ところが私はドレミファを正確にやりたいんです。」

「ドレミファもくそもあるか。」

「ええ、外国へ行く前にぜひ一度いるんです。」

「外国もくそもあるか。」

「先生どうかドレミファを教えてください。わたしはついてうたいますから。」

「うるさいなあ。そら三べんだけ弾いてやるからすんだらさっさと帰るんだぞ。」

ゴーシュはセロを取り上げてボロンボロンと糸を合せてドレミファソラシドとひきました。するとかっこうはあわてて羽をばたばたしました。

「ちがいます、ちがいます。そんなんでないんです。」

「うるさいなあ。ではおまえやってごらん。」

「こうですよ。」かっこうはからだをまえに曲げてしばらく構えてから
「かっこう」と一つなきました。

「何だい。それがドレミファかい。おまえたちには、それではドレミファも第六交響楽も同じなんだな。」

「それはちがいます。」

「どうちがうんだ。」

「むずかしいのはこれをたくさん続けたのがあるんです。」

「つまりこうだろう。」セロ弾きはまたセロをとって、かっこうかっこうかっこうかっこうかっこうとつづけてひきました。

するとかっこうはたいへんよろこんで途中からかっこうかっこうかっこうかっこうとついて叫びました。それももう一生けん命からだをまげていつまでも叫ぶのです。

ゴーシュはとうとう手が痛くなって「こら、いいかげんにしないか。」と云《い》いながらやめました。するとかっこうは残念そうに眼《め》をつりあげてまだしばらくないていましたがやっと

「……かっこうかっこうかっかっかっかっか」と云ってやめました。

ゴーシュがすっかりおこってしまって、「こらとり、もう用が済んだらかえれ」と云いました。

「どうかもういっぺん弾いてください。あなたのはいいようだけれどもすこしちがうんです。」

「何だと、おれがきさまに教わってるんではないんだぞ。帰らんか。」

「どうかたったもう一ぺんおねがいです。どうか。」かっこうは頭を何べんもこんこん下げました。

「ではこれっきりだよ。」

ゴーシュは弓をかまえました。かっこうは「くっ」とひとつ息をして「ではなるべく永くおねがいいたします。」といってまた一つおじぎをしました。

「いやになっちまうなあ。」ゴーシュはにが笑いしながら弾きはじめました。するとかっこうはまたまるで本気になって「かっこうかっこうかっこう」とからだをまげてじつに一生けん命叫びました。ゴーシュははじめはむしゃくしゃしていましたがいつまでもつづけて弾いているうちにふっと何だかこれは鳥の方がほんとうのドレミファにはまっているかなという気がしてきました。どうも弾けば弾くほどかっこうの方がいいような気がするのでした。

「えいこんなばかなことしていたらおれは鳥になってしまうんじゃないか。」とゴーシュはいきなりぴたりとセロをやめました。

するとかっこうはどしんと頭を叩《たた》かれたようにふらふらっとしてそれからまたさっきのように「かっこうかっこうかっかっかっかっかっ」と云《い》ってやめました。それから恨めしそうにゴーシュを見て「なぜやめたんですか。ぼくらならどんな意気地ないやつでものどから血が出るまでは叫ぶんですよ。」と云いました。

「何を生意気な。こんなばかなまねをいつまでしていられるか。もう出て行け。見ろ。夜があけるんじゃないか。」ゴーシュは窓を指さしました。

東のそらがぼうっと銀いろになってそこをまっ黒な雲が北の方へどんどん走っています。

「ではお日さまの出るまでどうぞ。もう一ぺん。ちょっとですから。」かっこうはまた頭を下げました。

「黙れっ。いい気になって。このばか鳥め。出て行かんとむしって朝飯に食ってしまうぞ。」ゴーシュはどんと床をふみました。

するとかっこうはにわかにびっくりしたようにいきなり窓をめがけて飛び立ちました。そして硝子《ガラス》にはげしく頭をぶっつけてばたっと下へ落ちました。「何だ、硝子へばかだなあ。」ゴーシュはあわてて立って窓をあけようとしましたが元来この窓はそんなにいつでもするする開《あ》く窓ではありませんでした。ゴーシュが窓のわくをしきりにがたがたしているうちにまたかっこうがばっとぶっつかって下へ落ちました。見ると嘴《くちばし》のつけねからすこし血が出ています。

「いまあけてやるから待っていろったら。」ゴーシュがやっと二寸ばかり窓をあけたとき、かっこうは起きあがって何が何でもこんどこそというようにじっと窓の向うの東のそらをみつめて、あらん限りの力をこめた風でぱっと飛びたちました。もちろんこんどは前よりひどく硝子につきあたってかっこうは下へ落ちたまましばらく身動きもしませんでした。つかまえてドアから飛ばしてやろうとゴーシュが手を出しましたらいきなりかっこうは眼《め》をひらいて飛びのきました。そしてまたガラスへ飛びつきそうにするのです。ゴーシュは思わず足を上げて窓をばっとけりました。ガラスは二三枚物すごい音して砕《くだ》け窓はわくのまま外へ落ちました。そのがらんとなった窓のあとをかっこうが矢のように外へ飛びだしました。そしてもうどこまでもどこまでもまっすぐに飛んで行ってとうとう見えなくなってしまいました。ゴーシュはしばらく呆《あき》れたように外を見ていましたが、そのまま倒れるように室《へや》のすみへころがって睡《ねむ》ってしまいました。


次の晩もゴーシュは夜中すぎまでセロを弾いてつかれて水を一杯のんでいますと、また扉《と》をこつこつ叩くものがあります。

今夜は何が来てもゆうべのかっこうのようにはじめからおどかして追い払ってやろうと思ってコップをもったまま待ち構えて居りますと、扉がすこしあいて一疋《ぴき》の狸《たぬき》の子がはいってきました。ゴーシュはそこでその扉をもう少し広くひらいておいてどんと足をふんで、「こら、狸、おまえは狸汁《たぬきじる》ということを知っているかっ。」とどなりました。すると狸の子はぼんやりした顔をしてきちんと床へ座ったままどうもわからないというように首をまげて考えていましたが、しばらくたって「狸汁ってぼく知らない。」と云《い》いました。ゴーシュはその顔を見て思わず吹き出そうとしましたが、まだ無理に恐《こわ》い顔をして、「では教えてやろう。狸汁というのはな。おまえのような狸をな、キャベジや塩とまぜてくたくたと煮ておれさまの食うようにしたものだ。」と云いました。すると狸の子はまたふしぎそうに「だってぼくのお父さんがね、ゴーシュさんはとてもいい人でこわくないから行って習えと云ったよ。」と云いました。そこでゴーシュもとうとう笑い出してしまいました。「何を習えと云ったんだ。おれはいそがしいんじゃないか。それに睡《ねむ》いんだよ。」狸の子は俄《にわか》に勢《いきお》いがついたように一足前へ出ました。

「ぼくは小太鼓の係りでねえ。セロへ合せてもらって来いと云われたんだ。」「どこにも小太鼓がないじゃないか。」「そら、これ」狸の子はせなかから棒きれを二本出しました。「それでどうするんだ。」「ではね、『愉快な馬車屋』*を弾いてください。」「何だ愉快な馬車屋ってジャズか。」「ああこの譜だよ。」狸の子はせなかからまた一枚の譜をとり出しました。ゴーシュは手にとってわらい出しました。「ふう、変な曲だなあ。よし、さあ弾くぞ。おまえは小太鼓を叩《たた》くのか。」ゴーシュは狸の子がどうするのかと思ってちらちらそっちを見ながら弾きはじめました。

するとと狸の子は棒をもってセロの駒の下のところを拍子をとってぽんぽん叩きはじめました。それがなかなかうまいので弾いているうちにゴーシュはこれは面白いぞと思いました。

おしまいまでひいてしまうと狸の子はしばらく首をまげて考えました。

それからやっと考えついたというように云いました。

「ゴーシュさんはこの二番目の糸をひくときはきたいに遅れるねえ。なんだかぼくがつまずくようになるよ。」

ゴーシュはほっとしました。たしかにその糸はどんなに手早く弾いてもすこしたってからでないと音が出ないような気がゆうべからしていたのでした。

「いや、そうかもしれない。このセロは悪いんだよ。」とゴーシュはかなしそうに云いました。すると狸は気の毒そうにしてまたしばらく考えていましたが「どこが悪いんだろうなあ。ではもう一ぺん弾いてくれますか。」

「いいとも弾くよ。」ゴーシュははじめました。狸の子はさっきのようにとんとん叩きながら時々頭をまげてセロに耳をつけるようにしました。そしておしまいまで来たときは今夜もまた東がぼうと明るくなっていました。

「あ、夜が明けたぞ。どうもありがとう。」狸の子は大へんあわてて譜や棒きれをせなかへ

＊愉快な馬車屋——未詳。「愉快な牛乳屋」というダンス音楽がある。

しょってゴムテープでぱちんととめておじぎを二つ三つすると急いで外へ出て行ってしまいました。

ゴーシュはぼんやりしてしばらくゆうべのこわれたガラスからはいってくる風を吸っていましたが、町へ出て行くまで睡《ねむ》って元気をとり戻そうと急いでねどこへもぐり込みました。

次の晩もゴーシュは夜通しセロを弾いて明方近く思わずつかれて楽器をもったまままうとうとしていますとまた誰か扉《と》をこつこつと叩《たた》くものがあります。それもまるで聞えるか聞えないかのくらいでしたが毎晩のことなのでゴーシュはすぐ聞きつけて「おはいり。」と云《い》いました。すると戸のすきまからはいって来たのは一ぴきの野ねずみでした。そして大へんちいさなこどもをつれてちょろちょろとゴーシュの前へ歩いてきました。そのまた野ねずみのこどもときたらまるでけしごむのくらいしかないのでゴーシュはおもわずわらいました。すると野ねずみは何をわらわれたろうというようにきょろきょろしながらゴーシュの前に来て、青い栗の実を一つぶ前においてちゃんとおじぎをして云いました。

「先生、この児《こ》があんばいがわるくて死にそうでございますが先生お慈悲《じひ》になおしてやってくださいまし。」

「おれが医者などやれるもんか。」ゴーシュはすこしむっとして云いました。すると野ねずみのお母さんは下を向いてしばらくだまっていましたがまた思い切ったように云いました。

「先生、それはうそでございます、先生は毎日あんなに上手にみんなの病気をなおしておいでになるではありませんか。」

「何のことだかわからんね。」

「だって先生先生のおかげで、兎《うさぎ》さんのおばあさんもなおりましたし狸《たぬき》さんのお父さんもなおりましたしあんな意地悪のみみずくまでなおしていただいたのにこの子ばかりお助けをいただけないとはあんまり情ないことでございます。」

「おいおい、それは何かの間ちがいだよ。おれはみみずくの病気なんどなおしてやったことはないからな。もっとも狸の子はゆうべ来て楽隊のまねをして行ったがね。はは ん。」ゴーシュは呆《あき》れてその子ねずみを見おろしてわらいました。

するとの野鼠《のねずみ》のお母さんは泣きだしてしまいました。

「ああこの児はどうせ病気になるならもっと早くなればよかった。さっきまであれくらいごうごうと鳴らしておいでになったのに、病気になるといっしょにぴたっと音がとまってもうあとはいくらおねがいしても鳴らしてくださらないなんて。何てふしあわせな子どもだろう。」

ゴーシュはびっくりして叫びました。

「何だと、ぼくがセロを弾けばみみずくや兎の病気がなおると。どういうわけだ。それは。」

野ねずみは眼《め》を片手でこすりこすり云いました。

「はい、ここらのものは病気になるとみんな先生のおうちの床下にはいって療《なお》すのでございます。」

「すると療るのか。」

「はい。からだ中とても血のまわりがよくなって大へんいい気持ちですぐ療る方もあればうちへ帰ってから療る方もあります。」

「ああそうか。おれのセロの音がごうごうひびくと、それがあんまの代りになっておまえたちの病気がなおるというのか。よし。わかったよ。やってやろう。」ゴーシュはちょっとギウギウと糸を合せてそれからいきなりのねずみのこどもをつまんでセロの孔《あな》から中へ入れてしまいました。

「わたしもいっしょについて行きます。どこの病院でもそうですから。」おっかさんの野ねずみはきちがいのようになってセロに飛びつきました。

「おまえさんもはいるかね。」セロ弾きはおっかさんの野ねずみをセロの孔からくぐしてやろうとしましたが顔が半分しかはいりませんでした。

野ねずみはばたばたしながら中のこどもに叫びました。

「おまえそこはいいかい。落ちるときいつも教えるように足をそろえてうまく落ちたかい。」

「いい。うまく落ちた。」こどものねずみはまるで蚊のような小さな声でセロの底で返事しました。

「大丈夫さ。だから泣き声出すなというんだ。」ゴーシュはおっかさんのねずみを下におろしてそれから弓をとって何とかラプソディとかいうものをごうごうがあがあ弾きました。するとおっかさんのねずみはいかにも心配そうにその音の工合《ぐあい》をきいていましたがとうとうこらえ切れなくなったふうで
「もう沢山です。どうか出してやってください。」と云《い》いました。

「なあんだ、これでいいのか。」ゴーシュはセロをまげて孔のところに手をあてて待っていましたら間もなくこどものねずみが出てきました。ゴーシュは、だまってそれをおろしてやりました。見るとすっかり目をつぶってぶるぶるぶるぶるふるえていました。

「どうだったの。いいかい。気分は。」

こどものねずみはすこしもへんじもしないでまだしばらく眼《め》をつぶったままぶるぶるぶるぶるふるえていましたがにわかに起きあがって走りだした。

「ああよくなったんだ。ありがとうございます。ありがとうございます。」おっかさんのねずみもいっしょに走っていましたが、まもなくゴーシュの前に来てしきりにおじぎをしながら
「ありがとうございますありがとうございます」と十ばかり云いました。

ゴーシュは何がなかあいそうになって「おい、おまえたちはパンはたべるのか。」ときき

*ラプソディ―一九世紀にヨーロッパで数多く作られた自由で幻想的な音楽。狂詩曲。

ました。

　すると野鼠《のねずみ》はびっくりしたようにきょろきょろあたりを見まわしてから
「いえ、もうおパンというものは小麦の粉をこねたりむしたりしてこしらえたものでふくふく膨《ふく》らんでいておいしいものなそうでございますが、そうでなくても私どもはおうちの戸棚へなど参ったこともございませんし、ましてこれくらいお世話になりながらどうしてそれを運びになんど参れましょう。」と云《い》いました。

「いや、そのことではないんだ。ただたべるのかときいたんだ。ではたべるんだな。ちょっと待てよ。その腹の悪いこどもへやるからな。」

　ゴーシュはセロを床へ置いて戸棚からパンを一つまみむしって野ねずみの前へ置きました。

　野ねずみはもうまるでばかのようになって泣いたり笑ったりおじぎをしたりしてから大じそうにそれをくわえてこどもをさきに立てて外へ出て行きました。

「あああ。鼠と話するのもなかなかつかれるぞ。」ゴーシュはねどこへどっかり倒れてすぐぐうぐうねむってしまいました。


　それから六日目の晩でした。金星音楽団の人たちは町の公会堂のホールの裏にある控室へみんなぱっと顔をほてらしてめいめい楽器をもって、ぞろぞろホールの舞台から引きあげて来ました。首尾よく第六交響曲を仕上げたのです。ホールでは拍手の音がまだ嵐のように鳴って居ります。楽長はポケットへ手をつっ込んで拍手なんかどうでもいいというようにのそのそみんなの間を歩きまわっていましたが、じつはどうして嬉《うれ》しさでいっぱいなのでした。みんなはたばこをくわえてマッチをすったり楽器をケースへ入れたりしました。

ホールではまだぱちぱち手が鳴っています。それどころではなくいよいよそれが高くなって何だかこわいような手がつけられないような音になりました。大きな白いリボンを胸につけた司会者がはいって来ました。

「アンコールをやっていますが、何かみじかいものでもきかせてやってくださいませんか。」

すると楽長がきっとなって答えました。「いけませんな。こういう大物のあとへ何を出したってこっちの気の済むようには行くもんでないんです。」「では楽長さん出て一寸挨拶《ちょつとあいさつ》してください。」

「だめだ。おい、ゴーシュ君、何か出て弾いてやってくれ。」「わたしがですか。」ゴーシュは呆気《あつけ》にとられました。「君だ、君だ。」ヴァイオリンの一番の人がいきなり顔をあげて云いました。

「さあ出て行きたまえ。」楽長が云いました。みんなもセロをむりにゴーシュに持たせて扉《と》をあけるといきなり舞台へゴーシュを押し出してしまいました。ゴーシュがその孔《あな》のあいたセロをもってじつに困ってしまって舞台へ出るとみんなはそら見ろというように一そうひどく手を叩《たた》きました。わあと叫んだものもあるようでした。

「どこまでひとをばかにするんだ。よし見ていろ。印度《インド》の虎狩《とらがり》をひいてやるから。」ゴーシュはすっかり落ちついて舞台のまん中へ出ました。

それからあの猫の来たときのようにまるで怒った象のような勢《いきおい》で虎狩りを弾きました。ところが聴衆はしいんとなって一生けん命聞いています。ゴーシュはどんどん弾きました。猫が切ながってぱちぱち火花を出したところも過ぎました。扉へからだを何べんもぶっつけた所も過ぎました。

曲が終るとゴーシュはもうみんなの方などは見もせずちょうどその猫のようにすばやくセロをもって楽屋へ遁《に》げ込みました。すると楽屋では楽長はじめ仲間がみんな火事にでもあったあとのように眼《め》をじっとしてひっそりとすわり込んでいます。ゴーシュはやぶれかぶれだと思ってみんなの間をさっさとあるいて行って向うの長椅子へどっかりとからだをおろして足を組んですわりました。

するとみんなが一ぺんに顔をこっちへ向けてゴーシュを見ましたがやはりまじめでべつにわらっているようでもありませんでした。

「こんやは変な晩だなあ。」

ゴーシュは思いました。ところが楽長は立って云《い》いました。

「ゴーシュ君、よかったぞお。あんな曲だけれどもここではみんなかなり本気になって聞いてたぞ。一週間か十日の間にずいぶん仕上げたなあ。十日前とくらべたらまるで赤ん坊と兵隊だ。やろうと思えばいつでもやれたんじゃないか、君。」仲間もみんな立って来て「よかったぜ」とゴーシュに云いました。「いや、からだが丈夫だからこんなこともできるよ。普通の人なら死んでしまうからな。」楽長が向うで云っていました。

その晩遅くゴーシュは自分のうちへ帰って来ました。そしてまた水をがぶがぶ呑《の》みました。それから窓をあけていつかかっこうの飛んで行ったと思った遠くのそらをながめながら、

「ああかっこう。あのときはすまなかったなあ。おれは怒ったんじゃなかったんだ。」と云いました。

葡萄水《ぶどうすい》

（一）

耕平は髪も角刈りで、おとなのくせに、今日は朝から口笛などを吹いています。

畑の方の手があいて、ここ二三日は、西の野原へ、葡萄をとりに出られるようになったからです。

そこで耕平は、うしろのまっ黒戸棚の中から、兵隊の上着を引っぱり出します。

一等卒の上着です。

いつでも野原へ出るときは、きっとこいつを着るのです。

空が光って青いとき、黄いろなすじの入った兵隊服を着て、大手をふって野原を行くのは、誰だっていい気持ちです。

耕平だって、もちろんです。大きげんでのっしのっしと、野原を歩いて参ります。

野原の草もいまではよほど硬くなって、茶いろやけむりの穂を出したり、赤い実をむすんだり、中にはいそがしそうに今年のおしまいの小さな花を開いているのもあります。

耕平は二へんも三べんも、大きく息をつきました。

野原の上の空などは、あんまり青くて光ってうるんで、却《かえ》って気の毒なくらいです。

その気の毒なそらか、すきとおる風か、それともうしろの畑のへりに立って、玉蜀黍《とうもろこし》のような赤髪を、ぱちゃぱちゃした小さなはだしの子どもか誰か、とにかくこう歌っています。

「馬こは、みんな、居なぐなた。
仔っこ馬《ま》もみんな随《つ》いで行《い》た。
いまでぁ野原もさぁみしんじゃ、
草ぱどひでりあめばがり。」

実は耕平もこの歌をききました。ききましたから却って手を大きく振って、

「ふん、一向さっぱりさみしぐなぃんじゃ。」と云《い》ったのです。

野原はさびしくてもさびしくなくても、とにかく日光は明るくて、野葡萄《のぶどう》はよく熟しています。そのさまざまな草の中を這《は》って、真っ黒に光って熟しています。

そこで耕平は、葡萄をとりはじめました。そして誰でも、野原で一ぺん何かをとりはじめたら、仲々やめはしないものです。ですから耕平もかまわないでおいて、もう大丈夫です。今に晩方また来て見ましょう。みなさんもなかなか忙がしいでしょうから。

（二）

夕方です。向うの山は群青《ぐんじょう》いろのごくおとなしい海鼠《なまこ》のようによこになり、耕平はせなかいっぱい荷物をしょって、遠くの遠くのあくびのあたりの野原から、だんだん帰って参ります。しょっているのはみな野葡萄《のぶどう》の実にちがいありません。参ります、参ります。日暮れの草をどしゃどしゃふんで、もうすぐそこに来ています。やって来ました。お早う、お早う。そら、

耕平は、一等卒の服を着て、
野原に行って、
葡萄をいっぱいとって来た、いいだろう。

「ふん。あだりまぃさ。あだりまぃのごとだんじゃ。」耕平が云《い》っています。

そうですとも、けだしあたりまえのことです。一日いっぱい葡萄ばかり見て、葡萄ばかりとって、葡萄ばかり袋へつめこみながら、それで葡萄がめずらしいと云うのなら、却《かえ》って耕平がいけないのです。

（三）

すっかり夜になりました。耕平のうちには黄いろのラムプがぼんやりついて、馬屋では馬もふんふん云っています。

耕平は、さっき頰《ほ》っぺたの光るくらいご飯を沢山喰《た》べましたので、まったく嬉《うれ》しがって赤くなって、ふうふう息をつきながら、大きな木鉢《きばち》へ葡萄のつぶをパチャパチャむしっています。

耕平のおかみさんは、ポツンポツンとむしっています。

耕平の子は、葡萄の房を振りまわしたり、パチャンと投げたりするだけです。何べん叱《しか》られてもまたやります。

「おお、青い青い、見《め》る見る。」なんて云っています。その黒光りの房の中に、ほんの一つか二つ、小さな青いつぶがまじっているのです。

それが半分すきとおり、青くて堅くて、藍晶石《らんしょうせき》*より奇麗です。あっと、これは失礼、青ぶどうさん、ごめんなさい。コンネテクカット*大学校を、最優等で卒業しながら、まだこんなこと私は云っているのですよ。みなさん、私がいけなかったのです。宝石は宝石です。青い

＊藍晶石―アルミニウム硅酸塩鉱物。半透明で暗青色の結晶。
＊コンネテクカット―アメリカ合衆国の州名コネティカットのこと。

葡萄《ぶどう》は青い葡萄です。それをくらべたりなんかして全く私がいけないのです。実際コンネテクカット大学校で、私の習ってきたことは、「お前はきょろきょろ、自分と人とをばかりくらべてばかりいてはならん。」ということだけです。それで私は卒業したのです。全くどうも私がいけなかったのです。

いや、耕平さん。早く葡萄の粒を、みんな桶に入れて、軽く蓋《ふた》をしておやすみなさい。さよなら。

（四）

あれから丁度、今夜で三日になるのです。

おとなしい耕平のおかみさんが、葡萄のはいったあの桶を、てかてかの板の間のまん中にひっぱり出しました。

子供はまわりをぴょんぴょんとびます。

耕平は今夜も赤く光って、熱《ほて》ってフゥフウ息をつきながら、だまって立って見ています。

おかみさんは赤漆塗《あかうるしぬ》りの鉢《はち》の上に笊《ざる》を置いて、桶《おけ》の中から半分潰《つぶ》れた葡萄の粒を、両手に掬《すく》って、お握りを作るような工合《ぐあい》にしぼりはじめました。

まっ黒な果汁は、見る見る鉢にたまります。

耕平はじっとしばらく見ていましたが、いきなり高く叫びました。

「じゃ、今年ぁ、こいつさ砂糖入れるべな。」

「罰金取らえらんすじゃ。」

「うんにゃ。税務署に見《め》っけらえれば、罰金取らえる。見っけらえないば、すっこすっこど葡《ぶ》ん萄《ど》酒呑《しゅの》む。」

「なじょして蔵《かぐ》しておぐあんす。」

「うん。砂糖入れで、すぐに今夜《こんにゃ》、瓶さ詰めでしむべじゃ。そして落しの中さ置ぐべすさ。瓶、去年なのな、あったたじゃな。」

「瓶はあらんす。」

「そだら砂糖持ってこ、喜助《かすけ》ぁ*先《せん》どな持って来たけぁじゃ。」

「あん、あらんす。」

砂糖が来ました。耕平はそれを鉢の汁の中に投げ込んで掻《か》きまわし、その汁を今度は布の袋にあけました。袋はぴんとはり切ってまっ赤なので、

「ほう、こいづはまるで牛《べご》の胆のよだな。」と耕平が云《い》いました。そのうちにおかみさんは流しでこちこち瓶を洗って持って来ました。

それから二人はせっせと汁を瓶につめて栓をしました。麦酒《ビール》瓶二十本ばかり出来あがりま

＊先どな持って来たけぁじゃ――このあいだ持ってきただろう。

した。

「特製御葡萄水《ごぶどうすい》」という、去年のはり紙のあるのもあります。このはり紙はこの辺で共同でこしらえたのです。これをはって売るのです。さよう、去年はみんなで四十本ばかりこしらえました。もちろん砂糖は入れませんでした。砂糖を入れると酒になるので、罰金です。その四十本のうち、十本ばかりはほかのうちのように、一本三十銭ずつで町の者に売ってやりましたが、残りは毎晩耕平が、

「うう、渋《しぶ》、うう、酸《す》っかい。湧《わ》ぃでるじゃい。」なんて云《い》いながら、一本ずつだんだんのんでしまったのでした。

さて瓶がずらりと板の間にならんで、まるでキラキラします。おかみさんは足もとの板をはずして床下の落しに入って、そこからこっちに顔を出しました。

耕平は、

「さあ、いいが。落すな。瓶の脚揃《そろ》えでげ。」なんて云いながら、それを一本ずつ渡します。

耕平は、潰《つぶ》し葡萄を絞りあげ、
砂糖を加え、
瓶にたくさんつめこんだ。

とこう云うわけです。

(五)

あれから六日たちました。

向うの山は雪でまっ白です。

草は黄いろに、おとといなどはみぞれさえちょっと降りました。耕平とおかみさんとは家の前で豆を叩《たた》いて居りました。

そのひるすぎの三時頃、西の方には縮れた白い雲がひどく光って、どうも何かしらあぶないことが起りそうでした。そこで

「ボッ」という爆発のような音が、どこからとなく聞えて来ました。耕平は豆を叩く手をやめました。

「じゃ、今の音聴《きい》だが。」

「何だべぁんす。」

「きっとどの山が噴火ンしたな。秋田の鳥海山《ちょうかいさん》だべが。よっぽど遠ぐの方だよだじゃい。」

「ボッ。」音がまた聞えます。

「はぁでな、又やった。きたいだな。」

「ボッ。」

「おぉがしな。」

「どごだべぁんす。」

「どごでもぃがべ。此処《ここ》まで来なぃがべ。」

それからずうっとしばらくたって、又音がします。

それからしばらくしばらくたってから、又聞えます。

その西の空の眼《め》の痛いほど光る雲か、すきとおる風か、それとも向うの柏林《かしわばやし》の中にはいった小さな黒い影法師か、とにかく誰かがこう歌いました。

「一昨日《おどでな》、みぃぞれ降ったれば
すずらんの実ぃ、みんな赤ぐなて、
雪の支度のしろうさぎぁ、
きいらりきいらど歯ぁみがぐ。」

ところが
「ボッ。」

音はまだやみません。

耕平はしばらく馬のように耳を立てて、じっとその方角を聴いていましたが、俄《にわ》かに飛びあがりました。

「あっ葡萄酒《ぶどうしゅ》だ、葡萄酒だ。葡ん萄酒はじけでるじゃ。」

家の中へ飛び込んで落しの蓋《ふた》をとって見ますと、たしかに二十本の葡萄の瓶は、大抵はじけて黒い立派な葡萄酒は、落しの底にながれています。
耕平はすっかり怒って、かるわざの股引《ももひき》のように、半分赤く染まった大根を引っぱり出して、いきなり板の間に投げつけます。
さあ、そこでこんどこそは、
耕平が、そっとしまった葡萄酒は
順序ただしく
みんなはじけてなくなった。
とこう云《い》うわけです。
どうです、今度も耕平はこの前のときのように
「ふん、一向さっぱり当たり前ぁだんじゃ。」と云いますか。云いはしません。参ったのです。

よだかの星

＊よだかは、実にみにくい鳥です。
顔は、ところどころ、味噌《みそ》をつけたようにまだらで、くちばしは、ひらたくて、耳までさけています。

足は、まるでよぼよぼで、＊一間《いっけん》とも歩けません。

ほかの鳥は、もう、よだかの顔を見ただけでも、いやになってしまうという工合《ぐあい》でした。

たとえば、ひばりも、あまり美しい鳥ではありませんが、よだかよりは、ずっと上だと思っていましたので、夕方など、よだかにあうと、さもさもいやそうに、しんねりと目をつぶりながら、首をそっ方《ぽ》へ向けるのでした。もっとちいさなおしゃべりの鳥などは、いつでもよだかのまっこうから悪口をしました。

「ヘン。又出て来たね。まあ、あのざまをごらん。ほんとうに、鳥の仲間のつらよごしだよ。」

「ね、まあ、あのくちのおおきいことさ。きっと、かえるの親類か何かなんだよ。」

こんな調子です。おお、よだかでないただのたかならば、こんな生《なま》はんかのちいさい鳥は、もう名前を聞いただけでも、ぶるぶるふるえて、顔色を変えて、からだをちぢめて、木の葉のかげにでもかくれたでしょう。ところが夜だかは、ほんとうは鷹《たか》の兄弟でも親類でもありませんでした。かえって、よだかは、あの美しいかわせみや、鳥の中の宝石のような蜂すずめの兄さんでした。蜂すずめは花の蜜をたべ、かわせみはお魚を食べ、夜だかは羽虫をとってたべるのでした。それによだかには、するどい爪もするどいくちばしもありませんでしたから、どんなに弱い鳥でも、よだかをこわがる筈《はず》はなかったのです。

それなら、たかという名のついたことは不思議なようですが、これは、一つはよだかのはねが無暗《むやみ》に強くて、風を切って翔《か》けるときなどは、まるで鷹のように見えたことと、も一つはなきごえがするどくて、やはりどこか鷹に似ていた為です。もちろん、鷹は、これをひじょうに気にかけて、いやがっていました。それですから、よだかの顔さえ見ると、肩をいからせて、早く名前をあらためろ、名前をあらためろと、いうのでした。

ある夕方、とうとう、鷹がよだかのうちへやって参りました。

「おい。居るかい。まだお前は名前をかえないのか。ずいぶんお前も恥知らずだな。お前とおれでは、よっぽど人格がちがうんだよ。たとえばおれは、青いそらをどこまででも飛んで行く。おまえは、曇ってうすぐらい日か、夜でなくちゃ、出て来ない。それから、おれのく

＊よだか―ヨタカ目ヨタカ科の鳥。正しくはヨタカで、よだかは賢治ふうな、あるいは方言的な言い方。全長約三〇センチメートル。全体が地味な黒褐色で口が大きい。　＊一間―約一・八二メートル。

ちばしやつめを見ろ。そして、よくお前のとくらべて見るがいい。」

「鷹《たか》さん。それはあんまり無理です。私の名前は私が勝手につけたのではありません。神さまから下さったのです。」

「いいや。おれの名なら、神さまから貰《もら》ったのだと云《い》ってもよかろうが、お前のは、云わば、おれと夜と、両方から借りてあるんだ。さあ返せ。」

「鷹さん。それは無理です。」

「無理じゃない。おれがいい名を教えてやろう。市蔵《いちぞう》というんだ。市蔵とな。いい名だろう。そこで、名前を変えるには、改名の披露というものをしないといけない。いいか。それはな、首へ市蔵と書いたふだをぶらさげて、私は以来市蔵と申しますと、口上《こうじょう》を云って、みんなの所をおじぎしてまわるのだ。」

「そんなことはとても出来ません。」

「いいや。出来る。そうしろ。もしあさっての朝までに、お前がそうしなかったら、もうすぐ、つかみ殺すぞ。つかみ殺してしまうから、そう思え。おれはあさっての朝早く、鳥のうちを一軒ずつまわって、お前が来たかどうかを聞いてあるく。一軒でも来なかったという家があったら、もう貴様もその時がおしまいだぞ。」

「だってそれはあんまり無理じゃありませんか。そんなことをするくらいなら、私はもう死んだ方がましです。今すぐ殺して下さい。」

「まあ、よく、あとで考えてごらん。市蔵なんてそんなにわるい名じゃないよ。」鷹は大きなはねを一杯にひろげて、自分の巣の方へ飛んで帰って行きました。

よだかは、じっと目をつぶって考えました。

（一たい僕は、なぜこうみんなにいやがられるのだろう。僕の顔は、味噌をつけたようで、口は裂けてるからなあ。それだって、僕は今まで、なんにも悪いことをしたことがない。赤ん坊のめじろが巣から落ちていたときは、助けて巣へ連れて行ってやった。そしたらめじろは、赤ん坊をまるでぬす人からでもとりかえすように僕からひきはなしたんだなあ。それからひどく僕を笑ったっけ。それにああ、今度は市蔵だなんて、首へふだをかけるなんて、つらいはなしだなあ。）

あたりは、もううすくらくなっていました。夜だかは巣から飛び出しました。雲が意地悪く光って、低くたれています。夜だかはまるで雲とすれすれになって、音なく空を飛びまわりました。

それからにわかによだかは口を大きくひらいて、はねをまっすぐに張って、まるで矢のようにそらをよこぎりました。小さな羽虫が幾匹も幾匹もその咽喉《のど》にはいりました。

からだがつちにつくかつかないうちに、よだかはひらりとまたそらへはねあがりました。もう雲は鼠色《ねずみいろ》になり、向うの山には山焼けの火がまっ赤です。

夜だかが思い切って飛ぶときは、そらがまるで二つに切れたように思われます。一疋《ぴき》の甲《かぶと》虫《むし》が、夜だかの咽喉《のど》にはいって、ひどくもがきました。よだかはすぐそれを呑《の》みこみましたが、その時何だかせなかがぞっとしたように思いました。

雲はもうまっくろく、東の方だけ山やけの火が赤くうつって、恐《おそ》ろしいようです。よだかはむねがつかえたように思いながら、又そらへのぼりました。

また一疋《ぴき》の甲虫《かぶとむし》が、夜だかののどに、はいりました。そしてまるでよだかの咽喉をひっかいてばたばたしました。よだかはそれを無理にのみこんでしまいましたが、その時、急に胸がどきっとして、夜だかは大声をあげて泣き出しました。泣きながらぐるぐるぐるぐる空をめぐったのです。

(ああ、かぶとむしや、たくさんの羽虫が、毎晩僕に殺される。そしてそのただ一つの僕がこんどは鷹《たか》に殺される。それがこんなにつらいのだ。ああ、つらい、つらい。僕はもう虫をたべないで餓《う》えて死のう。いやその前にもう鷹が僕を殺すだろう。いや、その前に、僕は遠くの遠くの空の向うに行ってしまおう。)

山焼けの火は、だんだん水のように流れてひろがり、雲も赤く燃えているようです。

よだかはまっすぐに、弟の川せみの所へ飛んで行きました。きれいな川せみも、丁度起きて遠くの山火事を見ていた所でした。そしてよだかの降りて来たのを見て云《い》いました。

「兄さん。今晩は。何か急のご用ですか。」

「いいや、僕は今度遠い所へ行くからね、その前一寸《ちょつと》お前に遭《あ》いに来たよ。」

「兄さん。行っちゃいけませんよ。蜂雀《はちすずめ》もあんな遠くにいるんですし、僕ひとりぼっちになってしまうじゃありませんか。」

「それはね。どうも仕方ないのだ。もう今日は何も云わないでくれ。そしてお前もね、どうしてもとらなければならない時のほかはいたずらにお魚を取ったりしないようにしてくれ。ね。さよなら。」

「兄さん。どうしたんです。まあもう一寸お待ちなさい。」

「いや、いつまで居てもおんなじだ。はちすずめへ、あとでよろしく云ってやってくれ。さよなら。もうあわないよ。さよなら。」

よだかは泣きながら自分のお家へ帰って参りました。みじかい夏の夜はもうあけかかっていました。

羊歯《しだ》の葉は、よあけの霧を吸って、青くつめたくゆれました。よだかは高くきしきしきしと鳴きました。そして巣の中をきちんとかたづけ、きれいにからだ中のはねや毛をそろえて、また巣から飛び出しました。

霧がはれて、お日さまが丁度東からのぼりました。夜だかはぐらぐらするほどまぶしいのをこらえて、矢のように、そっちへ飛んで行きました。

「お日さん、お日さん。どうぞ私をあなたの所へ連れてって下さい。灼《や》けて死んでもかまいません。私のようなみにくいからだでも灼けるときには小さなひかりを出すでしょう。どうか私を連れてって下さい。」

　行っても行っても、お日さまは近くなりませんでした。かえってだんだん小さく遠くなりながらお日さまが云《い》いました。

「お前はよだかだな。なるほど、ずいぶんつらかろう。今度そらを飛んで、星にそうたのんでごらん。お前はひるの鳥ではないのだからな。」

　夜だかはおじぎを一つしたと思いましたが、急にぐらぐらしてとうとう野原の草の上に落ちてしまいました。そしてまるで夢を見ているようでした。からだがずうっと赤や黄の星のあいだをのぼって行ったり、どこまでも風に飛ばされたり、又鷹《たか》が来てからだをつかんだりしたようでした。

　つめたいものがにわかに顔に落ちました。よだかは眼《め》をひらきました。一本の若いすすきの葉から露がしたたったのでした。もうすっかり夜になって、空は青ぐろく、一面の星がまたたいていました。よだかはそらへ飛びあがりました。今夜も山やけの火はまっかです。よだかはその火のかすかな照りと、つめたいほしあかりの中をとびめぐりました。それからもう一ぺん飛びめぐりました。そして思い切って西のそらのあの美しいオリオンの星の方に、まっすぐに飛びながら叫びました。

「お星さん。西の青じろいお星さん。どうか私をあなたのところへ連れてって下さい。灼《や》けて死んでもかまいません。」オリオンは勇ましい歌をつづけながらよだかなどはてんで相手にしませんでした。よだかは泣きそうになって、よろよろと落ちて、それからやっとふみとまって、もう一ぺんとびめぐりました。それから、南の大犬座の方へまっすぐに飛びながら叫びました。

「お星さん。南の青いお星さん。どうか私をあなたの所へつれてって下さい。やけて死んでもかまいません。」大犬は青や紫や黄やうつくしくせわしくまたたきながら云いました。「馬鹿を云うな。おまえなんか一体どんなものだい。たかが鳥じゃないか。おまえのはねでここまで来るには、億年兆年億兆年だ。」そしてまた別の方を向きました。

よだかはがっかりして、よろよろ落ちて、それから又二へん飛びめぐりました。それから又思い切って北の大熊星《おおぐまぼし》の方へまっすぐに飛びながら叫びました。

「北の青いお星さま、あなたの所へどうか私を連れてって下さい。」

大熊星はしずかに云いました。

「余計なことを考えるものではない。少し頭をひやして来なさい。そう云うときは、氷山の浮いている海の中へ飛び込むか、近くに海がなかったら、氷をうかべたコップの水の中へ飛び込むのが一等だ。」

よだかはがっかりして、よろよろ落ちて、それから又、四へんそらをめぐりました。そしてもう一度、東から今のぼった天の川の向う岸の鷲《わし》の星に叫びました。

「東の白いお星さま、どうか私をあなたの所へ連れてって下さい。やけて死んでもかまいません。」鷲《わし》は大風《おおふう》に云《い》いました。

「いいや、とてもとても、話にも何にもならん。星になるには、それ相応の身分でなくちゃいかん。又よほど金もいるのだ。」

よだかはもうすっかり力を落してしまって、はねを閉じて、地に落ちて行きました。そしてもう*一尺で地面にその弱い足がつくというとき、よだかは俄《にわ》かにのろしのようにそらへとびあがりました。そらのなかほどへ来て、よだかはまるで鷲が熊を襲うときするように、ぶるっとからだをゆすって毛をさかだてました。

それからキシキシキシキシキシッと高く高く叫びました。その声はまるで鷹《たか》でした。野原や林にねむっていたほかのとりは、みんな目をさまして、ぶるぶるふるえながら、いぶかしそうにほしぞらを見あげました。

夜だかは、どこまでも、どこまでも、まっすぐに空へのぼって行きました。もう山焼けの火はたばこの吸殻のくらいにしか見えません。よだかはのぼってのぼって行きました。

寒さにいきはむねに白く凍りました。空気がうすくなった為に、はねをそれはそれはせわしくうごかさなければなりませんでした。

それだのに、ほしの大きさは、さっきと少しも変りません。つくいきは*ふいごのようです。寒さや霜がまるで剣のようによだかを刺しました。よだかははねがすっかりしびれてしまいました。そしてなみだぐんだ目をあげてもう一ぺんそらを見ました。そうです。これがよだかの最后《さいご》でした。もうよだかは落ちているのか、のぼっているのか、さかさになっているのか、上を向いているのかも、わかりませんでした。ただこころもちはやすらかに、その血のついた大きなくちばしは、横にまがっては居ましたが、たしかに少しわらって居りました。それからしばらくたってよだかははっきりまなこをひらきました。そして自分のからだがいま燐《りん》の火のような青い美しい光になって、しずかに燃えているのを見ました。すぐとなりは、カシオピア座でした。天の川の青じろいひかりが、すぐうしろになっていました。

そしてよだかの星は燃えつづけました。いつまでもいつまでも燃えつづけました。

今でもまだ燃えています。

＊一尺―約三〇センチメートル。　＊ふいご―火をおこすのに用いる送風器。

ひかりの素足

一　山小屋

鳥の声があんまりやかましいので一郎は眼《め》をさましました。

もうすっかり夜があけていたのです。

小屋の隅から三本の青い日光の棒が斜めにまっすぐに兄弟の頭の上を越して向うの萱《かや》の壁の山刀《なた》やはむばき*を照らしていました。

土間のまん中では榾《ほだ》が赤く燃えていました。日光の棒もそのけむりのために青く見え、またそのけむりはいろいろなかたちになってついついとその光の棒の中を通って行くのでした。

「ほう、すっかり夜ぁ明げだ。」一郎はひとりごとを云《い》いながら弟の楢夫《ならお》の方に向き直りました。楢夫の顔はりんごのように赤く口をすこしあいてまだすやすや睡《ねむ》って居ました。白い歯が少しばかり見えていましたので一郎はいきなり指でカチンとその歯をはじきました。

楢夫は目をつぶったまま一寸《ちよつと》顔をしかめましたがまたすうすう息をしてねむりました。

「起ぎろ、楢夫、夜ぁ明げだ、起ぎろ。」一郎は云いながら楢夫の頭をぐらぐらゆすぶりました。

楢夫はいやそうに顔をしかめて何かぶつぶつ云っていましたがとうとううすく眼を開きました。そしていかにもびっくりしたらしく
「ほ、山さ来てらたもな。」とつぶやきました。

「昨夜《ゆべな》、今朝方《けさかだ》だたがな、火ぁ消《け》でらたな、覚《おぼえ》だが。」

一郎が云いました。

「知らない。」

「寒くてさ。お父さん起ぎて又燃やしたようだっけぁ。」

楢夫は返事しないで何かぼんやりほかのことを考えているようでした。

「お父さん外《そど》で稼《かせ》いでら。さ、起ぎべ。」

「うん。」

そこで二人は一所《いつしよ》にくるまって寝た小さな一枚の布団から起き出しました。そして火のそばに行きました。楢夫はけむそうにめをこすり一郎はじっと火を見ていたのです。

外では谷川がごうごうと流れ鳥がツンツン鳴きました。

その時にわかにまぶしい黄金《きん》の日光が一郎の足もとに流れて来ました。

顔をあげて見ますと入口がパッとあいて向うの山の雪がつんつんと白くかがやきお父さん

＊はむばき――脚絆。ゲートル。

がまっ黒に見えながら入って来たのでした。

「起ぎだのが。昨夜《ゆべな》寒ぐなぃがったが。」

「いいえ、」

「火ぁ消《け》でらたもな。おれぁ二度起ぎで燃やした。さあ、口漱《すす》げ、飯《まま》でげでら、楢夫《ならお》。」

「うん。」

「家ど山どどっちぁ好《い》い。」

「山の方ぁい、いんとも学校さ行がれなぃもな。」

するとお父さんが鍋を少しあげながら笑いました。一郎は立ちあがって外に出ました。楢夫もつづいて出ました。

何というきれいでしょう。空がまるで青びかりでツルツルしてその光はツンツンと二人の眼《め》にしみ込みまた太陽を見ますとそれは大きな空の宝石のように橙《だいだい》や緑やかがやきの粉をちらしまぶしさに眼をつむりますと今度はその蒼黒《あおぐろ》いくらやみの中に青あおと光って見えるのです、あたらしく眼をひらいては前の青ぞらに桔梗《ききょう》いろや黄金《きん》やたくさんの太陽のかげぼうしがくらくらとゆれてかかっています。

一郎はかけひの水を手にうけました。かけひからはつららが太い柱になって下までとどき、水はすきとおって日にかがやきまたゆげをたてていかにも暖かそうに見えるのでしたがまことはつめたく寒いのでした。一郎はすばやく口をそそぎそれから顔もあらいました。

それからあんまり手がつめたいのでお日さまの方へ延ばしました。それでも暖まりませんでしたからのどにあてました。

その時楢夫も一郎のとおりまねをしてやっていましたが、とうとうつめたくてやめてしまいました。まったく楢夫の手は霜やけで赤くふくれていました。一郎はいきなり走って行って
「冷《つめ》だぁが」と云《い》いながらそのぬれた小さな赤い手を両手で包んで暖めてやりました。

そうして二人は又小屋の中にはいりました。

お父さんは火を見ながらじっと何か考え、鍋はことこと鳴っていました。

二人も座りました。

日はもうよほど高く三本の青い日光の棒もだいぶ急になりました。

向うの山の雪は青ぞらにくっきりと浮きあがり見ていますと何だかこころが遠くの方へ行くようでした。

にわかにそのいただきにパッとけむりか霧のような白いぼんやりしたものがあらわれました。

それからしばらくたってフィーとするどい笛のような声が聞えて来ました。

すると楢夫がしばらく口をゆがめて変な顔をしていましたがとうとうどうしたわけかしくしく泣きはじめました。一郎も変な顔をして楢夫を見ました。

お父さんがそこで

「何《な》した、家さ行ぐだぐなったのが、何した。」とたずねましたが楢夫《ならお》は両手を顔にあてて返事もしないで却《かえ》ってひどく泣くばかりでした。

「何した、楢夫、腹痛ぃが。」一郎もたずねましたがやっぱり泣くばかりでした。

お父さんは立って楢夫の額に手をあてて見てそれからしっかり頭を押えました。

するとだんだん泣きやんでついにはただしくしく泣きじゃくるだけになりました。

「何して泣ぃだ。家さ行ぐだぃぐなったべぁな。」お父さんが云《い》いました。

「うんにゃ。」楢夫は泣きじゃくりながら頭をふりました。

「どご痛くてが。」

「うんにゃ。」

「そだらなして泣ぃだりゃ、男などぁ泣がなぃだな。」

「怖《お》っかなぃ。」まだ泣きながらやっと答えるのでした。

「なして怖っかなぃ。お父さんも居るし兄《あい》なも居るし昼まで明りくて何《な》っても怖っかなぃごとぁ無いじゃぃ。」

「うんう、怖っかなぃ。」

「何ぁ怖っかなぃ。」

「風の*又三郎《またさぶろう》ぁ云ったか。」

「何て云った。風の又三郎など、怖っかなぐないぃ。何て云った。」

「お父さんおりゃさ新らしきもの着せるって云ったか。」楢夫はまた泣きました。一郎もなぜかぞっとしました。けれどもお父さんは笑いました。

「ああははは、風の又三郎ぁ、いい事《ごと》云ったな。四月になったら新らし着物買ってけらな。一向泣ぐごとぁないじゃぃ。泣ぐな泣ぐな。」「泣ぐな。」一郎も横からのぞき込んでなぐさめました。

「もっと云ったか。」楢夫はまるで眼《め》をこすってまっかにして云いました。

「何て云った。」

「それがらお母《つか》さん、おりゃのごと湯さ入れで洗うて云ったか。」

「ああはは、そいづぁ嘘ぞ。楢夫などぁいっつも一人して湯さ入るもな。風の又三郎などぁ偽《うそ》こぎさ。泣ぐな、泣ぐな。」

お父さんは何だか顔色を青くしてそれに無理に笑っているようでした。一郎もなぜか胸がつまって笑えませんでした。楢夫はまだ泣きやみませんでした。

「さあお飯《まま》食べし泣ぐな。」

楢夫は眼をこすりながら変に赤く小さくなった眼で一郎を見ながら又言いました。

「それがらみんなしておりゃのごと送って行ぐて云ったか。」

＊風の又三郎―童話「風の又三郎」と同様、東北地方の「風の三郎」という風の神の伝承にちなむが、ここでは死神のイメージが強い。

「みんなして汝《うな》のごと送てぐど。そいづぁなぁ、うな立派になってどごさが行ぐ時ぁみんなして送ってぐづごとさ。みんないいごとばがりだ。泣ぐな。な、泣ぐな。春になったら盛岡祭見さ連《つれ》でぐはんて泣ぐな。な。」

一郎はまっ青になってだまって日光に照らされたたき火を見ていましたが、この時やっと云《い》いました。

「なあに風の又三郎など、怖《お》っかなぐないぃ。いっつも何だりかだりって人だますじゃぃ。」

楢夫《ならお》もようやく泣きじゃくるだけになりました。けむりの中で泣いて眼《め》をこすったもんですから眼のまわりが黒くなってちょっと小さな狸《たぬき》のように見えました。

お父さんはなんだか少し泣くように笑って

「さあもう一《ひと》がえり面《つら》洗ないやないぃ。」と云いながら立ちあがりました。

二　峠

ひるすぎになって谷川の音もだいぶかわりました。何だかあたたかくそしてどこかおだやかに聞えるのでした。

お父さんは小屋の入口で馬を引いて炭をおろしに来た人と話していました。ずいぶん永いこと話していました。それからその人は炭俵を馬につけはじめました。二人は入口に出て見ました。

馬はもりもりかいばをたべてそのたてがみは茶色でばさばさしその眼は大きくて眼の中にはさまざまのおかしな器械が見えて大へんに気の毒に思われました。

お父さんが二人に言いました。

「そいでぁうなだ、この人さ随《つ》ぃで家さ戻れ。この人ぁ楢鼻《ならはな》まで行がはんて。今度の土曜日に天気ぁ好がったら又おれぁ迎ぃに行がはんてなぃ。」

あしたは月曜日ですから二人とも学校へ出るために家へ帰らなければならないのでした。

「そだら行がんす。」一郎が云いました。

「うん、それがら家さ戻ったらお母《つか》さんさ、ついでの人さたのんで大きな方の鋸《のこぎり》をよごしてけろって云えやぃな、いいが。忘れなよ。家まで丁度一時半かがらはんてゆっくり行っても三時半にあ戻れる。のどぁ乾ぃでも雪たべなやぃ。」

「うん。」楢夫が答えました。楢夫はもうすっかり機嫌を直してピョンピョン跳んだりしていました。

馬をひいた人は炭俵をすっかり馬につけてつなを馬のせなかで結んでから
「さ、そいでぃ、行ぐまちゃ。わらし達ぁ先に立ったら好《い》がべがな。」と二人のお父さんにたずねました。「なぁに随《つい》で行ぐごたんす。どうがお願ぁ申さんすじゃ。」お父さんは笑っておじぎをしました。

「さ、そいでぁ、まんつ、」その人は牽《ひき》づなを持ってあるき出し鈴はツァリンツァリンと鳴り馬は首を垂れてゆっくりあるきました。

一郎は楢夫《ならお》をさきに立ててそのあとに跡《つ》いて行きました。みちがよくかたまってじっさい気持ちがよく、空はまっ青にはれて、却《かえ》って少しこわいくらいでした。

「房下ってるじゃぃ。」にわかに楢夫が叫びました。一郎はうしろからよく聞えなかったので「何や。」とたずねました。

「あの木さ房下ってるじゃぃ。」楢夫が又云《い》いました。見るとすぐ崖《がけ》の下から一本の木が立っていてその枝には茶いろの実がいっぱいに房になって下って居りました。一郎はしばらくそれを見ました。それから少し馬におくれたので急いで追いつきました。馬を引いた人はこの時ちょっとうしろをふりかえってこっちをすかすようにして見ましたがまた黙ってあるきだしました。

みちの雪はかたまってはいましたがでこぼこでしたから馬はたびたびつまずくようにしました。楢夫もあたりを見てあるいていましたのでやはりたびたびつまずきそうにしました。

「下見で歩げ。」と一郎がたびたび云ったのでした。

みちはいつか谷川からはなれて大きな象のような形の丘の中腹をまわりはじめました。栗の木が何本か立って枯れた乾いた葉をいっぱい着け、鳥がちょんちょんと鳴いてうしろの方へ飛んで行きました。そして日の光がなんだか少しうすくなり雪がいままでより暗くそして却って強く光って来ました。

そのとき向うから一列の馬が鈴をチリンチリンと鳴らしてやって参りました。

みちが一《ひと》むらの赤い実をつけたまゆみの木のそばまで来たとき両方の人たちは行きあいました。兄弟の先に立った馬は一寸《ちよつと》みちをよけて雪の中に立ちました。兄弟も膝《ひざ》まで雪にはいってみちをよけました。

「早ぃな。」

「早がったな。」挨拶《あいさつ》をしながら向うの人たちや馬は通り過ぎて行きました。

ところが一ばんおしまいの人は挨拶をしたなり立ちどまってしまいました。馬はひとりで少し歩いて行ってからうしろから「どう。」と云われたのでとまりました。兄弟は雪の中からみちにあがり二人とならんで立っていた馬もみちにあがりました。ところが馬を引いた人たちはいろいろ話をはじめました。

兄弟はしばらくは、立って自分たちの方の馬の歩き出すのを待っていましたがあまり待ち遠しかったのでとうとう少しずつあるき出しました。あとはもう峠を一つ越えればすぐ家でしたし、一里もないのでしたからそれに天気も少しは曇ったってみちはまっすぐにつづいているのでしたから何でもないと一郎も思いました。

馬をひいた人は兄弟が先に歩いて行くのを一寸よこめで見ていましたがすぐあとから追いつくつもりらしくだまって話をつづけました。

楢夫《ならお》はもう早くうちへ帰りたいらしくどんどん歩き出し一郎もたびたびうしろをふりかえって見ましたが馬が雪の中で茶いろの首を垂れ二人の人が話し合って白い大きな手甲《てっこう》がちらっと見えたりするだけでしたからやっぱり歩いて行きました。

みちはだんだんのぼりになりついにはすっかり坂になりましたので楢夫はたびたび膝《ひざ》に手をつっぱって「うんうん」とふざけるようにしながらのぼりました。一郎もそのうしろからはあはあ息をついて
「よう、坂道、よう、山道」なんて云《い》いながら進んで行きました。

けれどもとうとう楢夫は、つかれてくるりとこっちを向いて立ちどまりましたので、一郎はいきなりひどくぶっつかりました。

「疲《こわ》いが。」一郎もはあはあしながら云いました。来た方を見ると路《みち》は一すじずうっと細くついて人も馬ももう丘のかげになって見えませんでした。いちめんまっ白な雪、（それは大へんくらく沈んで見えました。空がすっかり白い雲でふさがり太陽も大きな銀の盤のようにくもって光っていたのです）がなだらかに起伏しそのところどころに茶いろの栗や柏《かしわ》の木が三本四本ずつちらばっているだけじつにしぃんとして何ともいえないさびしいのでした。けれども楢夫はその丘の自分たちの頭の上からまっすぐに向うへかけおりて行く一疋《ぴき》の鷹《たか》を見たとき高く叫びました。

「しっ、鳥だ。しゅう。」一郎はだまっていました。けれどもしばらく考えてから云いまし

た。

「早ぐ峠越えるべ。雪降って来るじょ。」

　ところが丁度そのときです。まっしろに光っている白いそらに暗くゆるやかにつらなっていた峠の頂の方が少しぼんやり見えて来ました。そしてまもなく小さな小さな乾いた雪のこながが少しばかりちらっちらっと二人の上から落ちて参りました。

「さあ楢夫、早ぐのぼれ、雪降って来た、上さ行げば平らだはんて。」一郎が心配そうに云いました。

　楢夫は兄の少し変った声を聞いてにわかにあわてました。そしてまるでせかせかとのぼりました。

「あんまり急ぐな。大丈夫だはんて、なあにあど一里も無ぃも。」一郎も息をはずませながら云いました。けれどもじっさい二人とも急がずに居られなかったのです。めの前もくらむように急ぎました。あんまり急ぎすぎたのでそれはながくつづきませんでした。雪がまったくひどくなって来た方も行く方もまるで見えず二人のからだもまっ白になりました。そして楢夫が泣いていきなり一郎にしがみつきました。

「戻るが、楢夫。戻るが。」一郎も困ってそう云いながら来た下の方を一寸《ちょつと》見ましたがとてももう戻ろうとは思われませんでした。それは来た方がまるで灰いろで穴のようにくらく見えたのです。それにくらべては峠の方は白く明るくおまけに坂の頂上だってもうじきでした。

そこまでさえ行けばあとはもう十町もずうっと丘の上で平らでしたし来るときは山鳥も何べんも飛び立ち灌木《かんぼく》の赤や黄いろの実もあったのです。

「さあもう一あしだ。歩《あ》べ。上まで行げば雪も降ってないしみぢも平らになる。歩べ、怖《お》っかなぐないはんて歩べ。あどがらあの人も馬ひで来るしそれ、泣がないで、今度ぁゆっくり歩べ。」一郎は楢夫《ならお》の顔をのぞき込んで云《い》いました。楢夫は涙をふいてわらいました。楢夫の頬《ほほ》に雪のかけらが白くついてすぐ溶けてなくなったのを一郎はなんだか胸がせまるように思いました。一郎が今度は先に立ってのぼりました。みちももうそんなにけわしくはありませんでしたし雪もすこし薄くなったようでした。それでも二人の雪沓《ゆきぐつ》は早くも一寸《すん》も埋まりました。

だんだんいただきに近くなりますと雪をかぶった黒いゴリゴリの岩がたびたびみちの両がわに出て来ました。

二人はだまってなるべく落ち着くようにして一足ずつのぼりました。一郎はばたばた毛布をうごかしてからだから雪をはらったりしました。

そしていいことはもうそこが峠のいただきでした。

「来た来た。さあ、あどぁ平らだぞ、楢夫。」

一郎はふりかえって見ました。楢夫は顔をまっかにしてはあはあしながらやっと安心したようにわらいました。けれども二人の間にもこまかな雪がいっぱいに降っていました。

「馬もきっと坂半分ぐらぃ登ったたな。叫んで見べが。」

「うん。」

「いいが、一二三、ほおお。」

声がしんと空へ消えてしまいました。返事もなくこだまも来ずかえってそらが暗くなって雪がどんどん舞いおりるばかりです。

「さあ、歩べ。あと三十分で下りるにい。」

一郎はまたあるきだしました。

にわかに空の方でヒィウと鳴って風が来ました。雪はまるで粉のようにけむりのように舞いあがりくるしくて息もつかれずきもののすきまからはひやひやとからだにはいりました。兄弟は両手を顔にあてて立ちどまっていましたがやっと風がすぎたので又あるき出そうとするときこんどは前より一そうひどく風がやって来ました。その音はおそろしい笛のよう、二人のからだも曲げられ足もとをさらさら雪の横にながれるのさえわかりました。

とうげのいただきはまったくさっき考えたのとはちがっていたのです。楢夫はあんまりころぼそくなって一郎にすがろうとしました。またうしろをふりかえっても見ました。けれども一郎は風がやむとすぐ歩き出しましたし、うしろはまるで暗く見えましたから楢夫はほんとうに声を立てないで泣くばかりよちよち兄に追い付いて進んだのです。

雪がもう沓《くつ》のかかと一杯でした。ところどころには吹き溜《だま》りが出来てやっとあるけるぐらいでした。それでも一郎はずんずん進みました。楢夫《ならお》もそのあしあとを一生けん命ついて行きました。一郎はたびたびうしろをふりかえってはいましたがそれでも楢夫はおくれがちでした。風がひゅうと鳴って雪がぱっとつめたいしろけむりをあげますと、一郎は少し立ちどまるようにし楢夫は小刻みに走って兄に追いすがりました。

けれどもまだその峯みちを半分も来ては居りませんでした。吹きだまりがひどく大きくなってたびたび二人はつまずきました。

一郎は一つの吹きだまりを越えるとき、思ったより雪が深くてとうとう足をさらわれて倒れました。一郎はからだや手やすっかり雪になって軋《きし》るように笑って起きあがりましたが楢夫はうしろに立ってそれを見てこわさに泣きました。

「大丈夫だ。楢夫、泣ぐな。」一郎は云《い》いながら又あるきました。けれどもこんどは楢夫がころびました。そして深く雪の中に手を入れてしまって急に起きあがりもできずおじぎのときのように頭をさげてそのまま泣いていたのです。一郎はすぐ走り戻ってだき起しました。そしてその手の雪をはらってやりそれから、

「さあも少しだ。歩げるが。」とたずねました。

「うん」と楢夫は云っていましたがその眼《め》はなみだで一杯になりじっと向うの方を見口はゆがんで居りました。

雪がどんどん落ちて来ます。それに風が一そうはげしくなりました。二人は又走り出しま

したけれどももうつまずくばかり一郎がころび楢夫がころびそれにいまはもう二人ともみちをあるいてるのかどうか前無かった黒い大きな岩がいきなり横の方に見えたりしました。

風がまたやって来ました。雪は塵《ちり》のよう砂のようけむりのよう楢夫はひどくせき込んでしまいました。

そこはもうみちではなかったのです。二人は大きな黒い岩につきあたりました。

一郎はふりかえって見ました。二人の通って来たあとはまるで雪の中にほりのようについていました。

「路まちがった。戻らないばわがない。」

一郎は云っていきなり楢夫の手をとって走り出そうとしましたがもうただの一足ですぐ雪の中に倒れてしまいました。

楢夫はひどく泣きだしました。

「泣ぐな。雪はれるうぢ此処《ここ》に居るべし泣ぐな。」一郎はしっかりと楢夫を抱いて岩の下に立って云いました。

風がもうまるできちがいのように吹いて来ました。いきもつけず二人はどんどん雪をかぶりました。

「わがない。わがない。」楢夫が泣いて云いました。その声もまるでちぎるように風が持って行ってしまいました。一郎は毛布をひろげてマントのまま楢夫を抱きしめました。

一郎はこのときはもうほんとうに二人とも雪と風で死んでしまうのだと考えてしまいました。いろいろなことがまるでまわり燈籠《どうろう》のように見えて来ました。正月に二人は本家《ほんけ》に呼ばれて行ってみんながみかんをたべたとき楢夫《ならお》がすばやく一つたべてしまってもーつを取ったので一郎はいけないというようにひどく目で叱ったのでした、そのときの楢夫の霜やけの小さな赤い手などがはっきり一郎に見えて来ました。いきが苦しくてまるでえらえらする毒をのんでいるようでした。一郎はいつか雪の中に座ってしまっていました。そして一そう強く楢夫を抱きしめました。

三　うすあかりの国

けれどもけれどもそんなことはまるでまるで夢のようでした。いつかつめたい針のような雪のこなもなんだかなまぬるくなり楢夫もそばに居なくなって一郎はただひとりぼんやりくらい藪《やぶ》のようなところをあるいて居りました。

そこは黄色にぼやけて夜だか昼だか夕方かもわからずよもぎのようなものがいっぱいに生えあちこちには黒いやぶらしいものがまるでいきもののようにいきをしているように思われました。

一郎は自分のからだを見ました。そんなことが前からあったのか、いつかからだには鼠《ねずみ》いろのきれが一枚まきついてあるばかりおどろいて足を見ますと足ははだしになっていて今までもよほど歩いて来たらしく深い傷がついて血がだらだら流れて居りました。それに胸や腹がひどく疲れて今にもからだが二つに折れそうに思われました。一郎はにわかにこわくなって大声に泣きました。

けれどもそこはどこの国だったのでしょう。ひっそりとして返事もなく空さえもなんだかがらんとして見れば見るほど変なおそろしい気がするのでした。それににわかに足が灼《や》くように傷《いた》んで来ました。

「楢夫は。」ふっと一郎は思い出しました。

「楢夫ぉ。」一郎はくらい黄色なそらに向って泣きながら叫びました。

しいんとして何の返事もありませんでした。一郎はたまらなくなってもう足の痛いのも忘れてはしり出しました。すると俄《にわ》かに風が起って一郎のからだについていた布はまっすぐにうしろの方へなびき、一郎はその自分の泣きながらはだしで走って行ってぼろぼろの布が風でうしろへなびいている景色を頭の中に考えて一そう恐ろしくかなしくてたまらなくなりました。

「楢夫ぉ。」一郎は又叫びました。

「兄《あい》な。」かすかなかすかな声が遠くの遠くから聞えました。一郎はそっちへかけ出しました。そして泣きながら何べんも「楢夫ぉ、楢夫ぉ。」と叫びました。返事はかすかに聞えたり又返事したのかどうか聞えなかったりしました。

一郎の足はまるでまっ赤になってしまいました。そしてもう痛いかどうかもわからず血は気味悪く青く光ったのです。

一郎ははしってはしって走りました。

そして向うに一人の子供が丁度風で消えようとする蠟燭《ろうそく》の火のように光ったり又消えたりぺかぺかしているのを見ました。

それが顔に両手をあてて泣いている楢夫《ならお》でした。一郎はそばへかけよりました。そしてにわかに足がぐらぐらして倒れました。それから力いっぱい起きあがって楢夫を抱こうとしました。楢夫は消えたりともったりしきりにしていましたがだんだんそれが早くなりとうとうその変りもわからないようになって一郎はしっかりと楢夫を抱いていました。

「楢夫、僕たちどこへ来たろうね。」一郎はまるで夢の中のように泣いて楢夫の頭をなでてやりながら云《い》いました。その声も自分が云っているのか誰かの声を夢で聞いているのかわからないようでした。

「死んだんだ。」と楢夫は云ってまたはげしく泣きました。

一郎は楢夫の足を見ました。やっぱりはだしでひどく傷がついて居りました。

「泣かなくってもいいんだよ。」一郎は云いながらあたりを見ました。ずうっと向うにぼんやりした白びかりが見えるばかりしいんとしてなんにも聞えませんでした。

「あすこの明るいところまで行って見よう。きっとうちがあるから、お前あるけるかい。」

一郎が云いました。

「うん。おっかさんがそこに居るだろうか。」

「居るとも。きっと居る。行こう。」

一郎はさきになってあるきました。そらが黄いろでぼんやりくらくていまにもそこから長い手が出て来そうでした。

足がたまらなく痛みました。

「早くあすこまで行こう。あすこまでさえ行けばいいんだから。」一郎は自分の足があんまり痛くてバリバリ白く燃えてるようなのをこらえて云いました。けれども楢夫はもうとてもたまらないらしく泣いて地面に倒れてしまいました。

「さあ、兄さんにしっかりつかまるんだよ。走って行くから。」一郎は歯を喰《く》いしばって痛みをこらえながら楢夫を肩にかけました。そして向うのぼんやりした白光をめがけてまるでからだもちぎれるばかり痛いのを堪《こら》えて走りました。それでももうとてもたまらなくなって何べんも倒れました。倒れてもまた一生懸命に起きあがりました。

ふと振りかえって見ますと来た方はいつかぼんやり灰色の霧のようなものにかくれてその向うを何かうす赤いようなものがひらひらしながら一目散に走って行くらしいのです。

一郎はあんまりの怖さに息もつまるようにおもいました。それでもこらえてむりに立ちあ

がってまた楢夫《ならお》を肩にかけました。楢夫はぐったりとして気を失っているようでした。一郎は泣きながらその耳もとで、

「楢夫、しっかりおし、楢夫、兄さんがわからないかい。楢夫」と一生けん命呼びました。

楢夫はかすかにかすかに眼《め》をひらくようにはしましたけれどもその眼には黒い色も見えなかったのです。一郎はもうあらんかぎりの力を出してそこら中いちめんちらちらちらちら白い火になって燃えるように思いながら楢夫を肩にしてさっきめざした方へ走りました。足がうごいているかどうかもわからずからだは何か重い巌《いわ》に砕かれて青びかりの粉になってちらけるよう何べんも何べんも倒れては又楢夫を抱き起して泣きながらしっかりとかかえ夢のように又走り出したのでした。それでもいつか一郎ははじめにめざしたうすあかるい処《ところ》に来ては居ました。けれどもそこは決していい処ではありませんでした。却《かえ》って一郎はからだ中凍ったように立ちすくんでしまいました。すぐ眼の前は谷のようになった窪地《くぼち》でしたがその中を左から右の方へ何ともいえずいたましいなりをした子供らがぞろぞろ追われて行くのでした。わずかばかりの灰いろのきれをからだにつけた子もあれば小さなマントばかりはだかに着た子もありました。瘠《や》せて青ざめて眼ばかり大きな子、髪の赭《あか》い小さな子骨の立った小さな膝《ひざ》を曲げるようにして走って行く子、みんなからだを前にまげておどおど何かを恐れ横を見るひまもなくただふかくふかくため息をついたり声を立てないで泣いたり、ぞろぞろ追われるように走って行くのでした。みんな一郎のように足が傷《きずつ》いていたのです。そして本とう

に恐ろしいことはその子供らの間を顔のまっ赤な大きな人のかたちのものが灰いろの棘《とげ》のぎざぎざ生えた鎧《よろい》を着て、髪などはまるで火が燃えているよう、ただれたような赤い眼をして太い鞭《むち》を振りながら歩いて行くのでした。その足が地面にあたるときは地面はガリガリ鳴りました。一郎はもう恐ろしさに声も出ませんでした。

楢夫ぐらいの髪のちぢれた子が列の中に居ましたがあんまり足が痛むと見えてとうとうよろよろつまずきました。そして倒れそうになって思わず泣いて「痛いよう。おっかさん。」と叫んだようでした。するとすぐ前を歩いて行ったあの恐ろしいものは立ちどまってこっちを振り向きました。その子はよろよろして恐ろしさに手をあげながらうしろへ遁《に》げようとしましたら忽《たちま》ちその恐ろしいものの口がぴくっとうごきばっと鞭が鳴ってその子は声もなく倒れてもだえました。あとから来た子供らはそれを見てもただふらふらと避けて行くだけ一語も云《い》うものがありませんでした。倒れた子はしばらくもだえていましたがそれでもいつかさっきの足の痛みなどは忘れたように又よろよろと立ちあがるのでした。

一郎はもう行くにも戻るにも立ちすくんでしまいました。俄《にわ》かに楢夫が眼を開いて「お父さん。」と高く叫んで泣き出しました。すると丁度下を通りかかった一人のその恐ろしいものはそのゆがんだ赤い眼をこっちに向けました。一郎は息もつまるように思いました。恐ろしいものはむちをあげて下から叫びました。

「そこらで何をしてるんだ。下りて来い。」一郎はまるでその赤い眼《め》に吸い込まれるような気がしてよろよろ二三歩そっちへ行きましたがやっとふみとまってしっかり楢夫《ならお》を抱きました。その恐ろしいものは頬《ほほ》をぴくぴく動かし歯をむき出して咆《ほ》えるように叫んで一郎の方に登って来ました。そしていつか一郎と楢夫とはつかまれて列の中に入っていたのです。ことに一郎のかなしかったことはどうしたのか楢夫が歩けるようになってはだしでその痛い地面をふんで一郎の前をよろよろ歩いていることでした。一郎はみんなと一緒に追われてあるきながら何べんも楢夫の名を低く呼びました。けれども楢夫はもう一郎のことなどは忘れたようでした。ただたびたびおびえるようにうしろに手をあげながら足の痛さによろめきながら一生けん命歩いているのでした。一郎はこの時はじめて自分たちを追っているものは鬼というものなこと、又楢夫などに何の悪いことがあってこんなつらい目にあうのかということを考えました。そのとき楢夫がとうとう一つの赤い稜《かど》のある石につまずいて倒れました。鬼のむちがその小さなからだを切るように落ちました。一郎はぐるぐるしながらその鬼の手にすがりました。

「私を代りに打って下さい。楢夫はなんにも悪いことがないのです。」

鬼はぎょっとしたように一郎を見てそれから口がしばらくぴくぴくしていましたが大きな声でこう云《い》いました。その歯がギラギラ光ったのです。

「罪はこんどばかりではないぞ。歩け。」一郎はせなかがシィンとしてまわりがくるくる青く見えました。それからからだ中からつめたい汗が湧《わ》きました。

こんなにして兄弟は追われて行きました。けれどもだんだんなれて来たと見えて二人ともなんだか少し楽になったようにも思いました。ほかの人たちの傷ついた足や倒れるからだを夢のように横の方に見たのです。にわかにあたりがぼんやりくらくなりました。それから黒くなりました。追われて行く子供らの青じろい列ばかりその中に浮いて見えました。

だんだん眼が闇になれて来た時一郎はその中のひろい野原にたくさんの黒いものがじっと座っているのを見ました。微《かす》かな青びかりもありました。それらはみなからだ中黒い長い髪の毛で一杯に覆われてまっ白な手足が少し見えるばかりでした。その中の一つがどういうわけか一寸《ちよつと》動いたと思いますと俄《にわ》かにからだもちぎれるような叫び声をあげてもだえまわりました。そしてまもなくその声もなくなって一かけの泥のかたまりのようになってころがるのを見ました。そしてだんだん眼がなれて来たときその闇の中のいきものは刀の刃のように鋭い髪の毛でからだを覆われていること一寸でも動けばすぐからだを切ることがわかりました。

その中をしばらくしばらく行ってからまたあたりが少し明るくなりました。そして地面はまっ赤でした。前の方の子供らが突然烈《はげ》しく泣いて叫びました。列もとまりました。鞭《むち》の音や鬼の怒り声が雹《ひよう》や雷のように聞えて来ました。一郎のすぐ前を楢夫がよろよろしているのです。まったく野原のその辺は小さな*瑪瑙《めのう》のかけらのようなものでできていて行くものの足

*瑪瑙―層状あるいは縞状の模様のある鉱物。石英の微細結晶の集合体。

一郎を切るのでした。

　鬼は大きな鉄の沓《くつ》をはいていました。その歩くたびに瑪瑙《めのう》はガリガリ砕けたのです。一郎のまわりからも叫び声が沢山起りました。楢夫《ならお》も泣きました。

「私たちはどこへ行くんですか。どうしてこんなつらい目にあうんですか。」楢夫はとなりの子にたずねました。「あたしは知らない。痛い。痛い。痛いなぁ。おっかさん。」その子はぐらぐら頭をふって泣き出しました。

「何を云《い》ってるんだ。みんなきさまたちの出かしたこった。どこへ行くあてもあるもんか。」うしろで鬼が咆《ほ》えて又鞭《むち》をならしました。

　野はらの草はだんだんだん荒くだんだん鋭くなりました。前の方の子供らは何べんも倒れては又力なく起きあがり足もからだも傷つき、叫び声や鞭の音はもうそれだけでも倒れそうだったのです。

　楢夫がいきなり思い出したように一郎にすがりついて泣きました。

「歩け。」鬼が叫びました。鞭が楢夫を抱いた一郎の腕をうちました。一郎の腕はしびれてわからなくなってただびくびくうごきました。楢夫がまだすがりついていたので鬼が又鞭をあげました。

「楢夫は許して下さい。楢夫は許して下さい。」一郎は泣いて叫びました。

「歩け。」鞭が又鳴りましたので一郎は両腕であらん限り楢夫をかばいました。かばいなが

ら一郎はどこからか、

「*にょらいじゅりょうぼん第十六。」というような語《ことば》がかすかな風のように又匂《におい》のように一郎に感じました。すると何だかまわりがほっと楽になったように思って「にょらいじゅりょうぼん。」と繰り返してつぶやいてみました。すると前の方を行く鬼が立ちどまって不思議そうに一郎をふりかえって見ました。列もとまりました。どう云うわけか鞭の音も叫び声もやみました。しぃんとなってしまったのです。気がついて見るとそのうすくらい赤い瑪瑙の野原のはずれがぼうっと黄金《きん》いろになってその中を立派な大きな人がまっすぐにこっちへ歩いて来るのでした。どう云うわけかみんなはほっとしたように思ったのです。

四　光のすあし

その人の足は白く光って見えました。実にはやく実にまっすぐにこっちへ歩いて来るのでした。まっ白な足さきが二度ばかり光りもうその人は一郎の近くへ来ていました。

一郎はまぶしいような気がして顔をあげられませんでした。その人ははだしでした。まる

＊にょらいじゅりょうぼん第十六――「如来寿量品」第十六。仏教を代表する経典の一つである『法華経』二十八品のうちの一つ。品は章のこと。

で貝殻のように白くひかる大きなすあしでした。くびすのところの肉はかがやいて地面まで垂れていました。大きなまっ白なすあしだったのです。けれどもその柔らかなすあしは鋭い瑪瑙《めのう》のかけらをふみ燃えあがる赤い火をふんで少しも傷つかず又灼《や》けませんでした。地面の棘《とげ》さえ又折れませんでした。

「こわいことはないぞ。」微《かす》かに微かにわらいながらその人はみんなに云《い》いました。その大きな瞳は青い蓮《はす》のはなびらのようにりんとみんなを見ました。みんなはどう云うわけともなく一度に手を合せました。

「こわいことはない。おまえたちの罪はこの世界を包む大きな徳の力にくらべれば太陽の光とあざみの棘のさきの小さな露のようなもんだ。なんにもこわいことはない。」

いつの間にかみんなはその人のまわりに環《わ》になって集って居りました。さっきまであんなに恐ろしく見えた鬼どもがいまはみなすなおにその大きな手を合せ首を低く垂れてみんなのうしろに立っていたのです。

その人はしずかにみんなを見まわしました。

「みんなひどく傷を受けている。それはおまえたちが自分で自分を傷つけたのだぞ。けれどもそれも何でもない、」その人は大きなまっ白な手で楢夫《ならお》の頭をなでました。楢夫も一郎もその手のかすかにほおの花のにおいのするのを聞きました。そしてみんなのからだの傷はすっかり癒《なお》っていたのです。

一人の鬼がいきなり泣いてその人の前にひざまずきました。それから頭をけわしい瑪瑙の地面に垂れその光る足を一寸手《ちよつと》でいただきました。

その人は又微かに笑いました。すると大きな黄金《きん》いろの光が円《まる》い輪になってその人の頭のまわりにかかりました。その人は云いました。

「ここは地面が剣でできている。お前たちはそれで足やからだをやぶる。そうお前たちは思っている、けれどもこの地面はまるっきり平らなのだ。さあご覧。」

その人は少しかがんでそのまっ白な手で地面に一つ輪をかきました。みんなは眼《め》を擦《こす》ったのです。又耳を疑がったのです。今までの赤い瑪瑙の棘でできた暗い火の舌を吐いていたかなしい地面が今は平らな平らな波一つ立たないまっ青な湖水の面に変りその湖水はどこまでつづくのかはては*孔雀石《くじやくいし》の色に何条もの美しい縞《しま》になり、その上には蜃気楼《しんきろう》のようにそしてもっとはっきりと沢山の立派な木や建物がじっと浮んでいたのです。それらの建物はずうっと遠くにあったのですけれども見上げるばかりに高く青や白びかりの屋根を持ったり虹のようないろの幡《はた》が垂れたり、一つの建物から一つの建物へ空中に真珠のように光る欄干《らんかん》のついた橋廊がかかったり高い塔はたくさんの鈴や飾り網を掛けそのさきの棒はまっすぐに高くそらに立ちました。それらの建物はしんとして音なくそびえその影は実にはっきりと水面に落ちたのです。

*孔雀石—銅の二次鉱物。不透明だが、美しい縞模様がある。

またたくさんの樹《き》が立っていました。それは全く宝石細工としか思われませんでした。はんの木のようなかたちでまっ青な樹もありました。楊《やなぎ》に似た木で白金のような小さな実になっているのもありました。みんなその葉がチラチラ光ってゆすれ互《たがい》にぶっつかり合って微妙な音をたてるのでした。

それから空の方からはいろいろな楽器の音がさまざまのいろの光のこなと一所《いっしょ》に微《かす》かに降って来るのでした。もっともっと愕《おどろ》いたことはあんまり立派な人たちのそこにもここにも一杯なことでした。ある人人は鳥のように空中を翔《か》けていましたがその銀いろの飾りのひもはまっすぐにうしろに引いて波一つたたないのでした。すべて夏の明方のようないい匂《におい》で一杯でした。ところが一郎は俄《にわ》かに自分たちも又そのまっ青な平らな湖水の上に立っていることに気がつきました。けれどもそれは湖水だったでしょうか。いいえ、水じゃなかったのです。硬かったのです。冷たかったのです、なめらかだったのです。それは実に青い宝石の板でした。板じゃない、やっぱり地面でした。あんまりそれがなめらかで光っていたので湖水のように見えたのです。

一郎はさっきの人を見ました。その人はさっきとは又まるで見ちがえるようでした。立派な瓔珞《ようらく》をかけ黄金《きん》の円光を冠《かぶ》りかすかに笑ってみんなのうしろに立っていました。そこに見えるどの人よりも立派でした。金と紅宝石《ルビー》を組んだような美しい花皿を捧げて天人たちが一郎たちの頭の上をすぎ大きな碧《あお》や黄金のはなびらを落して行きました。

そのはなびらはしずかにしずかにそらを沈んでまいりました。

さっきのうすくらい野原で一緒だった人たちはいまみな立派に変っていました。一郎は楢《なら》夫《お》を見ました。楢夫がやはり黄金いろのきものを着瓔珞も着けていたのです。それから自分を見ました。一郎の足の傷や何かはすっかりなおっていまはまっ白に光りその手はまばゆいい匂だったのです。

みんなはしばらくただよろこびの声をあげるばかりでしたがそのうちに一人の子が云《い》いました。

「此処《ここ》はまるでいいんだなあ、向うにあるのは博物館かしら。」

その巨《おお》きな光る人が微笑《わら》って答えました。

「うむ。博物館もあるぞ。あらゆる世界のできごとがみんな集まっている。」

そこで子供らは俄かにいろいろなことを尋ね出しました。一人が云いました。

「ここには図書館もあるの。僕アンデルゼンのおはなしやなんかもっと読みたいなあ。」

一人が云いました。

「ここの運動場なら何でも出来るなあ、ボールだって投げたってきっとどこまでも行くんだ。」

非常に小さな子は云いました。

「僕はチョコレートがほしいなあ。」

その巨《おお》きな人はしずかに答えました。

「本はここにはいくらでもある。一冊の本の中に小さな本がたくさんはいっているようなのもある。小さな小さな形の本にあらゆる本のみな入っているような本もある、お前たちはよく読むがいい。運動場もある、そこでかけることを習うものは火の中でも行くことができる。チョコレートもある。ここのチョコレートは大へんにいいのだ。あげよう。」その大きな人は一寸空《ちよつと》の方を見ました。一人の天人が黄いろな三角を組みたてた模様のついた立派な鉢を捧げてまっすぐに下りて参りました。そして青い地面に降りて虔《うやうや》しくその大きな人の前にひざまずき鉢を捧げました。

「さあたべてごらん。」その大きな人は一つを楢夫《ならお》にやりながらみんなに云《い》いました。みんなはいつか一つずつその立派な菓子を持っていたのです。それは一寸嘗《な》めたときからだ中すうっと涼しくなりました。舌のさきで青い蛍のような色や橙《だいだい》いろの火やらきれいな花の図案になってチラチラ見えるのでした。たべてしまったときからだがピンとなりました。しばらくたってからだ中から何とも云えないいい匂《におい》がぼうっと立つのでした。

「僕たちのお母さんはどっちに居るだろう。」楢夫が俄《にわ》かに思いだしたように一郎にたずねました。

するとその大きな人がこっちを振り向いてやさしく楢夫の頭をなでながら云いました。

「今にお前の前のお母さんを見せてあげよう。お前はもうここで学校に入らなければならない。それからお前はしばらく兄さんと別れなければならない。兄さんはもう一度お母さんの所へ帰るんだから。」

その人は一郎に云いました。

「お前はも一度あのもとの世界に帰るのだ。お前はすなおないい子供だ。よくあの棘《とげ》の野原で弟を棄《す》てなかった。あの時やぶれたお前の足はいまはもうはだしで悪い剣の林を行くことができるぞ。今の心持をけっして離れるな。お前の国にはここから沢山の人たちが行っている。よく探してほんとうの道を習え。」その人は一郎の頭を撫《な》でました。一郎はただ手を合せ眼《め》を伏せて立っていたのです。それから一郎は空の方で力一杯に歌っているいい声の歌を聞きました。その歌の声はだんだん変りすべての景色はぼうっと霧の中のように遠くなりました。ただその霧の向うに一本の木が白くかがやいて立ち楢夫がまるで光って立派になって立ちながら何か云いたそうにかすかにわらってこっちへ一寸手を延ばしたのでした。

五　峠

「楢夫」と一郎は叫んだと思いましたら俄かに新らしいまっ白なものを見ました。それは雪でした。それから青空がまばゆく一郎の上にかかっているのを見ました。

「息吐《つい》だぞ。眼開《あ》ぃだぞ。」一郎のとなりの家の赤髯《あかひげ》の人がすぐ一郎の頭のとこに曲《かが》んでいてしきりに一郎を起そうとしていたのです。そして一郎ははっきり眼《め》を開きました。楢夫《ならお》を堅く抱いて雪に埋まっていたのです。まばゆい青ぞらに村の人たちの顔や赤い毛布や黒の外《がい》套《とう》がくっきりと浮んで一郎を見下しているのでした。

「弟ぁなじょだ。弟ぁ。」犬の毛皮を着た猟師が高く叫びました。となりの人は楢夫の腕をつかんで見ました。一郎も見ました。

「弟ぁわがないよだ。早ぐ火焚《た》げ」となりの人が叫びました。

「火焚いでわがない。雪さ寝せろ。寝せろ。」

猟師が叫びました。一郎は扶《たす》けられて起されながらも一度楢夫の顔を見ました。その顔は苹果《りんご》のように赤くその唇はさっき光の国で一郎と別れたときのまま、かすかに笑っていたのです。けれどもその眼はとじその息は絶えそしてその手や胸は氷のように冷えてしまっていたのです。

宮沢賢治童話紀行

「二重の風景」への旅

宮川健郎

修羅のなぎさ

夏のおわりに、花巻へ行った。岩手県花巻市、宮沢賢治と賢治童話のふるさとである。最初に行ったのは、「イギリス海岸」だった。

花巻農業高校の賢治像（制作・橋本堅太郎）

「夏休みの十五日の農場実習の間に、私どもがイギリス海岸とあだ名をつけて、二日か三日ごと、仕事が一きりつくたびに、よく遊びに行った処がありました。

それは本とうは海岸ではなくて、いかにも海岸の風をした川の岸です。北上川の西岸でした。東の仙人峠から、遠野を通り土沢を過ぎ、北上山地を横截って来る冷たい猿ヶ石川の、北上川への落合から、少し下流の西岸でした。」

これは、宮沢賢治の童話というよりは、小品とでも呼びたい散文「イギリス海岸」の書き出し。賢治は、北上川の岸を「イギリス海岸」に見立て、いわば、川岸に「イギリス海岸」という物語をあたえた。――「日が強く照るときは岩は乾いてまっ白に見え、たて横に走ったひび割れもあり、大きな帽子を冠ってその上をうつむいて歩くなら、影法師は黒く落ちましたし、全くもうイギリスあたりの白堊《はくあ》の海岸を歩いているような気がするのでした。」「それに実際そこを海岸と呼ぶことは、無法なことではなかったのです。なぜならそこは第三紀と呼ばれる地質時代の終り頃、たしかにたびたび海の渚だったからでした。」

つぎは、賢治の作詞・作曲による歌曲「イギリス海岸の歌」。――「Tertiary the younger Tertiary the younger/Tertiary the younger Mud-stone/あおじろ日破《わ》れ　あおじろ日破れ／あおじろ日破れにおれのかげ/Tertiary the younger Tertiary the younger/Tertiary the younger Mud-stone/なみはあおざめ　支流はそそぎ／たしかにここは修羅のなぎさ」

文語詩稿「〔川しろじろとまじはりて〕」下書稿（一）には、「濁りの水の／かすかに濯《あら》ふ／たしかにここは修羅の渚」ともある。賢治が「おれはひとりの修羅なのだ」（「春と修羅」）と書きつけたことは、よく知られているが、「修羅」は仏教用語で、「阿修羅」を略したもの。辞書によれば、「阿修羅」はインド神話の悪神。阿修羅が嫉妬深くて戦いを好んだことから、「修羅」は、ねたみ、猜疑心から起こる争い、激怒、情念などのたとえともされる。よくいう「修羅の巷」などは、この意

「イギリス海岸」へと降りていく入り口

味だ。つまり、「修羅」は、人間存在の暗黒面をあらわすものだろう。賢治は、この川岸にも、人間の情念が繰り返し打ちよせたと考えたのか。

賢治が北上川にあたえた「イギリス海岸」という物語は、やがて、「銀河鉄道の夜」という、もっと大きな物語に発展していくことになる。ジョバンニとカムパネルラは、白鳥停車場で汽車を降り、天の川の河原に出てみる。そこは、「プリオシン海岸」という、きれいな河原で、大学士たちが化石を掘り出していた。大学士はいう。——「それはまあ、ざっと百二十万年ぐらい前のくるみだよ。ごく新らしい方さ。ここ百二十万年前、第三紀のあとのころは海岸でね、この下からは貝がらも出る。いま川の流れているとこに、そっくり塩水が寄せたり引いたりもしていたのだ。」

作品「イギリス海岸」には、水泳ぎの危険について述べたところがある。

「おまけにあの瀬の処では、早くにも溺れた人もあり、下流の救助区域でさえ、今年になってから二人も救ったというのです。いくら昨日までよく泳げる人でも、今日のからだ加減では、いつ水の中で動けないようになるかわからないというのです。何気なく笑って、その人と談《はな》してはいましたが、私はひとりで烈しく烈しく私の軽率を責めました。実は私はその日までもし溺れる生徒ができたら、こっちはとても助けることもできないし、ただ飛び込んで行って一緒に溺れてやろう、死ぬことの向う側まで一緒について行ってやろうと思っていただけでした。全く私たちにはそのイギリス海岸の夏の一刻がそんなにまで楽しかったのです。そして私は、それが悪いことだとは決して思いませんでした。」

右の「私」の思いは、「銀河鉄道の夜」では、カムパネルラが川にはまってザネリを助けようとして死ぬというモチーフに変形されている。マルソがジョバンニにいう。

「ジョバンニ、カムパネルラが川へはいったよ。」「どうして、いつ。」「ザネリがね、舟の上から烏うりのあかりを水の流れる方へ押してやろうとしたんだ。そのとき舟がゆれたもんだから水へ落っこったろう。するとカムパネルラがすぐ飛びこんだんだ。そしてザネリを舟の方へ押してよこした。ザネリはカトウにつかまった。けれどもあとカムパネルラが見えないんだ。」

「死ぬことの向う側まで一緒について行ってやろう」というモチーフは、「ひかりの素足」にも見出せる。

夏のおわりに、「イギリス海岸」へ行った。ところが、北上川は水位が高く、白い泥岩の露出した「白堊の海岸」を見ることはできなかった。ここ十年来、ダムによる水量管理がすすみ、「白堊の海岸」は失われてしまった。私は、現在の北上川の風景のなかにいて、「イギリス海岸」を幻視したのである。そして、北上川を「イギリス海岸」と見る、そこにこそ、宮沢賢治の想像力のかたちがあるのではないかと考えた。

「イーハトヴ」という想像力

中村稔は、賢治の作品は「エスペラント風のバタくささ」をもっているというが（『定本宮沢賢治』一九六二年）、「イギリス海岸」という言い方だって、やはり、そうだ。「エスペラント風のバタくささ」といえば、「イーハトヴ」ということばが、まっ先に思いうかぶ。一九二四（大13）年一二月に、杜陵出版部と東京光原社を発売元として出版された童話集『注文の多い料理店』は、「イーハトヴ童話」と銘打たれていた。小倉豊文は、「イーハトヴ」を「創作されたエスペラント風の岩手県の異称」とした（角川文庫版『注文の多い料理店』解説、一九五六年）。賢治は、世界語であるエスペラントを熱心に学んだ。「氷河鼠の毛皮」でも「イーハトヴ」だが、「グスコーブドリの伝記」では「イーハトーブ」だ。そのほかの詩や童話では、「イーハトブ」や「イーハトーボ」「イーハトーヴォ」などの表記もある。童話集『注文の多い料理店』が刊行された際の広告ちらしには、「イーハトヴ」について、こんなふうに書かれている。

「イーハトヴは一つの地名である。強《しい》て、その地点を求むるならばそれは、大小クラウスたちの耕していた、野原や、少女アリスが辿《たど》った鏡の国と同じ世界の中、テパーンタール砂漠の遥かな北東、イヴン王国の遠い東と考えられる。

実にこれは著者の心象中に、この様な状景をもって実在したドリームランドとしての日本岩手県である。（この行改行赤刷り）
そこでは、あらゆる事が可能である。人は一瞬にして氷雲の上に飛躍し大循環の風を従えて北に旅する事もあれば、赤い花杯の下を行く蟻と語ることもできる。
罪や、かなしみでさえそこでは聖くきれいにかがやいている。
深い掬の森や、風や影、肉之草や、不思議な都会、ベーリング市まで続く電柱の列、それはまことにあやしくも楽しい国土である。（圏点原文。原文では圏点は赤刷り）

「イーハトヴ」とは、「著者の心象中に（中略）実在したドリームランドとしての日本岩手県」のことだという。不順な天候、それによる不作、凶作、それによる貧困。宮沢賢治が生まれ、生きたころの「日本岩手県」は、いろいろな問題をかかえていたはずだ。賢治は、その「日本岩手県」に重ねて、「罪や、かなしみでさえ（中略）聖くきれいにかがやいている」土地、「あやしくも楽しい国土」を幻視する。「イーハトヴ」と「日本岩手県」、これは、重なり合う二つの風景だといえる。賢治の詩、賢治のいう心象スケッチ「春と修羅」の詩句を借りれば、「二重の風景」である。――「すべて二重の風景を／喪神の森の梢から／ひらめいてとびたつからす」

本書には、童話集『注文の多い料理店』から、「どんぐりと山猫」「狼森と笊森、盗森」「注文の多い料理店」「かしわばやしの夜」をおさめたが、童話集の「序」は、こんな書き出しだった。
「わたしたちは、氷砂糖をほしいくらいもたないでも、きれいにすきとおった風をたべ、桃いろのうつくしい朝の日光をのむことができます。
またわたくしは、はたけや森の中で、ひどいぼろぼろのきものが、いちばんすばらしいびろうどや羅紗や、宝石いりのきものに、かわっているのをたびたび見ました。
わたくしは、そういうきれいなたべものやきものをすきです。

これらのわたくしのおはなしは、みんな林や野はらや鉄道線路やらで、虹や月あかりからもらってきたのです。」

「ひどいぼろぼろのきもの」とは、まずしい農民のものだろうか。賢治の家は、農民を相手にする質屋で、古着商だった。「わたくし」は、その「ひどいぼろぼろのきもの」が「びろうどや羅紗や、宝石いりのきものに、かわっているのをたびたび見」たというのだ。

宮沢賢治イーハトーブ館

さいかち淵で　花巻へ行った。今回の旅は、同行三人。写真家の坂口綱男さんと、坂口さんのアシスタントをつとめてくださったIさん、そして、私である。東北新幹線の新花巻駅でレンタカーを借りて、まず、「イギリス海岸」へ行き、そのあと、宮沢賢治記念館と同イーハトーブ館へ。

宮沢賢治記念館は一九八二年、記念館の情報・研究センタ

道地橋から、さいかち淵をのぞむ

ーであるイーハトーブ館は一九九二年に、いずれも花巻市によって建設された。記念館は、胡四《こし》王山《おうざん》の中腹にあるが、その胡四王山は、宮沢賢治が「雨ニモマケズ」とした一つである。賢治は、「経埋ムベキ山」を記したのと同じ手帳に、「経埋ムベキ山」三二を列挙している。「経埋ムベキ」の経とは妙法蓮華経で、経典を後世に残すため、経筒にいれて地中に埋める「埋経」を意図している。この「経埋ムベキ」という賢治の願いは、没後、遺族によってかなえられた。

記念館のあとは、また、川へ。童話「風の又三郎」にも登場する、豊沢川のさいかち淵へむかった。「日本岩手県」に重ねて「イーハトブ」を見、「ひどいぼろぼろのきもの」が「びろうどや羅紗や、宝石いりのきもの」にかわっているのを見たという宮沢賢治の想像力がもっともよくあらわれた童話が「風の又三郎」だろう。

秋。九月一日、山の村の小学校でも、新しい学期がはじまった。その朝、いちばんに登校した一年生が教室のなかを見ると、「そのしんとした朝の教室のなかにどこから来たのか、まるで顔も知らないおかしな赤い髪の子供がひとり一番前の机にちゃんと座っていたのです。」

安野橋から見た猿ヶ石川

「おかしな赤い髪の子供」は転校生で、先生は「高田三郎さんです。」と紹介するけれど、五年生（?）の嘉助は、「あいつは風の又三郎だぞ。」と言い出す。「あいつ何かするときっと風吹いてくるぞ。」というのだ。「風の又三郎」とは、土地に言い伝えられた風の神様の名前らしい。この嘉助の意見にほかの子どもたちも呑み込まれてしまうけれど、嘉助の意見にいちいち疑問を差しはさんでいくのが六年生の一郎だ。私たちが嘉助に身をよせながら読めば、童話「風の又三郎」は、風の神の登場する空想的な物語として読める。ところが、一郎の目の高さで読めば、村の小学校を舞台とする日常物語に見えるのだ。「風の又三郎」は、一つの物語でありながら、二つの物語だといえる。作品のなかには、「日常」と「ふしぎ」が重なり合い、ないまぜられるように同居している。「風の又三郎」は、「日常」と「ふしぎ」という二重性をかかえこんだ両義的な物語だ。「日常」と「ふ

宮沢賢治生家

しぎ」といったものを「日本岩手県」と「イーハトブ」といってもよい。童話「風の又三郎」は、「二重の風景」を生み出す装置なのだ。

さいかち淵から、一度、新花巻駅にもどる必要があった。途中、猿ヶ石川にかかる橋を越えた。作品「イギリス海岸」にも出てくる猿ヶ石川だ。橋をわたりながら、私たちは、「あっ」といい、橋をわたったところで、運転していたIさんが車を止めた。夕暮れの川には、もやがかかり、現実の風景でありながら、幻想的な景色だった。坂口綱男さんが、橋の上から、それをカメラにおさめる。

夏のおわりに、花巻へ行った。今回の旅は、現実の風景に賢治童話の世界を重ねていく「二重の風景」への旅になりそうだった。

生家と墓

旅の二日め。朝、豊沢町の賢治生家へ行った。ここには、いまも、宮沢家の方がたが住んでいらっしゃるから、外から場所をたしかめる。その後、花巻温泉へ行き、賢治が設計した南斜花壇、日時計花壇を見る。そして、花巻市郊外（かつての大田村）の高村光太郎が暮らした山荘へ。午後は、賢治の羅須地人協会の跡（「雨ニモマケズ」の詩碑がある）と、協会の建物が保存されている岩手県立花巻農業高校。夕方は、賢治の墓がある身照寺へ行く。朝、私たちが、その前に立った生家と、夕方おまいりした墓のあいだに、宮沢賢治の生涯がある。

宮沢賢治は、花巻で生まれ、花巻で死んだが、年譜で確認すると、つごう九回、上京している。この東京体験はそれぞれ重要で、東京体験から賢治の生涯を考えることもできる。賢治は、日本岩手県（という方言の世界）—イーハトヴ（エスペラントの世界）—東京（標準語の世界）のトライアングルのなかで生き、書いたのかもしれない。

ニコライ堂の屋根　一九一六（大5）年七月一二日、日曜。この日、宮沢賢治は、夜汽車で上京する。この年三月の修学旅行以来、二度めの東京だ。八月一日から三〇日まで、神田区猿楽町・東京独逸学院の「独逸語夏期講習会」にかよう。この期間中に、彼は、満二〇歳をむかえる。八月一七日には、山梨県に帰省している保阪嘉内あてに封緘葉書を出して、「私は毎日神田の仲猿楽町まで歩いて行って居ります。」と書いた。保阪は、賢治が在学した盛岡高等農林学校の友だちで、同人誌「アザリア」の仲間でもある。

賢治が宿泊していた旅館のある麹町三丁目から、猿楽町のドイツ語学校まで歩いていくとすれば、道のりは、三キロメートルあまり。保阪嘉内あての葉書には、東京でよまれた短歌二〇首もしるされている。左記は、はじめの五首。

神保町少しばかりのかけひきにやや湿りある朝日は降れり。
するが台雨に銹びたるブロンズの円屋根に立つ朝のよろこび。

ニコライ堂

霧雨のニコライ堂の屋根ばかりなつかしきものはまたとあらざり。
青銅の穹屋根は今日いと低き雲をうれひてうちもだすかな。
かくてわれ東京の底に澱めりとつくづく思へば空のゆかしさ。

二〇歳の宮沢賢治が見た、一九一六年のニコライ堂＝東京ハリストス復活大聖堂は、東京大震災で焼けるまえのそれだった。ニコライ堂のそびえたつ駿河台に対して、神保町や猿楽町は、坂の下の低地である。「かくてわれ東京の底に澱めりとつくづく思へば空のゆかしさ。」の「東京の底」という表現も、そのあたりから発想されたにちがいない。これらの歌に注目した入沢康夫は、「賢治は、（中略）家族や親類の束縛からの一時的なものにもせよ解放を一途に求めた」「直接にニコライ堂を歌った三首、そしてそれにつづく『かくてわれ』の歌には、そうした、

『東京への脱走者』の解放感が底流している。」という(「東京」一九八三年)。

東京の底　賢治の九回の上京のなかで、もっとも重要視されるのが一九二一(大10)年の家出だ。

賢治は、二一年一月二三日の夕方、突然、花巻の家を出て、青森発上野行きの東北線にとびのる。二四日朝には東京に着き、その日のうちに、「突然出京しました／進退きわまったのです」と保阪嘉内あての葉書に書きつけている。一〇月三〇日の関徳弥(花巻の親類。賢治を兄のように慕っていた)にあてた手紙には、出京のいきさつについて、つぎのように書いている。

「何としても最早出るより仕方ない。あしたにしようか明後日にしようかと二十三日の暮方店の火鉢で一人考えて居りました。その時頭の上の棚から御書が二冊共ばったり背中に落ちました。さあもう今だ。今夜だ。時計を見たら四時半です。汽車は五時十二分です。すぐに台所へ行って手を洗い御本尊を箱に納め奉り御書と一所に包み洋傘を一本持って急いで店から出ました。途中の事は書きません。上野に着いてすぐ国柱会へ行きました。『私は昨年御入会を許されました岩手県の宮沢と申すものでございますが今度家の帰正を願う為に俄かにこちらに参りました。どうか下足番でもビラ張りでも何でも致しますからこちらでお使い下さいますまいか。』」

賢治は、田中智学が創設した日蓮宗の団体、国柱会で「家の帰正を願う為に」というが、彼は熱心な浄土真宗の信者である父政次郎に日蓮宗への改宗をせまっていた。前年、賢治が高等農林の研究科を修了して家にもどって以来、父と子のあいだには、はげしい議論がつづいていた。

国柱会での申しいれは、応接に出た高知尾《たかちお》智耀《ちよう》に「会員なことはわかりましたが何分突然の事ですこしこちらでも今は別段人を募集も致しません。」とことわられる（同書簡）。賢治は、本郷区菊坂町に間借りし、東大赤門前の文信社で筆耕の仕事をすることになる。つぎも、関徳弥あての書簡から。

「三日目朝大学前で小さな出版所に入りました。謄写版で大学のノートを出すのです。朝八時から五時半まで座りっ切りの労働です。周囲は着物までのんでしまってどてら一つで主人の食客になっている人やら沢山の苦学生、弁（ベンゴシの事なそうです）になろうとする男やら大抵は立派な過激派ばかり　主人一人が利害打算の帝国主義者です。」（カッコ内原文）

小さな謄写印刷所での座りきりの仕事、これこそ、先の短歌にあった「東京の底」、「東京の底に澱めり」ということではないのか。

それでも、賢治は、ずいぶんと元気で、関徳弥にも、「さあここで種を蒔きますぞ。もう今の仕事（出版、校正　著述）からはどんな目にあってもはなれません。（中略）生活ならば月十二円なら何年でもやって見せる。」（カッコ内原文）と書いてやっている。

が、家出から七か月たった八月、「トシビョウキスグカエレ」の電報をうけとると、賢治は、即座に帰郷する。作品「革トランク」の斉藤平太が持ち帰ったような大きなトランクに、東京で書きためた原稿をつめて。妹のトシが亡くなるのは、翌年一一月である。

ゴーシュとブドリ　トシの発病で帰郷した一九二一（大10）年の一二月、賢治は、稗貫《ひえぬき》郡立稗貫農学校の教師となる。農学校教師の職をすて、農民としての生活に入ったのは、一九二六（大15）年、三〇歳の春だった。下根《しもね》子《こ》桜《さくら》の宮沢家の別宅（かつて妹のトシが療養した家）にひとりで住み、農耕生活をはじめた。そこで、羅《ら》須《す》地《ち》人《じん》協会《きょうかい》を設立もした。ちかくの村々に無料の肥料相談所をもうけて、稲作指導や肥料設計もした。盛岡高等農林での勉強を土台に、不順な天候とたたかおうとしたのだった。一九二七（昭2）年には、六月までに二千枚の肥料設計書が書かれた。ところが、翌二八年、日照りと稲熱病で稲の出来が悪いのを心配して、走りまわり、体をいためつけた賢治は、とうとう発熱、病にたおれてしまう。病気は、両側肺浸潤だった。

花巻農業高校に移築された羅須地人協会

　羅須地人協会は、賢治の考える「農民芸術」（農民すべてが芸術家である）を実現する拠点として構想されたのだろう。「セロ弾きのゴーシュ」のゴーシュは芸術家だが、町はずれの川ばたにある、こわれた水車小屋で暮らし、「午前は小屋のまわりの小さな畑でトマトの枝をきったり甘藍の虫をひろったり」している。ゴーシュは、農民でもあるのだ。

　一九三〇（昭5）年ごろ、賢治は、いったん小康をえて、三一年には、肥料用石灰などをつくる東北砕石工場技師をつとめたりしたけれども、三一年九月、工場の仕事で上京した際、発熱する。ニコライ堂にほどちかい駿河台の旅館八幡《やわた》館

賢治詩碑（羅須地人協会跡）

でふせっていたこのとき、客室そなえつけの便箋に書かれ、ハトロン紙の封筒にいれられた、両親あてと兄弟あての二通の遺書は、賢治の死後、彼のトランクのふたのうらのポケットから発見された。賢治が熱にあえいでいたそこも、「東京の底」だ。八幡館で一週間ほどふせったあと、賢治は、寝台車で何とか花巻にかえったものの、とうとう寝ついてしまう。この年の一一月三日、手帳に「雨ニモマケズ」が書かれる。

病床で、賢治は、童話や詩に手をいれていたが、「児童文学」第二冊（一九三二年三月）に掲載の「グスコーブドリの伝記」も、こうして推敲された。ブドリは、飢饉で父母と死別し、妹のネリとは生きわかれになる。彼は、はたらきながら、学問をして、クーボー大博士にも出会った。博士にみとめられたブドリは、火山局で仕事をするようになる。そして、物語の最後、ブドリは、イーハトーブを飢饉からまもるために、カルボナード島を爆発させて、気候をかえる。引きかえに、ブドリ自身は、命をおとす。

寝たり起きたりの毎日なかで、賢治は、どんな思いでこの物語を書き直したのだろうか。「日本岩手県」に重ねて、イーハトーブというまぼろしの土地を見たように、賢治は、農村改革の志半ばにたおれた賢治自身に重ねて、ブドリの物語を夢見たのではないか。ブドリは、「世界がぜんたい幸福にならないうちは個人の幸福はあり得ない」(「農民芸術概論綱要」)ということばを実現してしまった主人公だった。「グスコーブドリの伝記」は、「ありうべかりし宮沢賢治の伝記」(中村稔『定本宮沢賢治』前掲)といわれるのだ。

JR釜石線・新花巻駅。釜石線は、賢治の童話や詩のモチーフともなっている岩手軽便鉄道が国有化したことからはじまっている。

シグナルの恋　夕方、JR花巻駅に行って、駅舎と線路をながめる。線路は、東京へとつづいている。童話集『注文の多い料理店』の「序」には、「これらのわたくしのおはなしは、みんな林や野はらや鉄道線路やらで、虹や月あかりからもらってきたのです。」とあるけれども、線路は、ベーリング市へも(「氷河鼠の毛皮」)、銀河へも(「銀河鉄道の夜」)つづいている。

「シグナルとシグナレス」は、『注文の多い料理店』におさめられたものではないが、やはり、鉄道線路でもらったものだろうか。シグナルの柱がかたんと腕木をあげたときに、ふだんとはちがう風景が、かいま見えたのかもしれない。そこでは、シグナルとシグナレスが「ずうっと積まれた黒い枕木」をへだてて恋をさざいていた。

「シグナルとシグナレス」は、いくつも歌が出てくる「歌物語」でもある。「ガタンコガタンコ、シュウフッフッ、／さそりの赤眼が　見えたころ、／四時から今朝も　やって来た。／遠野の盆地は　まっくらで、／つめたい水の　声ばかり。」と、作品のはじめで軽便鉄道がうたう歌。「ゴゴン、ゴーゴー、／うすい雲から／酒が降り出す、／酒の中から／霜がながれる。ゴゴンゴーゴー」という本線シグナル付きの電信柱がうたう、でたらめの歌。「かしわばやしの夜」の歌などそうだが、賢治童話のなかの歌は、どれも、読み調子がよくて、ことばの意味をわすれて、ことばのひびきやリズムを楽しんでしまう。

小岩井農場から盛岡へ　旅の三日め。小岩井農場へむかう。「わたくしはずいぶんすばやく汽車からおりた／そのために雲がぎらっとひかったくらいだ」とは、賢治の詩「小岩井農場」の冒頭だが、私たちは、車でむかった。岩手山の南のふもとにある小岩井農場は、一八九一（明24）年の創業で、日本最大の民間総合農場だという。昨夜の雨はすっかり上がって、農場は、光にかがやいていた。賢治は、しばしば、ここをおとずれた。

童話「狼森と笊森、盗森」は、その書き出しにもあるように、小岩井農場の北の四つの黒い松の森にまつわる話だ。人間たちと森とのあいだを毎年いろいろなものが行き来する「交換」の物語だ。その行き来したものは、物語のなかで価値をおびていくことになる。子ども、農具、そして、粟が大切なものとして確認されることになる。

そして、盛岡へ。宮沢賢治が中学と高等農林学校時代をすごした町、賢治の童話「ポラーノの広場」のことばでいえば、「モリーオ」である。不来方《こずかた》城跡である岩手公園の賢治詩碑を見たあと、岩手大学に行く。同大学農学部の前身が高等農林学校である。不作、凶作を繰り返す東北の農村を救うために、一九〇二（明35）年に開校された盛岡高等農林学校で、賢治は、農芸化学を学ぶ。岩手大学構内には、高等農林の本館が保存され、現在は農業教育資料館になっている。資料館を見学して、賢治の指導教授だった関豊太郎が、凶作と海流の関係を究明する研究などをしていたことを知る。

小岩井農場

盛岡駅前の営業所にレンタカーを返し、午後四時半の東北新幹線にずいぶんすばやく飛びのった。東京へ帰る車内で、きのうの昼前に行った高村山荘のことを思い出した。宮沢賢治が、詩人であり彫刻家だった高村光太郎のアトリエをたずねたのは、一九二五（大14）年の上京のときだった。光太郎は、一九三六（昭11）年に、羅須地人協会があった高台に建てられた「雨ニモマケズ」の詩碑の揮毫をする。一九四五（昭20）年には、東京のアトリエが空襲で焼け、花巻の宮沢家に疎開をする。敗戦後は、岩手県稗貫郡大田村山口に小屋を建

岩手大学農業教育資料館（盛岡高等農林学校本館）

て、一九五二（昭27）年に帰京するまで、そこで暮らした。
　高村光太郎や草野心平が、没後に賢治を広めていくために力をつくした。最初の宮沢賢治全集、文圃堂版の全三巻は、光太郎の装丁、心平の「刊行の辞」で出版された（一九三四〜三五年）。生前、ほぼ無名だった宮沢賢治は、現在は国民的な作家・詩人になった。本書におさめた「雪渡り」「やまなし」「注文の多い料理店」「狼森と笊森、盗森」に小学校の国語の教科書で出会った人も多いだろう。「注文の多い料理店」は、中学や高校の教科書にものるし、「紫紺染について」「ざしき童子のはなし」「セロ弾きのゴーシュ」「よだかの星」も、高校の教科書に掲載されることがある。
　新幹線の車窓の風景が暮れていく。花巻・盛岡から東京に帰る道は、さながら、賢治が生きた明治から昭和初年代にかけてから、現代へともどってくる道のようだった。

（付記）賢治の作品等の引用は、本書に収録したものは、その表記にしたがい、それ以外のものは『新校本 宮澤賢治全集』（筑摩書房）に拠った。ただし、現代かなづかいにするなど、表記については適宜手を入れた。

【年譜】

年代	賢治の身辺	社会や文化の動き
一八九六（明29）年 0歳	八月二七日、岩手県稗貫郡里川口町（現在の花巻市豊沢町）に、父政次郎、母イチの長男として生まれる。家は、質・古着商を営む。この年、三陸大津波、大洪水、陸羽大地震、秋には豪雨。	二月、若松賤子没。四月、民法公布。一〇月、大江小波『日本お伽噺』全二四冊刊行開始。一一月、樋口一葉没。
一八九七（明30）年 1歳		三月、足尾銅山鉱毒事件。八月、島崎藤村『若菜集』。
一八九八（明31）年 2歳	一一月、妹トシ生まれる。	一一月～徳富蘆花「不如帰」。
一八九九（明32）年 3歳		一月、大江小波編『世界お伽噺』全一〇〇巻刊行開始。
一九〇〇（明33）年 4歳		一月、「幼年世界」創刊。二月、泉鏡花「高野聖」。四月、「明星」創刊。
一九〇一（明34）年 5歳	六月、妹シゲ生まれる。豊作。	三月、国木田独歩『武蔵野』。
一九〇二（明35）年 6歳	九月、赤痢にかかり隔離病舎に二週間入院。看病した父も感染して入院する。東北地方凶作。	一月、日英同盟協約調印。
一九〇三（明36）年 7歳	四月、町立花巻川口尋常高等小学校に入学。小学校を通して成績は全甲。前年の凶作のため東北地方飢饉。	四月、小学校令改正、国定教科書制度が確立。七月、五来素川『家庭小説未だ見ぬ親』。一一月、幸徳秋水ら平民社結成。

一九〇四（明37）年　8歳
四月、弟清六生まれる。
二月、日露戦争はじまる。九月、与謝野晶子「君死にたまふこと勿れ」。

一九〇五（明38）年　9歳
担任教師八木英三が教室で読み聞かせた『未だ見ぬ親』（原作エクトル・マロ『家なき子』、五来素川翻案）に強く引き込まれる。一二月、花城の新校舎に移る（花城尋常高等小学校と改称）。東北地方大凶作。
九月、日露戦争講和条約調印。一〇月、上田敏『海潮音』。

一九〇六（明39）年　10歳
八月、大沢温泉で開かれた仏教講習会で暁烏敏の法話を聞く。鉱物、昆虫の採集に熱中する。
一月、「日本少年」「幼年画報」創刊。四月、夏目漱石「坊っちゃん」。

一九〇七（明40）年　11歳
三月、妹クニ生まれる。四月、父政次郎、花巻町町会議員に当選。鉱物採集にますます熱中し、「石コ賢さん」と呼ばれる。岩手県豊作。
九月、田山花袋「蒲団」。

一九〇八（明41）年　12歳
二月、「少女の友」創刊。

一九〇九（明42）年　13歳
三月、小学校卒業。四月、県立盛岡中学校（現在の盛岡第一高等学校）に入学、寄宿舎自彊寮に入る。岩石標本採集に熱中。
三月、北原白秋『邪宗門』。五月、佐々木邦『いたずら小僧日記』。二葉亭四迷客死。

一九一〇（明43）年　14歳
六月、博物教師の引率で岩手山に登る。以後、繰り返し登る。寄宿舎で同室の親友藤原健次郎病死。
五月、大逆事件。八月、日韓併合。一二月、小川未明『赤い船』。

一九一一（明44）年　15歳
短歌の制作開始。エマソンの哲学書を読む。四月、妹トシ、花巻高等女学校に入る。八月、島地大等の講話を聞く。
三月、雪花山人『大石内蔵助東下り』（立川文庫）。九月、中西屋書店『日本一ノ画噺』全三五冊刊行開始。

一九一二（明45・大1）年　16歳
五月、松島・仙台へ修学旅行。はじめて海を見る。
七月、明治天皇没。大正と改元。

一九一三（大2）年　17歳
三学期、新舎監排斥運動がおこり、四、五年生全員退寮。賢治も盛岡市北山の清養院に下宿。五月、北海道に修学旅行の後、徳玄寺に下宿をかわる。ツルゲーネフなどのロシア文学を読む。
一月、志賀直哉「清兵衛と瓢箪」。二月、『愛子叢書』全五巻刊行開始。一一月、竹久夢二『どんたく』。

一九一四（大3）年　18歳
三月、中学校卒業。四月、肥厚性鼻炎手術のため岩手病院へ入院。看病中、父も倒れる。同い年の看護婦に恋をする。九月、進学希望が父にいれられ、受験勉強にはげむ。島地大等編『漢和対照妙法蓮華経』を読み、感動する。
四月、「子供之友」創刊。四月〜夏目漱石「心」。七月、第一次世界大戦勃発。一〇月、高村光太郎『道程』。一一月、「少年倶楽部」創刊。

一九一五（大4）年　19歳
一月、盛岡市北山の教浄寺に下宿。二月、賢治の座右の書、片山正夫『化学本論』刊行。四月、盛岡高等農林学校（現在の岩手大学農学部）農学科第二部に首席で入学。寄宿舎自啓寮に入る。妹トシ、日本女子大学校入学。八月、島地大等の歎異鈔法話を一週間聞く。
一一月、芥川龍之介「羅生門」。

一九一六（大5）年　20歳
三月、修学旅行で京都、奈良の農事試験場などを見学。解散後、有志と箱根、東京ほかを見物。特待生に選ばれる。七月、関豊太郎教授の指導で盛岡付近の地質調査を行う。八月、東京でドイツ語講習会に参加。一一月、「校友会会報」に短歌「灰色の岩」二九首を発表。
一月、「良友」創刊。一月〜森鷗外「澁江抽斎」。五月、夏目漱石「明暗」。一二月、夏目漱石没。

一九一七（大6）年　21歳
七月、小菅健吉、河本義行、保阪嘉内らと同人誌「アザリア」を創刊。短歌や小品を発表。「校友会会報」にも短歌を発表。八月、江刺郡地質調査。
六月、浜田広介「黄金の稲束」。一一月、ソビエト政権成立（ロシア一〇月革命）。

一九一八（大7）年　22歳
保阪嘉内が二月発行の「アザリア」に書いた文章の表現が問題になって除籍。二月、得業論文「腐植質中ノ無機成分ノ植物ニ対スル価値」を提出、三月、卒業。研究生となる。四月、徴兵検査で第二乙種、兵役免除。一二月、トシ入院で、母と上京。
七月、「赤い鳥」創刊。芥川龍之介「蜘蛛の糸」。八月、米騒動おこる。一一月、第一次大戦終わる。

一九一九（大8）年　23歳
三月、トシ退院。ともに花巻に帰る。家業に従事する。岩手県豊作。
四月、「おとぎの世界」創刊。一一月、北原白秋『トンボの眼玉』。「金の船」創刊。

一九二〇（大9）年　24歳
五月、研究生を修了。七月、田中智学の著書を読み、一〇月、田中の創設した日蓮宗の団体国柱会信行部に入会。九月、トシ、花巻高等女学校教諭心得となる。
アメリカで経済恐慌。一月、志賀直哉「小僧の神様」。八月、有島武郎「一房の葡萄」。

一九二一（大10）年　25歳
一月、無断で上京。上野の国柱会本部を訪れ、高知尾智耀に会う。本郷菊坂町に間借りし、帝大前の文信社で筆耕、夜は国柱会の奉仕活動や街頭布教に励む。高知尾に勧められ童話を多作。八月、トシ喀血、大トランク一杯の原稿をもって帰郷。一二月、稗貫郡立稗貫農学校教諭に就任。農業関係や代数、英語も担当。「愛国婦人」一二～一月号に童話「雪渡り」を発表。
一月、「芸術自由教育」創刊。二月、小川未明「赤い蠟燭と人魚」。「種蒔く人」創刊。六月、巌谷小波『三十年目書き直しこがね丸』。野口雨情『十五夜お月さん』。一二月、ワシントン軍縮会議で日英米仏四国協約調印。日英同盟廃棄。

一九二二（大11）年　26歳
一月、『春と修羅』収録詩編の制作開始。二月、エスペラント語の勉強をはじめる。農学校のために「精神歌」を書く。生徒が賢治の劇「饑餓陣営」を上演。一一月二七日、療養中の妹トシ結核で死亡。妹の死は、「永訣の朝」などの詩を生む。
一月、「コドモノクニ」創刊。五月、日本童話協会創立。六月、カロル／西條八十『鏡国めぐり』。七月、森鷗外没。日本共産党結成。

一九二三（大12）年 27歳
四月〜五月、「岩手毎日新聞」に「やまなし」「氷河鼠の毛皮」「シグナルとシグナレス」などを発表。七月、教え子の就職依頼のために青森、北海道、樺太に旅行。この旅行で、妹トシへの多くの挽歌が生まれる。
一月、「少女倶楽部」創刊。九月、関東大震災。

一九二四（大13）年 28歳
四月、心象スケッチ『春と修羅』刊行（関根書店）。花巻温泉、花巻共立病院の花壇を設計する。一二月、イーハトヴ童話『注文の多い料理店』刊行（杜陵出版部／東京光原社）。「銀河鉄道の夜」初稿書かれる。
七月、小星・東風人『お伽正チャンの冒険1』。

一九二五（大14）年 29歳
森佐一編集の「貌」や草野心平編集の「銅鑼」の同人となり、詩を発表。
四月、治安維持法公布。九月〜千葉省三「虎ちゃんの日記」。

一九二六（大15・昭1）年 30歳
一〜三月、尾形亀之助編集の「月曜」に「オツベルと象」「ざしき童子のはなし」「寓話 猫の事務所」を発表。三月、農学校を依願退職。四月、花巻郊外の下根子桜で独居自炊の生活をはじめる。やがて、羅須地人協会発足。一二月、上京、タイプ、オルガン、セロ、エスペラント語を習う。高村光太郎を訪問。
一月、「幼年倶楽部」創刊。川端康成「伊豆の踊子」。三月、労働農民党結成。日本童話作家協会創立。八月、日本放送協会設立。一二月、社会民衆党、日本労農党結成。大正天皇没。昭和と改元。

一九二七（昭2）年 31歳
二月、「岩手日報」に羅須地人協会の紹介記事がのり、当局から社会主義運動との関係について取り調べを受ける。五月から天候不順だった夏にかけて、肥料設計、稲作指導に奔走する。
三月、金融恐慌おこる。五月、『日本児童文庫』全七六巻、『小学生全集』全八八巻刊行開始。六月、ジュネーブ軍縮会議。坪田譲治「河童の話」。七月、芥川龍之介自殺。

一九二八（昭3）年	32歳	六月、伊藤七雄の計画していた大島農芸学校設立の相談に応ずるために大島へ。東京で浮世絵展などを見て、帰郷。七～八月、稲熱病や旱魃の対策のために走り回る。八月、過労と栄養失調で発熱、花巻病院に入院。両側肺浸潤。一二月、急性肺炎。	一月、劇団東童創立。二月、第一回普通選挙。猪野省三「ドンドンやき」。三月、共産党大検挙（三・一五事件）。一〇月、新興童話作家連盟結成。一一月、草野心平『第百階級』。
一九二九（昭4）年	33歳	春、「銅鑼」同人、黄瀛が訪問。四月、東北砕石工場の鈴木東蔵来訪。合成肥料のことで相談を受ける。	五月、「少年戦旗」創刊。小林多喜二「蟹工船」。一〇月、世界恐慌はじまる。
一九三〇（昭5）年	34歳	春、やや回復。	四月、ロンドン海軍軍縮会議調印。アメリカ経済恐慌深刻化。
一九三一（昭6）年	35歳	二月、東北砕石工場技師嘱託に。七月、佐藤一英編集の「児童文学」に「北守将軍と三人兄弟の医者」を発表。九月、「風の又三郎」を書きすすめる。工場の出張で上京し、発熱。駿河台の八幡館で遺書を書き帰郷。一一月、手帳に「雨ニモマケズ」を書く。凶作。	八月、新美南吉「正坊とクロ」。九月、満州事変。一二月、巽聖歌『雪と驢馬』。
一九三二（昭7）年	36歳	三月、「児童文学」に「グスコーブドリの伝記」を発表。	一月、上海事変。新美南吉「ごん狐」。五月、五・一五事件。
一九三三（昭8）年	37歳	九月二〇日、急性肺炎、病状悪化。絶詠の短歌二首書く。夜には農民の肥料相談に応ずる。二一日、容態が急変し喀血。国訳法華経一千部を翻刻し、友人知己に配布するよう父に遺言。午後一時半、永眠。二三日、菩提寺安浄寺で葬儀、後に身照寺に改葬（五一年）。法名は、真金院三不日賢善男子。東北地方豊作。	三月、日本、国際連盟を脱退。六月、与田準一『旗・蜂・雲』。九月、西脇順三郎『Ambarvalia』。

『新校本 宮澤賢治全集』第一六巻（下）年譜篇（二〇〇一 筑摩書房）などをもとに作成した。（宮川健郎）

編者紹介

宮川健郎（みやかわ・たけお）

一九五五年東京生まれ。立教大学文学部日本文学科卒。同大学院修了。現在武蔵野大学文学部教授。『宮沢賢治、めまいの練習帳』（久山社）、『現代児童文学の語るもの』（NHKブックス）、『本をとおして子どもとつきあう』（日本標準）、『子どもの本のはるなつあきふゆ』（岩崎書店）ほか著書編著多数。

協力
岩田多佳子
小浦啓子
宮沢賢治記念館・イーハトーブ館
岩手県花巻市矢沢一-一-三六
http://www.miyazawa-kenji.com/kinenkan.html

名作童話 宮沢賢治20選

平成二十年十一月二十日初版第一刷発行

著者 宮沢賢治
編者 宮川健郎
発行者 和田佐知子
発行所 株式会社 春陽堂書店
郵便番号 一〇三―〇〇二七
東京都中央区日本橋三―四―十六
電話番号 〇三(三八一五)一六六六
URL http://www.shun-yo-do.co.jp
装幀 後藤 勉
印刷製本 有限会社 ラン印刷社

ISBN978-4-394-90266-9 C0093

名作童話シリーズ　編集／宮川健郎

名作童話　小川未明30選

名作童話　宮沢賢治20選

名作童話　新美南吉30選